[handwritten Hebrew text]

Daniel Wasserstein,
Paris, 1989.

Félicien Marceau

de l'Académie française

Les passions
partagées

Gallimard

Félicien Marceau a raconté sa vie dans *Les Années courtes* (Folio n° 469). Romancier, il a reçu le prix Interallié en 1955 pour *Les Élans du cœur* (Folio n° 340), le prix Goncourt en 1969 pour *Creezy* (Folio n° 248) et le prix Prince Pierre de Monaco, en 1974, pour l'ensemble de son œuvre, ainsi que le Grand Prix de la Société des Auteurs. Essayiste, il a écrit sur Balzac, sur Casanova et sur le roman. Auteur dramatique, il a connu à la scène, tant en France qu'à l'étranger, de nombreux succès : *L'Œuf, La Bonne Soupe, La Preuve par quatre, Le Babour*. Il a été élu à l'Académie française en 1975.

à Bianca

I

Tout a commencé dans une apothéose.

A l'intérieur de cet énorme diamant que figurait assez bien notre nouveau Palais de Glace, avec sa patinoire étincelante, ses lustres de cristal, les mille rais de ses projecteurs, les miroirs tout autour et leurs reflets à l'infini, elle à l'instant proclamée championne de la catégorie demoiselles, lui classé premier dans la catégorie messieurs, elle en rouge avec des agréments noirs, lui en vert céladon, des deux extrémités de la piste ovale, ils s'étaient élancés l'un vers l'autre pour la figure finale et alors là! Bercés par la musique d'*Estudiantina*, ivres de ses flonflons, ivres de leur victoire, on eût dit qu'ils avaient cessé d'être, elle une jeune fille, lui un jeune homme, qu'ils n'étaient plus rien d'autre que cette grâce en mouvement, ces spirales, ces tournoiements, ces virevoltes, ces longs glissements, ces brusques détentes, cette magie d'un instant immédiatement remplacée par la magie suivante, toute pesanteur abolie, lâchés dans l'espace comme des oiseaux dans le ciel, comme des poissons dans la mer, portés par le vent, portés par la houle. Un moment – à *Estudiantina*, avait succédé un flamenco – lancée loin de son partenaire, dans le doux crissement de ses patins, elle s'est brusquement arrêtée et, les bras dressés au-dessus de la tête, par deux fois, elle a frappé la piste de son patin droit. Et tel est l'empire de la beauté que, même dans cette assistance qui était ce qu'elle était, un gala au profit des Anciens Combattants, il y eut comme un souffle, il y eut un soupir. Maintenant encore, tant d'années après, j'en ai les larmes aux yeux. Comme une de ces diapositives qu'on passe toujours trop vite, je revoyais, je revois le jardin étroit de la maison qu'occupaient alors ses parents et où, sur l'herbe, à l'ombre d'un grand tilleul, elle et moi, nous avions étalé les livres de nos distributions des prix et, de loin, de très loin, je m'entends lui lire ce passage de *Monsieur Pickwick* où, sur un étang gelé, le facétieux Sam Weller, au milieu des applaudissements des gamins et après une longue glissade, exécute ce brillant numéro qu'on appelle « cogner à la porte du savetier », deux coups frappés sur la glace.

La figure finale terminée, l'ovation apaisée, le frémissement de l'assistance se transforma en une rumeur affairée. Tout autour de la patinoire, on ne voyait plus que des visages penchés les uns vers les autres comme des volailles affolées par une averse de grains.

C'est que l'événement était de conséquence. Non seulement nous était apparu un couple dont l'évidence, je dirais même la prédestination, s'imposait, mais encore, sous nos yeux, s'était enfin opérée la rencontre, rencontre qui, il est vrai, depuis la guerre s'était amorcée, qui s'était parfois profilée devant le Monument aux Morts, la rencontre entre deux classes, deux univers, deux catégories sociales, la rencontre d'Emmeline Ricou et de Cédric de Saint-Damien ; d'Emmeline Ricou, fille de ce Ricou, en 1912 encore chaudronnier avec sa carriole et son âne, en 1914 reconverti dans la fourniture aux armées, devenu un des trois plus gros contribuables du département; et Cédric de Saint-Damien, des comtes de Saint-Damien qui ont dans leurs ancêtres un maréchal de France, un gouverneur de la province, deux cardinaux et même la délicate poétesse Guilhemette de Saint-Damien (dont Cédric, sans apercevoir l'étrangeté de sa formule, disait qu'elle était l'auteur de si jolis lais), en y ajoutant cette dame dont, dans ses Mémoires, Saint-Simon ne nous dit pas le nom, en réalité Aldeberte de Saint-Damien, pour l'amour de qui, sous Louis XIV, au retour d'un voyage en Italie, le roi de Danemark prolongea si longtemps son séjour à Montpellier. « Eh bien! Messieurs », dit le duc d'Aspre qui n'ayant, de sa vie, jamais pu articuler une phrase de plus de six mots, crut avoir ainsi parfaitement exprimé sa pensée.

Aussi est-ce sans excès de stupeur que, le surlendemain, divers penseurs locaux, attablés derrière les hautes fenêtres du Café de Paris, purent contempler le spectacle suivant : la délicieuse Emmeline traversant la place d'un pas que lesdits penseurs s'accordèrent à trouver nonchalant et Cédric de Saint-Damien surgissant du porche de sa maison, en face, et abordant Emmeline avec son fameux coup de chapeau que tous les gandins de la ville s'efforçaient d'imiter.

– Ah, Mademoiselle, dit-il. Je bénis cet heureux hasard.

Emmeline n'avait encore que dix-huit ans et nous sommes en 1928. On voudra donc bien excuser la moue, d'ailleurs charmante, par laquelle elle entendait signifier que, ce hasard, elle n'y croyait pas trop et que, fine mouche, elle soupçonnait son interlocuteur d'avoir, de derrière ses fenêtres, guetté son passage.

– Je vous remercie pour vos fleurs, dit-elle. Elles sont superbes.

Ce qui laissa le jeune comte sans voix. Là, tous les deux, sous les regards des penseurs qui se poussaient du cou derrière les grandes baies du Café de Paris, ils avaient l'air, sur cette place, d'en être le centre magique et, en quelque sorte, la raison d'être. Passa une femme qui portait un sac rouge. Passa un couple dont l'homme poussait un landau. Le pharmacien vint sur le seuil de sa pharmacie, prit un bol d'air et rentra dans son officine.

– Vous vous promenez? dit enfin Cédric.

– J'allais faire quelques pas au Jardin des Plantes.

– Oh! dit Cédric. Me permettrez-vous de vous y escorter?

La proposition lui ayant sans doute paru audacieuse, il ajouta : « s'il y avait un tigre... » mais en tempérant ce propos par un beau rire franc pour bien montrer qu'il badinait. Et ils s'en furent. Dans le Café de Paris, il y eut une rumeur.

– Mes enfants! dit Hermangard, l'armateur, en caressant son collier de barbe qui, à son idée, lui donnait la touche d'un fier boucanier, mes enfants, vous me croirez si vous voulez et, si vous ne me croyez pas, je m'en tamponne l'espace vital, d'ici peu nous aurons une noce à ronger.

Ce propos eut un vif succès et Thibaudeau, l'avoué, alla immédiatement téléphoner à sa femme pour lui communiquer tout ensemble l'importante nouvelle et le brillant trait d'esprit qu'elle avait suscité.

– Hermangard, dit-il en revenant, mon gouvernement *(sic)* me charge de vous dire que vous êtes impayable.

Compliment qui mit immédiatement dans la tête d'Hermangard l'idée qu'il devrait bien un de ces

12

jours aller rendre visite à la petite Madame Thibaudeau. Dans son genre, le genre bergère, elle était encore pas mal. Après quoi, s'étant rassis, ces messieurs passèrent un vraiment très voluptueux moment à calculer au plus juste ce que pouvait coûter le train de vie de Ricou dans la nouvelle et très belle maison qu'il venait d'acheter.

– Rien que le jardin! dit Villedieu. Il y en a pour des sous.

Cette rencontre sur la place fit, pendant quelques jours, les frais d'un certain nombre de conversations. Puis, personne n'ayant plus revu ensemble Emmeline et Cédric, la rumeur se perdit dans les sables. En réalité, Emmeline et le jeune comte avaient pris l'habitude de se retrouver au manège de la Quinquette d'où ils partaient, à cheval, pour galoper dans la garrigue. Ils montaient très bien tous les deux, Emmeline un peu à la sauvage. Cédric se permit quelques conseils. Ou bien, en ralentissant, ils se tenaient par la main. Un jour aussi, Emmeline apporta de quoi faire un pique-nique. Ils s'installèrent à l'ombre d'un grand aqueduc qui se trouve par là et qui donne au paysage une noblesse romaine.

Deux ou trois mois plus tard, c'est ça, au début de juillet, réunis comme d'habitude au Café de Paris (sauf Hermangard qui, mal reçu par la petite Madame Thibaudeau, craignait qu'elle n'en eût fait des gorges chaudes avec son mari et qui, depuis, prétextant une grosse affaire avec la Colombie britannique, ne sortait plus de chez lui), les penseurs locaux purent voir le père Ricou, Ricou en personne, qui traversait la place et qui pénétrait sous le haut porche de la maison des Saint-Damien. Sans se douter de l'agitation que cette nouvelle péripétie provoquait au Café de Paris (Thibaudeau et Villedieu en avaient même arrêté leur partie de billard), Ricou gravit le vaste escalier où, avec lui, auraient pu monter cinq chevaux de front. Il le fit à pas comptés. Depuis une alerte qu'il avait eue l'année dernière, il se ménageait. Arrivé au premier étage, il sonna. Vint lui ouvrir une femme à gros sourcils et qui tenait un seau. Il l'informa qu'elle se trouvait devant Monsieur Ricou – ce qu'elle savait parfaitement, son mari, son fils et sa bru travaillant dans son usine – et qu'il désirait voir Monsieur le Comte. Le père, précisa-t-il. La femme au seau l'introduisit dans un salon de douze mètres sur huit. Le comte Anthéaume était là, dans une pénombre striée de rais de soleil, occupé à faire une patience – celle-là même que Napoléon, paraît-il, faisait à Sainte-Hélène.

Le contraste entre ces deux pères était saisissant. Ricou était un petit homme, rabougri, la tête dans les épaules et même une épaule un peu plus haute que l'autre, le nez de travers, un nez qui faisait assez penser à une truelle et comme s'il était destiné à ramasser tout ce qui traînait. Le comte Anthéaume, lui, c'était très exactement une des statues de l'île de Pâques. Un mètre quatre-vingt-six (la taille de Casanova, précisait-il parfois, avec un hennissement pour signifier que ce n'était pas une raison pour devenir familier), un nez taillé en étrave de navire, des joues grumeleuses dont on aurait dit qu'elles étaient faites de tuffeau, un costume prince-de-galles, le col haut, une épingle de cravate représentant une tête de cheval.

Pourtant ce fut Ricou qui, d'entrée de jeu, montra le plus d'autorité, d'abord en refusant tout net le scotch que lui proposait le comte et en réclamant un verre de lait (ce qui provoqua tout un aria, une expédition du comte vers la cuisine et un retour

14

revêche de la femme aux gros sourcils visiblement heurtée d'avoir été dérangée dans son tête-à-tête avec son seau), ensuite en entrant incontinent dans le vif du sujet.

– Monsieur le Comte, dit-il, ma fille m'a fait part des assiduités de Monsieur votre fils...

Et comme le comte allait dire quelque chose, Ricou ajouta « je sais, je sais » en levant son verre de lait et sans préciser ce qu'il savait.

– Je suis persuadé que ses intentions sont sérieuses. Bon sang ne peut mentir, intercala-t-il en s'applaudissant d'avoir trouvé là, ex abrupto, un propos si bien ajusté à la situation. Mais ma fille m'a fait part aussi de ses... de ses scrupules.

– C'est moi qui les lui ai dictés, réussit à placer le comte.

– Eh bien, rétorqua Ricou avec feu, ce n'est pas ce que vous avez fait de mieux. Vos scrupules vous honorent, Monsieur le Comte, mais nous sommes entre hommes (expression qui fit hausser les sourcils broussailleux du comte) et vos scrupules, je vous le dis, c'est de la foutaise.

Le comte Anthéaume avait servi dans les dragons : la rudesse de l'expression lui plut.

– Permettez, dit-il. Permettez-moi la même franchise, Monsieur Ricou. Vous le savez sans doute, nous sommes gueux comme des rats.

Au moment de se mettre l'index sous l'œil, mimique qu'il utilisait volontiers dans ses affaires pour signifier son scepticisme, Ricou dut se dire que, chez un comte, ce n'était peut-être pas très indiqué et il s'abstint.

– Je n'ai plus que cette baraque, poursuivait le comte. Et quelques souvenirs.

Il avait eu un geste vers les profondeurs du salon où, à part quelques apports plus récents, le moindre meuble était signé Boulle, Œben, Riesener ou, au moins, Camarotta, un ébéniste d'ici qui, pour n'être jamais sorti de sa province, n'a pas connu la notoriété des précédents mais dont les ouvrages font encore de jolies cotes. Le terme de baraque était, lui aussi, du dernier bon ton, surtout appliqué à cette vaste maison avec ses six fenêtres par étage, sa large cour intérieure et son porche pour éléphants. Pas en très bon état, il est vrai, des traînées noirâtres sur la façade, les deux derniers étages loués à des ménages assez disgraciés pour se contenter de commodités à la turque et d'un robinet dans le couloir mais enfin toujours citée dans les guides touristiques comme un de nos plus beaux édifices, parfois même qualifiée de palais ou d'hôtel du Cadran en raison du cadran solaire qui en surmonte le porche.

— Et, à ma mort, le peu que j'ai, il faudra encore le partager avec ma fille, lady Carpentry.

— Pardon, dit Ricou. Vous avez aussi votre domaine de la Mahourgue.

— Ça! rétorqua le comte. Il ne me rapporte pas quatre sous.

— Confiez-le-moi, dit Ricou chez qui l'homme d'affaires ne somnolait jamais que d'un œil. J'y mets quelqu'un de capable et vous verrez. Enfin, ce que je vous en dis...

L'inventaire de ses biens terminé, le comte Anthéaume jugea opportun de passer à un autre aspect de la question.

— Il faudra les faire vivre, ces enfants.

La pointe d'attendrissement qu'il essaya de mettre sur « ces enfants », ce fut grand comme *L'Enterrement du comte d'Orgaz*.

— Mon fils sait que je ne pourrai pas lui donner grand-chose.

16

– Ça, c'est moi que ça regarde, dit Ricou.

– Dans ces conditions...

Dès le lendemain, le comte Anthéaume ayant réussi à caser son mètre quatre-vingt-six dans le cabriolet de son fils, ils allèrent tous les deux rendre visite aux Ricou. Anthéaume y fit preuve d'abord d'une bienveillance amusée, puis, Madame Ricou lui ayant appris qu'elle était la fille d'un certain Jérôme Binamé, un célèbre braconnier qu'aucun garde-chasse de la région n'avait jamais pu prendre sur le fait, il se sentit avec elle comme pair et compagnon. Il parla perdreaux, il parla bécasses, il écouta avec intérêt une recette de râble de lièvre aux raisins et, en rentrant, il confia à son fils que, décidément, ces Ricou étaient « de bonnes personnes ». C'était là un de ses deux Everest de l'éloge, l'autre, plus corsé, étant : un gaillard tout à fait remarquable dans sa spécialité, certificat qu'il réservait à son dentiste, à Clemenceau, et aussi, mais dans ses jours d'indulgence, à Aramon des Contours, notre historien local, un petit homme à tête de lune, chauve comme un obus et qui lui avait découvert une parenté avec Éléonore d'Aquitaine.

Bref le mariage eut lieu en septembre. A la mairie d'abord, dans le vaste salon rouge et or où, par allusion aux usines Ricou et au domaine de la Mahourgue, le maire sut, très spirituellement, saluer l'union des feuillards et des feuillages (vifs applaudissements et fou rire nerveux de la petite Madame Thibaudeau que son mari dut emmener en priant de l'excuser. Je ne crois pas trahir ici un secret en disant que, deux ou trois ans auparavant, elle avait eu, pour Cédric, de fortes bontés), puis dans notre belle cathédrale, mariage béni par Monseigneur, honoré de la présence tant du préfet (côté Ricou) que du représentant personnel du duc de

Guise (côté Saint-Damien), vingt-cinq voitures, toutes nos familles in fiocchi, les autres aussi bien entendu, l'union sacrée, les demoiselles d'honneur, le tonnerre des orgues, trois cents badauds sur la place ou dans la rue qui la surplombe et rumeur extasiée devant la radieuse apparition de la mariée perdue dans un nuage de tulle.

Au lieu de recevoir « bêtement » chez lui ou dans les salons d'un de nos grands hôtels, Ricou avait eu l'idée de louer le théâtre municipal et d'y offrir à ses invités une représentation des *Cloches de Corneville* par une troupe venue de Paris à ses frais. L'originalité de cette initiative emporta tous les suffrages. « Cet homme-là sait vivre », décréta le duc d'Aspre, à quoi Hermangard ajouta cette considération plus pratique : « Enfin, une réception où chacun peut s'asseoir. » Un souper s'ensuivit, servi par petites tables dans le foyer et les couloirs du théâtre. Atmosphère bon enfant dont lady Carpentry, la sœur de Cédric, sut profiter pour emmener le bagagiste de la troupe dans le bureau directorial (pour lady Carpentry, rien n'était sacré) et en abuser à trois reprises, score qu'elle me communiqua elle-même lorsque, son long visage à peine rosi, elle revint s'asseoir à côté de moi à temps pour les sorbets. Elle aussi, je la connaissais depuis toujours. Un après-midi, lors d'une excursion, elle m'avait très bien entraîné dans un taillis, j'avais quinze ans, elle pas beaucoup plus. Je lui jurai que je réparerais, que je l'épouserais si elle avait assez d'abnégation pour m'attendre. Le trait l'amusa et, délurée comme elle l'était déjà, je la soupçonne de l'avoir beaucoup raconté. L'affaire du bagagiste ne devait pas s'arrêter là. Émue par sa robustesse, lady Carpentry l'arracha à ses panières, le mit dans ses bagages à elle et sut persuader son mari, l'excellent lord

18

Carpentry, qu'il ferait un parfait régisseur pour leur domaine du Devonshire. Selon un article que j'ai lu dans un journal littéraire, cette idylle aurait inspiré à D.H. Lawrence son beau roman, *L'Amant de lady Chatterley*. Vu les dates, cela me paraît douteux. On peut se demander plutôt si ce n'est pas en lisant ce roman que lady Carpentry aurait trouvé l'idée de cet ingénieux arrangement.

Entre-temps, pendant tout l'été, d'abord sous la férule d'un décorateur-ensemblier qui avait bientôt dû rendre son tablier tant Emmeline se montrait précise dans ses desiderata, ensuite sous la férule d'Emmeline elle-même, des équipes de maçons, de peintres, d'électriciens s'étaient occupées de transformer la maison des Saint-Damien : c'était là que les jeunes mariés s'installeraient. A cet effet, il avait fallu déloger les locataires des deux derniers étages. Bien qu'à l'époque le propriétaire fût encore un personnage de droit divin dont les ukases ne se discutaient pas, le comte Anthéaume y mit du moelleux. Pour trois de ces ménages, il s'employa à leur trouver un relogement convenable. Pour les deux autres, comme ils n'allaient pas à la messe, il se montra plus rêche. Dans un de ces étages, on emménagea pour lui un appartement entier : une chambre en meubles bateau, une pièce dite de réception où il ne reçut jamais personne et une troisième pièce baptisée bibliothèque pour la raison qu'une bibliothèque en ornait une des parois. Le comte Anthéaume lisait peu. A son idée, il valait mieux feuilleter le grand livre de la vie, mais c'est en vain qu'à diverses reprises j'essayai de lui faire expliquer en quoi pouvait consister cette activité. Ou alors, s'il avait lu un livre, c'était généralement quelque chose de tout à fait surprenant. C'est ainsi qu'un soir, après le dîner, il nous éblouit en nous parlant d'un ouvrage d'un certain Guibert, un auteur militaire du XVIIIe siècle (accessoirement amant de Julie de Lespinasse) et en nous exposant dans le détail sa théorie de la tactique de l'ordre mince contre la théorie de l'ordre profond du chevalier de Folard. C'est aussi vers ce temps-là que, lassé de ses patiences-Napoléon, il se convertit aux mots croisés et devint un spéléologue du Larousse en sept volumes. Il put ainsi meubler sa conversation de mots tels que : nasitort, cimicaire, nerprun ou Ienisseï, vocables dont il s'étonnait qu'il eût pu vivre jusque-là sans les connaître, lacune dont il finit par accuser les Pères qui l'avaient élevé. Un jour même, dans un dîner, il finit par hasarder que l'enseignement de l'État n'était peut-être pas si déplorable qu'on le disait, propos qui blessa bien des consciences et qui inspira à Monsieur le Vicaire général le seul geste inconsidéré de sa vie (l'index vissé sur la tempe).

À lire ce qui précède, on a pu avoir l'impression que ce mariage, c'était surtout Emmeline qui l'avait voulu, ce qui est exact, à cette nuance près que Cédric avait été très rapidement séduit. On pourrait penser aussi que, dans cette affaire, avaient assez compté, d'une part, l'envie de devenir comtesse et, d'autre part, le désir de s'allier à une des plus grosses fortunes du département. Peut-être un peu. Pas beaucoup, je crois. Un jour, comme je dansais avec Emmeline, je me permis une plaisanterie, d'ailleurs bénigne, sur Cédric. Non seulement Emmeline me reprit avec la dernière sécheresse, mais encore me planta-t-elle là au milieu du one-step.

II

Pour le voyage de noces, c'était le comte Anthéaume qui avait pris les choses en main et prévu l'itinéraire, Venise, Rome, avec peut-être une pointe jusqu'à Naples. De plus en plus en veine d'originalité, le père Ricou avait bien proposé la Californie et vanté son climat. A quoi, ses épais sourcils remontés jusqu'au milieu du front, Anthéaume avait aussitôt opposé la parade :

– Aux États-Unis, nous ne connaissons personne.

Depuis les Croisades, voyage en terre inconnue qui avait laissé dans la famille un souvenir mélangé, les Saint-Damien, sur cette question, avaient une doctrine très ferme : ils n'allaient que dans les pays où ils avaient des cousins et à condition de descendre chez eux. Grâce au ciel, grâce surtout au fait que, pour eux, le mot cousin recouvrait non seulement des collatéraux parfois très éloignés mais aussi les collatéraux de ces collatéraux, cela couvrait une bonne partie de l'Europe, avec même une avancée jusqu'en Amérique latine où un cousin issu de germain d'Anthéaume avait épousé l'heureuse propriétaire de vingt mille hectares, détail qui arracha au père Ricou un sifflement d'admiration. Quant aux autres pays, ceux où ils n'avaient pas de cousins, que ce fût la Suède ou le Basoutoland, les Saint-Damien les considéraient comme des contrées hasardeuses, connues seulement des cartographes et où, pour s'aventurer, il fallait encore se munir d'une boussole et d'une machette. C'était à peu près le même sentiment qu'ils nourrissaient à l'égard des hôtels. A part le Ritz, de Paris, où le père d'Anthéaume avait passé quelques jours et dont il s'était déclaré satisfait, à part le Bauer au Lac, de Zurich, où personne de la famille n'était jamais allé mais dont on leur avait parlé, ils tenaient les hôtels pour des lieux louches, fréquentés en ordre principal par des « rastas » et des couples adultères, où on était exposé à rencontrer « n'importe qui », où on courait même le risque de « se faire des relations » (ce qui, pour Anthéaume, était le sommet de la vulgarité), bref des sortes de gîtes d'étape, à ne fréquenter qu'en dernier désespoir de cause et en prenant soin de bien essuyer les lunettes des vatères. Ces divers sentiments expliquent pourquoi, lors de leur voyage de noces, au lieu de bénéficier du confort des excellents hôtels italiens, Emmeline et Cédric cantonnèrent, à Venise d'abord, chez les cousins Friulan, dans une chambre ornée de fresques, qui donnait sur le Grand Canal mais où, toutes les nuits, des sarabandes de souris les empêchèrent de dormir; puis à Rome, chez les cousins Pandolfi, dans un appartement de dix-huit pièces, via Giulia, fort funèbre et où on s'attendait toujours à voir César Borgia émerger d'un placard.

Menus inconvénients qui ne les empêchèrent pas d'accomplir bravement tous leurs devoirs de touristes. A Venise, ils se promenèrent en gondole, allèrent déjeuner à Torcello, se firent conduire à Murano, y passèrent commande d'un lustre blanc et rose, visitèrent le musée où, plus sensible aux arts que son mari, Emmeline s'éprit d'un beau Bronzino. A Rome ils ne manquèrent pas de jeter dix lires dans la Fontaine de Trevi et d'aller admirer la coupole de Saint-Pierre telle qu'on la voit par le trou de la serrure de la porte des Chevaliers de Malte, sur l'Aventin, ce qui est autrement exaltant, on en conviendra, que d'aller voir Saint-Pierre de près, ce qu'ils firent d'ailleurs aussi mais avec l'impression de perdre leur temps.

C'est la tête pleine de ces jolis souvenirs qu'ils regagnèrent la maison où, pendant au moins deux ans, leur vie fut à la fois sans histoire et parfaitement heureuse. Emmeline s'était retrouvée rapidement enceinte et, dans les délais d'usage, elle accoucha d'un gros garçon qui fut baptisé Guillaume. Jusque-là replié dans son appartement tant par discrétion que par sauvagerie, le comte Anthéaume prit l'habitude d'aller s'asseoir dans la nursery où, pendant des heures, il laissait le bébé se cramponner à son énorme index. Ou il accablait de recommandations la nurse qu'Emmeline avait engagée, une Tchèque, Sudète plus exactement, nuance sur laquelle elle avait insisté, une forte fille, assez mastoc, fraîche comme la laitue et qui sentait la pomme. N'ayant connu, dans son enfance, que des nurses anglaises, Anthéaume ne put jamais l'appeler autrement que Miss, ce que, après avoir regimbé, la nurse finit par accepter. Dans le reste de la famille, par esprit de conciliation, on prit le pli de l'appeler Miss Fräulein.

Espérant, sans trop y croire, que son gendre pourrait lui succéder dans ses affaires, Ricou lui avait fait installer un beau bureau dans son usine du Taquet, étant entendu que Cédric n'y viendrait que les jours où ça lui chanterait. Eh bien, contrairement à ce qu'on aurait pu penser, cela lui chantait assez souvent. Il avait même tenu à pointer. « Je pointe » disait-il avec sur le visage une expression de stupeur ravie. La petite sonnerie qui accompagnait son pointage lui donnait le même plaisir qu'au théâtre le timbre qui annonce la fin de l'entracte. Il avait aussi une secrétaire, une fausse maigre qui, à la fois pour sa prestance et pour sa bonne humeur, l'adorait. Sur son bureau, il trouvait quelques dossiers que, toujours dans l'espoir de l'intéresser, Ricou lui faisait parvenir « pour avis ». Cédric les empoignait avec plaisir, commençait par les feuilleter à bout de bras, pour s'en donner, comme il disait, « une vue cavalière ». Puis, après s'être vigoureusement frotté les mains et en prenant la large inspiration du nageur sur son plongeoir, il en entamait la lecture, la poursuivait bravement jusqu'au bout, s'apercevait qu'il n'avait aucun avis à donner et se contentait de mettre son paraphe avec la mention : Vu. Modeste, il se gardait d'ajouter : et approuvé. Qui était-il pour approuver ou désapprouver ? Non, là, je le calomnie. Au moins trois fois, il lui arriva d'émettre des opinions dont Ricou dut reconnaître le bon sens. A six heures, il retraversait le bureau de sa secrétaire en disant : « Encore une de tirée », rentrait chez lui, « se tapait » un scotch dont il estimait qu'il l'avait bien mérité. Un jour pourtant, il se décida à faire une incursion dans les ateliers. Il en sortit épouvanté. Ces machines, ces courroies de transmission, ces plaques de tôle, ce boucan, cette chaleur ! C'est l'enfer, se formula-t-il. Et ce jour-là, rendons-lui cette justice, son scotch lui parut amer. Était-ce donc là le prix de son aisance ? De ses beaux meubles ? Des trois chevaux qu'il avait dans les écuries maintenant restaurées ? Pour aboutir à cette conclusion qui peut laisser perplexe : qu'au fond la noblesse était mieux inspirée qui, en ne travaillant pas, au moins ne faisait pas beaucoup travailler les autres.

Du côté d'Emmeline, quelque chose, vers ce temps-là, se mit à moutonner. Bien que Cédric fût un mari excellent et qui la comblait (sexuellement, il était, comme on dit, une affaire. J'avais eu là-dessus les confidences d'une certaine manucure qui, à des années de distance, en avait encore les yeux retournés), elle commença à éprouver un certain agacement à propos d'une manie de Cédric qui était d'assener aux femmes, de préférence aux jolies, des compliments-massues, toujours les mêmes d'ailleurs et dont les deux plus courants étaient « Doux Jésus! Quelles joues! Mais ce sont des pêches! » ou bien : « Quelle jolie robe! De quel paradis descendez-vous, ma belle houri? ». Sur la remarque que lui en fit, assez aigrement, Emmeline, Cédric allégua que ce n'étaient là que simples politesses et façon de manier ce qu'il appelait le dé de la conversation. C'était vrai d'ailleurs. Enfin, presque. Pour cerner plus exactement la question, disons que, devant les femmes, Cédric éprouvait une effervescence qu'il lui fallait absolument exprimer même sans aucune intention de pousser les choses plus avant.

Sauf que les belles complimentées y voyaient volontiers un élan, une velléité qu'à leur avis seule la fortune d'Emmeline empêchait Cédric de traduire en actes. D'où, de leur part, des battements de cils, des avancées de genoux, des réponses si appuyées qu'au moins deux fois, à ma connaissance, Cédric y avait cédé. C'est ainsi que notamment, un jour, par le truchement d'une amie, Emmeline apprit que son mari avait été vu sortant de chez Madame Berthe, sa propre couturière et la principale dans notre ville. Cette Madame Berthe passait pour belle femme et elle l'était (les deux ne vont pas toujours de pair). Grande, des épaules qu'on devinait superbes, le teint ocré, un regard comme trempé et qui avait l'air de héler la petite secousse. Emmeline s'attendait à en éprouver du chagrin. Elle ne trouva en elle que de la fureur. Elle commença par retirer à Cédric la double signature sur son compte, ce qui complète l'idée qu'on a déjà pu se faire de son caractère. Si rude qu'elle fût, cette mesure punitive lui laissait cependant un goût de trop peu. Ne fallait-il pas aussi châtier Madame Berthe? Mais comment? La priver de sa clientèle? C'était s'obliger à monter à Paris pour ses toilettes. Quel embarras! Emmeline préféra s'orienter vers une autre solution. Elle se rendit chez Madame Berthe et, là, s'étant d'abord très fermement assise sur un pouf, elle dit :

– Ma petite, de deux choses l'une. Ou vous rompez avec mon mari, ou je vous retire ma clientèle, j'entraîne toutes mes amies et vous vous retrouverez sur la paille.

Or, s'il était tout à fait exact que Madame Berthe avait un jour admis le comte Cédric aux honneurs de son divan ponceau, dans l'entresol au-dessus de la boutique, elle n'avait jamais imaginé que cette étreinte pût avoir un lendemain et, moins encore, qu'elle pût donner lieu à une rupture. Aussi est-ce vraiment pour dire quelque chose (ou, comme elle devait le confier à sa demoiselle de magasin : « pour emmerder cette chipie ») que, sur un ton pénétré et en portant à ses yeux un fin mouchoir de batiste, elle articula :

– Ah, Madame la Comtesse, cela ne sera pas facile.

– Ta ta ta, dit Emmeline qui, comme souvent les âmes fortes, prenait aisément son parti des chagrins d'autrui. Vous ne serez pas en peine d'en trouver un autre.

Le regard aigu qui échappa à Madame Berthe aurait dû éclairer Emmeline et lui apprendre ce qui n'était pas un grand secret, à savoir que les trois quarts des maris des clientes de Madame Berthe le connaissaient, son divan ponceau, et étaient au courant de ses tarifs, d'ailleurs échelonnés suivant qu'on s'arrêtait au divan ou qu'on poursuivait jusqu'au lit, dans la pièce voisine. Faute d'une expérience suffisante de la vie, Emmeline ne perçut ni le regard ni sa signification et elle sortit de la boutique persuadée qu'elle avait brisé un grand amour. A ce détail près que, n'étant jamais retourné chez Madame Berthe, Cédric ignora toujours qu'elle avait rompu avec lui.

Cet épisode montre à quel point parfois deux êtres peuvent s'aimer et mal se connaître. Car ils s'aimaient, Emmeline et Cédric, ils s'aimaient vraiment et l'affaire de Madame Berthe, pour Cédric, n'avait été qu'une brise passagère, issue de la légèreté de son caractère, impulsion d'un moment et morte avec lui. Née Ricou, fille de son père pour qui l'argent était la seule ou, en tout cas, la plus saine traduction de chacun de nos actes, Emmeline, par le retrait de la signature, avait cru infliger à son mari une sévère sanction. En réalité, cette mesure avait glissé sur lui comme le crachin breton sur le ciré jaune du pêcheur. N'ayant jamais vraiment manqué d'argent, n'ayant jamais connu ce qu'un poète de chez nous a si justement appelé « l'âpre morsure de la misère », Cédric possédait au plus haut point cette forme rudimentaire du désintéressement qui est non de mépriser l'argent mais de ne même pas savoir ce que c'est. Il avait d'ailleurs son compte personnel qui, pour ses frais courants, lui suffisait tout à fait, le train de la maison étant assuré par Emmeline. Tout ce qu'il en retint, c'est qu'il avait fait de la peine à sa femme. Il en éprouva un sentiment diffus, un malaise dans lequel n'importe qui d'un peu avisé aurait reconnu le remords mais que, pour sa part, ne l'ayant jamais éprouvé, il baptisa ennui. Voilà, il le tenait, son diagnostic : il s'ennuyait, il s'encroûtait, il lui fallait se secouer. D'où l'habitude qu'il prit vers cette époque-là de se donner la distraction – j'allais dire le remède – de quelques voyages à Paris.

Cela se passait de la manière suivante : de temps en temps, pas très souvent, disons deux ou trois fois par an, de préférence au petit déjeuner, il se mettait à soupirer :

– Ah, Paris! C'est que ça me manque. Le Louvre, la Sainte-Chapelle, revoir *Phèdre* à la Comédie-Française...

Jusqu'au moment où, agacée, Emmeline lui disait :

– Mais allez-y, mon ami. Paris, ce n'est pas le bout du monde.

– Vraiment? Cela ne vous contrarie pas?

– Pourquoi voulez-vous que cela me contrarie?

Et le lendemain, muni d'un viatique qui dépassait de beaucoup le prix du billet d'entrée à la Sainte-Chapelle, son beau sourire franc éclairant son grand visage, le chapeau à la coquin, escorté d'un porteur qui coltinait ses belles valises de cuir, Cédric prenait le train pour Paris.

Là, grâce à son cousin le comte de Rochecotte, chez qui il descendait et qui était l'amant en titre – ou plutôt le monsieur sérieux – de la célèbre, enfin de l'assez célèbre Macouca, dite la Perle des Caraïbes, Cédric était rapidement devenu un familier des loges et des coulisses des Folies-Caumartin, un music-hall sis dans la rue du même nom, hélas maintenant disparu mais qui, à l'époque, rivalisait sérieusement avec les Folies-Bergère, à un niveau artistique pourtant légèrement inférieur. Les bonnes manières de Cédric, son humeur enjouée, ses baisemains y faisaient fureur, ses baisemains surtout, tantôt cérémonieux, ce qui emplissait d'orgueil les jeunes danseuses, les petites figurantes et jusqu'aux habilleuses, tantôt plus intimes, sur la paume retournée, ce qui lui valait des regards coulés. Toujours prêt à rendre de menus services, tenant une houppette ou un miroir, baisant une épaule par-ci par-là, Cédric se sentait léger, libre, papillon, porté à la surface de lui-même. Là enfin, il pouvait s'en donner, de ses compliments-massues et ils redevenaient ce que, sans la susceptibilité d'Emmeline, ils n'auraient jamais dû cesser d'être : la simple expression de son bonheur de vivre.

Bien qu'à la rigueur ces plaisirs-là lui eussent suffi et qu'il ne recherchât pas les aventures, il en eut, forcément. En diverses occasions, il se retrouva, à l'aube ou vers midi, suivant les cas, sur un trottoir de la rue Taitbout ou de la rue de la Chaussée-d'Antin, émergeant d'un studio généralement fanfrelucheux, remettant ses gants, humant l'air frais, lançant un dernier regard sur l'immeuble dont il sortait, parfois même dédiant un baiser du bout des doigts à une fenêtre du troisième étage, à la forte stupeur des ménagères qui faisaient leurs courses. Et il regagnait l'hôtel particulier des Rochecotte, rue de l'Université, avec l'impression que ses pieds ne touchaient pas le pavé.

Régulièrement, en quittant Emmeline, il lui disait : « J'en ai pour une petite huitaine. » Tout aussi régulièrement, il revenait au bout de quatre jours. « Je me languissais de vous, mon cher cœur. »

Ce qui était vrai. Et ce qui n'empêchait pas les souvenirs de garder tout leur charme. En dépliant sa serviette, il disait : « Ah, la Sainte-Chapelle! Quels moments! » Et il se mettait à fredonner un air dans lequel un musicologue même peu averti aurait pu reconnaître le leitmotiv de la revue des Folies-Caumartin.

Sur quoi, il prit conscience d'un phénomène qui le surprit, à savoir qu'un plaisir qu'on ne peut raconter à personne, ce n'est pas le plaisir complet. Ces nuits parisiennes, ces danseuses, ce brillant, ce léger, ces plumes, ces poudres de riz dans l'espace, ces vies qu'il découvrait, et souvent si pittoresques, comment garder tout cela pour lui? Le raconter? Mais à qui? Cédric connaissait assez notre ville pour savoir que, même susurrées à un platane, ses confidences bientôt reviendraient à Emmeline. Commença alors pour lui ce qu'on pourrait appeler l'ère des confidences parallèles. C'est ainsi qu'un soir, à un dîner chez les Talbon du Chênedieu, comme il était question de Joséphine Baker, il ne put résister à là gloriole de dire qu'il la connaissait. Mais alors qu'il lui avait été présenté par Macouca, dans sa loge des Folies-Caumartin où, bonne fille, Joséphine Baker était venue congratuler sa consœur, il préféra placer la rencontre au Louvre, devant la Joconde (seul tableau dont il fût sûr qu'il était bien là).

– Il y avait une dame. Je ne l'avais même pas remarquée. Elle a laissé tomber son sac. Je l'ai ramassé. La conversation s'est engagée. Eh bien, c'était Joséphine Baker. Elle m'a d'ailleurs dit, sur la peinture italienne, des choses tout à fait intéressantes.

Cette anecdote ayant beaucoup frappé, les assistants se montrèrent avides de plus de détails. Comment était-elle habillée? Il était peu probable, en effet, qu'elle eût visité le Louvre avec sa ceinture de bananes. Cédric lui inventa sur-le-champ un tailleur vert bouteille, très strict, une jupe de tussor (un mot qui lui vint comme ça, dans le feu de l'inspiration), des escarpins de crocodile (là, on loua son esprit d'observation).

– Et sur la tête?

– Sur la tête? Un madras lilas.

La disparate de cette toilette suscita, surtout de la part des dames, quelques commentaires. Cédric eut alors ce mot qu'on voudra bien m'excuser de trouver sublime :

– Forcément, elle sent encore un peu la province.

C'est à un autre dîner, suivi d'un bridge, que surgit la version, elle aussi expurgée, de l'épisode Pomponnette. Cette Pomponnette était un charmant petit sujet qui, dans les différents tableaux de la revue des Folies-Caumartin, figurait successivement le printemps, Jeanne d'Arc et une porteuse de balalaïka dans une orgie chez Raspoutine. Après une folle nuit où, avec Cédric, elle avait pu déployer toutes les ressources d'un tempérament tourné vers l'espiègle, après avoir été déjeuner avec lui à Marnes-la-Coquette, vu qu'à son sens, après l'amour, il fallait respirer le bon air, elle l'avait emmené chez ses père et mère, du côté de la rue Girardon, lesquels père et mère étaient respectivement clown et ouvreuse dans un cirque, le même d'ailleurs, étant très unis. Cédric avait passé une délicieuse après-midi à écouter des histoires de cirque, de numéros manqués, d'otaries farceuses, histoires que, maintenant, avec beaucoup de brio, il racontait à ses partenaires charmés et qui en avaient arrêté de jouer. Qu'il racontait, bien entendu, en escamotant l'espiègle Pomponnette et en les attribuant à un ex-cantinier de son régiment, depuis reconverti dans le cirque, rencontré par hasard rue de Rivoli et que, le voyant dans la débine, il avait emmené dîner chez Poccardi, trait d'humanité qui fut applaudi.

Emmeline était-elle dupe? Une autre aurait pu s'étonner que, si assidu au Louvre quand il était à Paris, Cédric n'eût jamais mis les pieds dans nos musées qui, certes sans rivaliser avec le Louvre, comptent cependant quelques belles pièces. Emmeline n'en était plus à se poser ce genre de questions. L'ayant un jour rencontrée vers ce temps-là et lui ayant fait un pas de conduite, je crus entrevoir en elle un sentiment que, maintenant encore, je ne sais comment définir. Comme si elle était absente de sa vie. Ou comme si, consciemment ou non, elle avait pris de la hauteur. Ou même comme si elle éprouvait cette sorte d'agacement, d'impatience, voire de rage qu'on ressent lorsqu'on en arrive à se demander pourquoi on est sur la terre. Ce fut Cédric, tout à fait involontairement, qui lui en fit prendre conscience. Un soir, à table, de plus en plus désireux de donner aux siens, fût-ce sous une forme déguisée, un reflet de sa vie parisienne, il se risqua à dire :

– Ce Rochecotte, quel type! Il connaît des gens partout. Lors de mon dernier séjour, comme il avait des billets de faveur pour les Folies-Caumartin, il a absolument voulu m'y emmener.

– Tiens! Comment était-ce? demanda le comte Anthéaume qui n'avait pas perdu tout intérêt pour le futile.

– Pas mal, dit Cédric d'un air très détaché.

– Et les danseuses?

– Elles ont de beaux yeux, dit Cédric.

Qui eut la fâcheuse inspiration d'accompagner ce propos d'une mimique qu'il avait vu faire par le gros Rochecotte, qui lui avait paru le fin du fin de l'esprit parisien et qui consistait à doubler la phrase « elles ont de beaux yeux » d'un geste très arrondi des deux mains devant la poitrine, mimique dont il souligna lourdement la signification en dédiant à son père un féroce clin d'œil. Emmeline eut un geste très sec pour déposer sa fourchette sur son assiette et, d'une voix chargée d'orage, elle proféra :

– Je ne sais pas qui vous fréquentez en ce moment, mon ami, mais vous êtes devenu d'un vulgaire !

Le lendemain, elle téléphona au duc d'Aspre pour lui enjoindre de la retrouver, l'après-midi même, dans un salon de thé, rue de la Loge. Cela faisait deux ou trois ans maintenant que le duc la poursuivait de ses déclarations bien qu'entre-temps il eût épousé une superbe blonde, Hongroise de nation et fort haute de manières. Déclarations toujours brèves : j'ai déjà noté l'inaptitude du duc à aligner plus de six mots d'affilée. « Je vous aime », disait-il puis, campé sur ses deux jambes, assuré comme une borne routière, il attendait. Ou bien : « Ma chère amie, quand vous voudrez », en y ajoutant un claquement de talons. A part ça, bel homme, dans le genre ciré.

A cinq heures, posés de part et d'autre d'un thé au citron, Emmeline, sans ambages (on aura déjà noté combien elle pouvait se montrer abrupte), lui déclara que, pour la suite de l'entretien, il valait mieux un endroit plus intime qu'un salon de thé. Pas du tout effaré (il en était sûr, cela devait arriver) mais n'entrevoyant pas la possibilité de louer un appartement dans le quart d'heure, le duc eut un geste apaisant de la main, demanda fort courtoisement la permission d'aller téléphoner, appela son ami le marquis de Beurteveaux qui, il le savait, possédait un antre pour ses fredaines, revint en disant que c'était l'affaire de quelques minutes, alla se poster sur le trottoir, vit arriver une imposante limousine, reçut des mains du chauffeur un paquet que Beurteveaux avait eu la délicatesse d'enrubanner et dont je puis déjà révéler qu'il contenait une clef, rentra dans le salon de thé en interpellant de loin la serveuse pour son addition, laquelle serveuse était la propre sœur de la secrétaire de Cédric, coïncidence dont le piquant malheureusement fut perdu pour tout le monde, cette jeune personne ne connaissant ni le duc ni Emmeline.

Parfait jusque-là, le duc fit alors une école. Imaginant qu'il ménageait ainsi la pudeur d'Emmeline, il prétendit que cet appartement était à lui. D'où les péripéties suivantes : arrivée à l'appartement, exclamations d'Emmeline devant la joliesse de l'ameublement, sourires modestes du duc, entrée d'Emmeline dans la salle de bains, découverte par elle de divers cosmétiques à destination clairement féminine, retour furieux d'Emmeline pour reprocher au duc de l'avoir entraînée dans une garçonnière où, avant elle, il avait déjà dû faire des horreurs avec des créatures. Ne sachant pas de quoi il s'agissait, le duc bafouilla. L'eût-il su, je doute qu'avec ses six mots il eût pu se disculper. Ils firent l'amour quand même car, lorsqu'on est sorti tout exprès pour ça, c'est toute une affaire de revenir là-dessus. Il serait exagéré de dire que ce fut une réussite. En rentrant, le parcours jusque chez elle étant assez long, Emmeline eut tout le loisir de se rendre à cette double évidence : que finalement Cédric était le meilleur des hommes mais que, dans leur couple, c'était elle l'adulte.

III

Un soir, après un dîner en famille, assis côte à côte sur un des canapés du grand salon, l'un devant son verre de lait, l'autre devant son bischof, antique boisson dont, chez les Saint-Damien, on perpétuait le culte (c'est du vin sucré dans lequel on a fait infuser du citron ou de l'orange), le père Ricou et le comte Anthéaume, au détour d'une phrase, constatèrent avec amusement que, s'étant rendus aux urnes le dimanche précédent, ils avaient voté pour le même candidat, le nommé Guinard, député de la nuance radical-socialiste. Leurs raisons cependant n'étaient pas exactement les mêmes. Anthéaume votait Guinard parce que, ayant joué aux billes avec lui dans son enfance et ayant constaté, dans ce domaine, sa facilité de caractère, il en avait définitivement conclu que c'était non certes un gaillard remarquable dans sa spécialité mais au moins une bonne personne. Ricou, au contraire, tenait Guinard pour une fripouille entière mais commode pour ses affaires, toujours prêt à s'entremettre, homme de parole surtout quand il s'agissait d'un coup tordu et finalement pas très exigeant quant aux enveloppes dont il fallait l'arroser. En l'occurrence, ils avaient raison tous les deux : cet homme d'État était à la fois vénal et fort brave homme.

Comme on voit, il n'y avait là-dedans aucune orientation partisane. Anthéaume et Ricou avaient voté Guinard par simple politesse et exactement comme ils auraient été l'applaudir au passage s'il avait disputé une course cycliste. Pour Ricou, la politique était quelque chose comme la ferronnerie d'art ou la cristallerie de Bohême, c'est-à-dire une industrie qui ne le concernait en aucune manière et pour laquelle d'ailleurs il convenait de son incompétence. Autant pour la religion : c'était l'affaire de sa femme. Dieu le Père lui serait apparu ou l'ange de l'Annonciation, il leur aurait dit : voyez ma femme. Ricou n'était pas un homme à aphorismes. Je lui ai entendu cependant proférer celui-ci : « C'est bien, l'indifférence. Ça met de l'air. »

Les Saint-Damien, eux, étaient royalistes et résolument catholiques, de naissance et sans jamais s'être interrogés là-dessus, ne manquant ni la messe du dimanche, ni de mettre la cravate noire le 21 janvier, jour anniversaire de la mort de Louis XVI. Curieusement, ces convictions si fortes les avaient amenés, en matière politique, à la même indifférence que Ricou. Si parfois, devant certains épisodes, ils voulaient bien admettre que la politique était une activité en quelque sorte ésotérique, réservée à de mieux renseignés qu'eux, il leur arrivait plus généralement de n'y voir, en l'absence d'un roi pour y mettre de l'ordre, qu'un ramas de manigances, de manèges douteux, d'intrigues louches et de maquignonnages avariés, tout ça entre les mains d'individus infréquentables qui, pour abuser le peuple et le distraire des vrais problèmes, faisaient semblant de se quereller pour aller ensuite, bras dessus bras dessous, chopiner dans les brasseries, aux frais de la République et en se tutoyant, ce qui était tout dire. Les Saint-Damien tutoyaient peu.

Quant à Emmeline, son homme, c'était Mussolini (que, je ne sais pourquoi, elle persista longtemps à appeler Mussolin). A son avis, c'était un homme comme lui qu'il fallait à la France et elle se désolait de ne trouver, dans le personnel politique, personne qui en eût le menton. Lors d'un deuxième voyage qu'elle fit à Rome, trois ans après le voyage de noces, ce sentiment eut à subir deux fortes bises mais en sens contraire. Du côté des cousins italiens, elle eut la surprise de rencontrer de nettes réticences. Appartenant en général à l'aristocratie noire, fidèles au pape et déjà enclins à ne voir dans le roi qu'un usurpateur, ils n'avaient qu'une confiance mitigée dans celui qu'ils persistaient à n'appeler que son Premier ministre.

— Bon, il paraît qu'il nous a sauvés du bolchevisme. Il ne faudrait pas exagérer. Un ancien socialiste, ma chère petite. N'oubliez jamais ça. La caque sent toujours le hareng.

Et les fascistes ?

— Des mal élevés. Pour deux ou trois qu'on peut fréquenter, les autres ont de ces manières ! Savez-vous quel est leur cri de guerre ? *Me ne frego*. Je m'en fous. Des anarchistes, au fond.

Emmeline qui était assez portée sur le social – et assez portée aussi sur l'esprit de contradiction – en avait conclu que ses cousins étaient « de vieux croûtons », réactionnaires comme des sabots, désormais absents des longitudes de l'Histoire et que, pour avoir suscité ainsi leur hargne, Mussolini devait être encore mieux qu'elle ne le croyait. En revanche, ayant eu l'occasion de le voir à une de ces immenses *adunate* de la Place de Venise et l'ayant entendu haranguer du haut de son balcon, elle l'avait jugé « redondant » (comme elle ne connaissait pas trois mots d'italien, je ne vois pas bien ce qu'elle entendait par là). Elle fut également déçue en le revoyant, de plus près cette fois, quelques jours plus tard, lors d'une réception à l'ambassade de France. Là, elle l'avait trouvé trapu, moins grand qu'elle ne l'avait imaginé, fagoté dans son habit. Mussolini pourtant lui avait dédié un baisemain assez insistant et, dans ses gros yeux globuleux, elle avait cru déceler une lueur d'intérêt, voire, disons le mot, de désir. « Voulez-vous que je vous dise, confia-t-elle à son mari, il me fait l'effet d'un grand timide. » Au retour, dans les salons de Montpellier, cette révélation de la timidité de Mussolini devait causer la même forte impression que l'érudition de Joséphine Baker en matière de peinture italienne. Je me demande pourtant si, à sa manière, restée dans le futile, Emmeline n'avait pas pressenti là ou entrevu une faille, une faiblesse qui apparaîtrait plus tard, à propos de péripéties historiques telles que la bizarre passivité de Mussolini lors de la motion du Grand Conseil fasciste qui devait amener sa chute ou sa non moins étrange sujétion à l'égard de Hitler.

Il ne faudrait pas trop se fier aux jugements d'Emmeline sur ses cousins italiens. L'année suivante, ayant dû à mon tour aller à Rome, et précédé de la recommandation d'Emmeline, j'avais été reçu par eux au titre de cousin in partibus. C'étaient, en effet, dans des palais vétustes mais que de beaux tableaux et de vastes enfilades de salons égayaient, c'étaient de vieilles princesses encore nerveuses; c'étaient des jeunes femmes très suffisamment éclatantes, des dents superbes, l'œil bien fendu; c'étaient des trentenaires très en forme ou des quinquagénaires en excellent état, réactionnaires, d'accord, mais tout à fait dans le vent, rieurs, grands joueurs de golf, souvent mariés à des Américaines ou à des vedettes de cinéma, ce qui mettait de l'animation. L'un d'entre eux, le comte Ascanio degli Ascagni, ne m'a pas caché que, pendant le séjour d'Emmeline, il avait eu pour elle un gros coup de cœur et c'est dans des termes encore frémissants qu'il m'évoqua son profil aigu, son cou de gazelle, sa frange sur le front et la longueur de ses cils. Il s'était aussitôt offert pour promener Emmeline dans Rome et grâce à l'indolence de Cédric que les églises, les musées fatiguaient et qui préférait aller s'asseoir aux terrasses des cafés de la via Veneto, il avait pu se ménager avec elle des moments d'intimité dont le souvenir lui illuminait encore les traits. J'essayai de savoir jusqu'où elle avait été, cette intimité. En vain. Avec son nez court et son sourire de cuisinière émaillée, Ascanio était un *galantuomo*. En tout cas, comme cicérone, il avait été parfait. Au lieu des rituelles niaiseries touristiques auxquelles Emmeline s'était bornée lors de son voyage de noces, elle avait été admise, cette fois, à des attractions plus rares. Ayant des accointances au Vatican où un de ses oncles était cardinal, Ascanio avait pu lui faire visiter la Chapelle Sixtine à une heure où il n'y avait personne et la faire assister ensuite à une prise d'armes des gardes suisses. Un autre jour, de la via Giulia où elle habitait, il l'avait emmenée dans une ruelle voisine où, après avoir réveillé le gardien qui faisait sa sieste au deuxième étage d'une maison à côté (c'est dire qu'il fallait savoir), il put la faire entrer dans Sant'Eligio degli Orefici, une petite église, généralement fermée, nue, mais dont les plans ont été dessinés par Raphaël et dont les proportions, sous l'effet de quels calculs ou de quelle inspiration ? ont quelque chose de magique tant elles donnent l'idée de l'harmonie absolue. Cela avait permis à Emmeline de mettre au point, à son retour, un numéro qui devait lui valoir une grande réputation. Aux gens qui partaient pour Rome, elle disait : « Surtout ne manquez pas Sant'Eligio degli Orefici » en y ajoutant cette métaphore hardie : « A côté de ça, Saint-Pierre et la Sixtine peuvent aller se rhabiller. » Ou, aux gens qui en revenaient et qui n'avaient pas eu l'élémentaire précaution de la consulter : « Comment! Vous avez manqué Sant'Eligio degli Orefici? Mes pauvres amis! De Rome, vous n'avez rien vu. »

IV

Vers la mi-juin, cette année-là comme toutes les autres, il y eut, chez les Saint-Damien, grand branle-bas et grand arroi de malles, de cantines, de valises : la famille allait passer l'été au domaine de la Mahourgue.

Converti pendant la guerre en hôpital militaire, ce qui avait laissé des dégâts, et surtout depuis la mort de la comtesse Anthéaume, décédée en 1919, le château avait été à peu près abandonné. C'est tout juste si le comte Anthéaume y venait une fois l'an, prétendument pour surveiller ses fermages, à quoi d'ailleurs il n'entendait rien. Ce jour-là, son activité principale consistait à faire une longue promenade à travers le domaine, à tapoter les arbres du bout de sa canne, à passer chez ses fermiers où il s'informait de la santé des enfants (trait à noter : il connaissait les prénoms de chacun). Il y ajoutait quelques observations que lesdits fermiers écoutaient avec considération et oubliaient aussitôt.

— Alors, les vignes ? demandait-il d'un air capable.

— Ah, ça donne bien de la déception, Monsieur le Comte.

— Et les bêtes ?

— Pour les bêtes, ça va.

– Eh bien, tant mieux!

Se croyant tenu à cette occasion de passer au moins une nuit, mais refusant de pénétrer dans ce qui avait été sa chambre conjugale tant il craignait d'être attristé par le souvenir de la comtesse, il couchait dans une chambre à côté, sur un lit de camp, dernier vestige de l'hôpital militaire. Le matin, il traversait sans les regarder les autres pièces où, sous des housses grises, les meubles menaient une vie fantomatique. Il allait voir le vieux gardien et sa femme auxquels était confié le château et qui gîtaient dans une autre aile. Il s'asseyait, prenait un verre de vin, en louait le bouquet, écoutait les doléances du vieux ménage, promettait d'y penser et s'en allait, persuadé qu'il avait accompli son devoir entier et que, si tous les grands propriétaires en faisaient autant, le monde irait mieux.

Depuis, Emmeline avait pris la chose en main.

– C'est trop bête! Ce château qui est là, en pleine campagne, pas trop loin des plages. Pensez aux enfants. Et nous irions, pour les vacances, nous enterrer à Biarritz ou au Cap Martin. Dans des hôtels!

Il y avait, dans ces propos, au moins deux mots qui devaient suffire à semer l'épouvante chez les deux Saint-Damien. J'ai déjà indiqué leur répulsion pour les hôtels. Ils en pensaient à peu près autant des vacances, autre diablerie du monde moderne et qui, il est vrai, pour eux, n'avait guère de sens. Forte de cette panique qui les avait laissés sans voix, Emmeline débarqua à la Mahourgue, flanquée d'un architecte, petit homme en veste de velours et la barbiche à l'artiste, lui-même escorté par les représentants de divers corps de métier. Au bout d'un an, le château était entièrement transformé. Un large escalier sur les marches duquel Emmeline avait fait disposer des géraniums et des caoutchoucs, menait à un immense salon de quinze fenêtres, sept de chaque côté et une large baie au fond. En face, trois salons plus petits qu'Emmeline avait, comme on dit, coquettement arrangés : guéridons, tables à jouer, chaises-lyres, ottomanes tendues d'un reps à rayures. A côté de la principale chambre à coucher, elle avait fait entièrement réaménager la salle de bains qui, à quelques mètres près, avait la taille de la gare Saint-Lazare. Ivre de modernité, et bien qu'Anthéaume eût souligné l'inanité de cette dépense, elle en fit installer deux autres, l'une d'un accès assez commode, l'autre si mal située, au bout d'un escalier en colimaçon, qu'il fallait une boussole pour la trouver. Pour cette raison, elle fut bientôt baptisée : l'île mystérieuse. Lorsqu'il y avait des invités, on entendait des phrases comme : « A quelle heure prenez-vous l'île mystérieuse ? » ou « Pardon, pourriez-vous m'indiquer l'itinéraire pour l'île mystérieuse ? » Enfin, les écuries avaient été arrangées elles aussi. Faites pour dix-huit chevaux, elles abritaient maintenant deux jeunes juments plus un boghei offert par Emmeline à son beau-père et dont il se servait volontiers pour ses promenades dans les environs.

Bâti vers 1710, sur l'emplacement d'une forteresse dont des traces subsistent – notamment un caveau où Cédric se souvenait avec effroi d'avoir été enfermé toute une journée, vers sa douzième année, pour avoir été surpris dans un champ avec la fille d'un fermier, par quoi l'on voit que l'effervescence, chez lui, ne datait pas d'hier –, bâti donc vers 1710 et sis sur une légère élévation, le château présentait, orientée vers l'ouest, une longue façade plate, sans autres ornements qu'un large perron et un fronton triangulaire supporté par quatre colonnes semi-encastrées. Devant – et c'était la curiosité principale du domaine – s'étendait une immense esplanade, d'un gris presque blanc, faite d'une matière calcaire dont de plus compétents que moi pourraient préciser la nature, par endroits un peu bosselée mais, dans l'ensemble, tout à fait horizontale. Elle se terminait par une pelouse en pente douce, égayée par deux parterres et ennoblie par un grand liquidambar, espèce rare (il avait, disait-on, l'âge du château). Cette pelouse descendait jusqu'à la pièce d'eau qui, sous ses arbres, apportait là sa présence à la fois mélancolique et paisible. A côté, depuis le perron, partait une large allée bordée de platanes. Elle allait jusqu'à la grille de l'entrée.

De cette esplanade, Emmeline avait fait une terrasse où se tenir, en y disposant des meubles de jardin, des balancelles, qui avaient l'air assez perdus dans cette immensité, en y ajoutant deux lampadaires, du genre réverbères urbains et dont le style, il faut bien le dire, s'accordait mal avec celui du château. Comme, un jour, j'en avais fait l'observation à l'architecte, il redressa sa barbiche à l'artiste et me rétorqua : « Monsieur, si vous connaissez quelqu'un qui soit capable de résister aux desiderata de Madame la Comtesse, vous seriez bien aimable de me donner son adresse. »

C'est là, sur cette esplanade, qu'un soir devait se produire un incident curieux. La journée avait été superbe. Attardée sur sa balancelle, Emmeline avait pu voir le coucher du soleil et le ciel passer d'un bleu pâle à un rose presque rouge. Après le dîner, tant la soirée était douce, ils étaient revenus sur la terrasse. Outre Emmeline et Cédric, il y avait là Ricou et sa femme, venus passer quelques jours. Et le comte Anthéaume qui, pour fumer son cigare, s'était assis un peu à l'écart. Dans son transatlantique, un bras sous la nuque et en balançant son pied droit, Cédric venait d'énoncer que c'était une belle nuit lorsque, sous la clarté blanche que dispensaient à la fois la lune et les deux lampadaires, on vit apparaître, venant du château, une fille qui portait un plateau sur lequel il y avait une tasse. Une fille que personne, dans la famille, n'avait jamais vue, qui devait avoir quinze ou seize ans, en robe verte, d'un vert déteint, les pieds nus. D'un pas glissé qui lui donnait l'air de danser, elle traversa l'esplanade, s'approcha du comte Anthéaume. Anthéaume prit la tasse, la but et, probablement conscient de la stupeur générale, dit :

– C'est mon infusion.

Ce n'était évidemment pas l'explication qu'on attendait. Sur le moment, il n'y en eut pas d'autre. Sauf qu'il se passa ceci : la tasse bue, la fille se pencha sur Anthéaume et l'embrassa. Un baiser très convenable, sur le haut du front, mais un baiser. Et elle s'en fut, de son pas dansant sous la lune.

Toute la famille en était restée sans voix. Dans l'air, une question flottait, presque palpable. D'où sortait-elle, cette ondine ? Emmeline fut la première à rompre le silence.

– Mais, père ! Qui est-ce ?

Anthéaume secoua la cendre de son cigare, amorça une toux puis :

– Je l'ai ramenée cet après-midi, des Saintes-Maries-de-la-Mer.

– Une gitane ? demanda Madame Ricou mais sur un ton enjoué comme pour signifier qu'à ses yeux c'était un charme de plus ou une raison déjà plus plausible.

– Allez savoir, dit Anthéaume dans un grommellement qui fit assez ressembler sa réponse à la sépia que projette la seiche et qui n'est pas spécialement destinée à apporter de la clarté.

Puis, après un temps, il dit encore :

– Elle est robuste.

Il l'avait dit comme si cet argument-là devait définitivement régler la question. Ce fut en tout cas ainsi que cela fut pris. On se remit à regarder les étoiles et, de plus en plus conciliante, Madame Ricou dit :

– C'est vrai que c'est une belle nuit.

Quand même, un peu plus tard, dans sa chambre, tout en se déshabillant, Emmeline ne put s'empêcher de dire à son mari :

– Il est drôle, parfois, votre père.

– C'est maintenant que vous vous en apercevez? rétorqua Cédric.

Emmeline se garda d'insister. Bien que Cédric n'eût sans doute jamais eu avec son père une conversation de plus de trente mots, il le vénérait et n'aurait pas supporté qu'on le critiquât. Anthéaume était chez lui. C'était bien son droit d'engager une fille de cuisine, même affectueuse.

Le lendemain, en se réveillant, Emmeline se reprocha sa faiblesse. D'accord, le comte Anthéaume était ici chez lui mais c'était elle qui menait le train de la maison et elle avait bien le droit de... Descendue à la cuisine, elle y trouva l'ondine, la cuisinière et la vieille gardienne très occupées à laper de grandes jattes de café. Après avoir rappelé à l'ondine que l'usage était qu'on se levât quand elle parlait – ce à quoi l'ondine obtempéra sur-le-champ – elle prit un air affairé pour lui signaler diverses tâches ménagères. Elle comptait sur un mouvement de révolte sinon pour la congédier, du moins pour clarifier la situation. L'ondine répondit par un « Oui, Madame la Comtesse » si bien articulé qu'Emmeline soupçonna aussitôt qu'on lui avait fait la leçon. Mais qui? La gardienne? La cuisinière? Douteux. Anthéaume lui-même? Mais quand? Cette nuit?

– Où avez-vous dormi?

– Je l'ai mise dans la petite chambre rouge au second, dit la gardienne.

– Très bien, dit Emmeline.

Qui, dans un premier mouvement, se promit d'aller vérifier si l'ondine y avait vraiment passé la nuit et qui, la seconde d'après, se reprocha cette curiosité indigne d'elle. A part ses gages qui, certainement, lui retomberaient sur le dos, en quoi cette ondine la regardait-elle? Et en quoi la vie privée de son beau-père? Au début de son mariage, une bonne âme lui ayant signalé une rumeur selon laquelle le comte Anthéaume rendait parfois visite à une certaine marchande d'oranges, elle avait estimé que cela ne la concernait en aucune manière et n'avait pas songé une seconde à s'informer plus avant. Ici pourtant cette fille lui donnait à penser. Ce n'était pas qu'elle fût particulièrement jolie. La peau épaisse, des traits comme encore pris dans la bouffissure de l'adolescence, des yeux verts, une chevelure épaisse qui avait à la fois la couleur et, semblait-il, la consistance du cuivre. Mais il émanait d'elle quelque chose de dru, de sauvage, quelque chose qui était comme tapi en elle et prêt à bondir, une brutalité, ou même une grossièreté dont Emmeline, en ce moment même, s'apercevait qu'elles pouvaient n'être pas sans charme. Et surtout, surtout, elle existait. Il faut en prendre son parti, c'est peut-être injuste mais c'est comme ça : il y a des êtres qui existent et d'autres qui n'existent pas ou à peine ou seulement par moments. Le père Ricou existait. Madame Ricou n'existait pas. Le comte

Anthéaume existait. Cédric n'existait que sur l'oreiller mais là doublement. Emmeline dit encore :

– Comment vous appelez-vous ?

– Marianca... Marianca, Madame la Comtesse.

L'après-midi même, en passant devant une fenêtre, Emmeline put voir l'ondine qui, sous l'œil d'Anthéaume, faisait des culbutes sur la pelouse, pour la plus grande gaieté des deux enfants, le gros petit Guillaume et le moins gros Rodolphe, tandis qu'au bout de l'allée, sur fond d'arbres, Miss Fräulein poussait le landau de la petite Isabelle. Ah, mais c'est vrai. Avec tout ça, avec tout ce que j'ai à raconter, je n'ai pas eu l'occasion de dire qu'après Guillaume, Emmeline avait eu un autre garçon, Rodolphe, puis, quelques années plus tard, une petite fille baptisée Isabelle, présentement âgée de deux mois. Il y avait dans ce spectacle quelque chose qui rassura Emmeline. L'ondine préposée aux jeux des enfants : tout rentrait dans l'ordre. Sentiment qui se trouva renforcé lorsque, à l'heure du thé, Miss Fräulein vint la remercier de l'heureuse surprise qu'elle lui avait faite en engageant une nurse adjointe vu que, comme elle avait déjà eu l'honneur de le signaler à Madame la Comtesse, avec ce nouveau bébé, avec ces deux diables et la proximité de la pièce d'eau, elle ne savait plus où donner de la tête.

Pour le moment, Emmeline avait un souci plus grave ou, du moins, plus immédiat. Voulant rendre en une seule fois les politesses dont Cédric et elle avaient été l'objet pendant toute l'année, et dans le dessein aussi, je pense, de faire admirer les derniers aménagements du château, elle avait décidé d'organiser une vaste garden-party. Elle eut lieu le 12 août et fut en effet grandiose. Des gens étaient venus de partout, y compris lord et lady Carpentry, flanqués de leur bagagiste promu chauffeur de la Rolls. A l'entrée du domaine, des préposés, avec des gestes de sémaphores, faisaient ranger les voitures. En prévision d'une ondée toujours possible et que la loi des garden-parties rendait même probable, on avait tendu, sur l'esplanade, de grands vélums jaunes. Ils mettaient de la gaieté. Deux longs buffets y ajoutaient une touche d'opulence. Sur une estrade, un petit orchestre s'installait et, de temps en temps, jetait déjà une note de cornet à pistons comme une espièglerie. Les hommes étaient en costumes clairs, les femmes avec des capelines roses ou lilas. Avec son fier collier de barbe de boucanier à peine revenu des mers du Sud, Hermangard, dont la réputation de boute-en-train n'était plus à faire, avait mis sur pied une grande partie de cache-cache. Les capelines s'égaillèrent. On retrouvait des couples derrière les massifs de rhododendrons, les hommes avec le regard anxieux du chasseur d'ours, les femmes avec le sourire mince de la Fornarina. Convertie au bonheur conjugal, Emmeline s'était mis en tête de me marier et, ce jour-là, elle m'avait jeté dans les bras une certaine Fabienne des Roncerets, cousine bien entendu (« Tu es déjà presque de la famille. Cela ne fera que confirmer »), cousine selon la définition des Saint-Damien, ce qui veut dire qu'il était vain de chercher à démêler la parenté. Un grand brin de fille, avec des mouvements de poney, une denture de piano, une voix de jet d'eau, dans son genre assez touchante. C'était ce touchant qui m'exaspérait. Ne disant pas trois mots sans y ajouter un timide n'est-ce pas? avec le beau regard lumineux des demoiselles de condition, comme si elle avait besoin de mon approbation pour décider qu'il faisait beau et que les cirrocumulus n'étaient pas menaçants. Heureusement, la partie de cache-cache tournait court. Probablement occupés à mitonner des lendemains adultères, des couples restaient introuvables, ne répondaient même pas aux appels malgré le porte-voix dont s'était muni le diligent Hermangard. Je pus enfin rejoindre Emmeline.

— Alors, comment la trouves-tu, la petite cousine?

— Moche, dis-je.

Emmeline eut son joli rire rauque.

— Attention. Si tu t'entêtes à ne pas te marier, je finirai par croire que tu es amoureux de moi.

Propos qui acheva de m'exaspérer.

— Pour ça, tu peux courir, ma vieille.

Non. Je n'étais pas amoureux d'Emmeline. Mais il était vrai que, depuis toujours, elle dormait dans mon cœur.

L'orchestre ayant enfin attaqué, les invités se mirent à danser. D'entrée de jeu, il apparut que cette partie du programme remportait plus de suffrages que le cache-cache. Sur un morceau plus vif, l'esplanade commença à bouillir comme une piste de cirque. Les capelines ondulaient comme un champ de coquelicots par grand vent. Entre les danseurs, passaient en souplesse les serveurs, dont Marianca et le bagagiste de lady Carpentry, qui présentaient les plateaux de rafraîchissements. Il y eut aussi une farandole. Puis, comme l'orchestre se déchaînait sur un rythme de plus en plus rapide, Emmeline vit avec amusement Cédric qui se précipitait sur Marianca, qui la débarrassait de son plateau et qui l'entraînait dans une danse particulièrement animée. C'était le moment de folie qu'espèrent toujours les maîtresses de maison et qui fait dire qu'une fête est réussie. Restée à côté de moi, Emmeline battait des mains. Puis l'orchestre s'arrêta, il y eut un ébrouement, l'orchestre repartit sur une musique plus lente, une musique qu'Emmeline n'avait jamais entendue, et Marianca dansa toute seule, toute seule d'abord au milieu des autres qui, eux aussi, s'étaient remis à danser puis, comme peu à peu les autres s'arrêtaient, elle dansa toute seule vraiment, les pieds nus, tandis que les autres regardaient. C'était une danse étrange, avec de brusques détentes du corps, les paumes levées tantôt comme pour appeler le soleil et les étoiles, tantôt comme pour repousser un destin funeste. « C'est une danse de son pays », me dit Emmeline. Quel était le pays de Marianca ?

V

La fête finie, l'été s'acheva sans histoire, avec des parties de croquet ou des baignades sur les plages. A la fin de septembre, la famille regagna la maison de Montpellier. Le 4 octobre, lors d'un dîner à l'occasion de je ne sais plus quel anniversaire, dîner auquel avaient été admis les enfants, le comte Anthéaume apostropha le gros Guillaume qui se mettait les doigts dans le nez.

– Qu'est-ce que c'est que ces manières, mon garçon? Vous vous croyez à l'Élysée?

Fortement teintée d'antirépublicanisme, cette réplique fut très applaudie et c'est avec son grand sourire de crocodile que, son dernier bischof pris, Anthéaume monta dans sa chambre. Pourtant, lui qui dormait toujours ses huit heures de rang avec la bonne conscience de qui, n'ayant rien fait, n'a rien à se reprocher, cette nuit-là, il se réveilla à quatre heures du matin et vint le hanter le souvenir de sa femme. Il la revoyait à un bal, il la revoyait à sa tapisserie ou, dans la cuisine, présidant aux confitures, il la revoyait avec sa coiffe d'infirmière parcourant le château transformé en hôpital militaire. Pour écarter ces pensées qui l'attristaient, il s'efforça de se rappeler les détails exacts d'un quiproquo qui avait, si on peut dire, un peu égayé ses funérailles.

Au décès de sa mère, Cédric avait jugé bon d'en aviser notamment le fillcul de la comtesse, le lieutenant de Rixecourt (on prononce Riscourt), présentement en occupation en Allemagne, et l'avait fait par le truchement d'un télégramme ainsi rédigé : mère décédée funérailles mercredi Cédric. Comme c'est l'usage militaire, ce télégramme était d'abord arrivé entre les mains du colonel lequel, en vrai père du régiment, avait immédiatement estimé que, dans sa sécheresse, ce télégramme porterait un coup trop affreux au lieutenant de Rixecourt et, au lieu de le lui faire remettre, il manda le lieutenant dans son bureau. En termes progressifs et modérés, il l'informa du décès de sa mère, de sa mère à lui, Rixecourt, et, sur-le-champ, lui fit dresser une permission, par quoi on voit qu'on a tort de médire du cœur des colonels. De train en train, l'âme désolée, Rixecourt fit un voyage impossible et arriva à La Rochelle pour y trouver sa mère fraîche comme un sorbet et très affairée par un bridge organisé pour nos chers poilus. Ce souvenir évoqué qui, dans le creux de la nuit, l'avait encore fait sourire, Anthéaume se rendormit. Il passa alors par une série d'épisodes bizarres. D'abord, il rêva ou plutôt, dans un état intermédiaire entre le réveil et l'engourdissement, il eut l'impression que son corps était devenu du plomb, du marbre, qu'il était pris dans une gangue et que, pour remuer son bras ou sa jambe, il lui fallait faire un effort surhumain. Réveillé et sa lampe de chevet allumée, il se demanda où il était. Cette impression-là, il lui était déjà arrivé de l'éprouver mais généralement cela ne durait que quelques secondes. Cette fois, cela se prolongeait. Il lui fallut de longues minutes pour enfin reconnaître ses meubles, sa grande armoire, sa commode bateau et une estampe qui représentait la bataille de Malplaquet. Mais il les reconnaissait mal, il les reconnaissait comme s'ils ne lui avaient jamais vraiment appartenu ou comme si on les lui ramenait de très loin, du fond de l'horizon, en oscillant, transportés par des déménageurs en goguette. Il se leva. Tenant le pyjama pour une autre de ces inventions indignes des gens convenables et estimant, par-dessus le marché, que, dans le pyjama, la ceinture du pantalon contrariait le sommeil, il portait une vaste chemise de nuit blanche, le col bordé d'une grecque rouge. Il alla jusqu'à la fenêtre, l'ouvrit, repoussa les volets. Un peu de brume flottait au ras des toits roses. Mais ces toits roses, cet aqueduc à l'horizon, cette ville qui était la sienne et où il avait toujours vécu, tout cela non plus il ne le reconnut pas. C'était encore une vision étrange, inattendue, comme venue là par surprise.

Il n'était que sept heures moins le quart, trop tôt pour appeler le jeune Eugène, le valet de chambre qu'Emmeline venait d'engager et qu'elle avait spécialement dévolu au service du comte. Il s'assit dans son fauteuil et il se dit que sa vie, finalement, n'avait été rien du tout, qu'elle avait coulé sans qu'il s'en aperçût et qu'en supposant qu'il eût à plier bagages, ce qui arriverait bien un jour, il n'aurait rien à emporter. Encore une fois, il pensa à sa femme. Il l'avait aimée. Mais qui pouvait lui assurer que cet amour-là était bien celui dont se gargarisent les hommes et qui leur fait faire des choses si étonnantes? Il pensa à sa mère, née Blumenfeld, épousée pour son argent, adorée pour sa bonté, avec ses grands yeux doux et ses larges cernes noirs de migraineuse. Il pensa aux voyages qu'il avait faits dans sa jeunesse. Ils n'avaient pas, dans son souvenir, plus de consistance que les cartes postales qu'à chaque étape il envoyait à ses parents. Il pensa à la guerre, époque bénie où tout était simple et clair. Il pensa à ses chers dragons. Il les avait bien aimés, ses dragons. Le pansage des chevaux, les départs à l'aube, l'orage lointain des batteries ennemies, tout cela était bien. Cela restait un peu court. Il pensa à Marianca. Qu'avait été pour lui Marianca, sinon encore un songe? Elle avait dansé. Mais avec Cédric, pas avec lui. Marianca aussi, ce n'était encore que du clapotis.

L'heure étant enfin devenue raisonnable, il sonna Eugène, lequel arriva et disposa sur le guéridon l'orange pressée, l'œuf poché, le thé au citron et les toasts qui composaient l'ordinaire d'Anthéaume. Pour une fois, ce taciturne éprouva le besoin de se confier.

— Je ne sais pas ce qui m'arrive ce matin. J'ai les jambes qui flageolent.

— C'est le temps, dit Eugène en vrai philosophe.

— Qu'est-ce qu'il a, le temps?

— Il n'est pas de saison, Monsieur le Comte.

— Mon pauvre ami! dit Anthéaume. Vous n'avez pas remarqué? Le temps n'est jamais de saison.

Ragaillardi par son petit déjeuner, il passa dans sa salle de bains, y prit une douche (il la préférait au bain qu'il tenait pour amollissant), s'étrilla au gant de crin, se rasa, se passa diverses lotions, mit son costume prince-de-galles qui, à son sens, lui donnait l'air d'un viveur. Puis, dans le premier tiroir de sa commode, il prit un paquet qui, sans être considérable, n'était pas petit, le mit dans sa poche et descendit à l'étage du dessous en quête d'Emmeline.

Il la trouva dans la cuisine, occupée à donner ses instructions à la cuisinière, une femme forte, le cabas au poing, visiblement fort impatiente de décaniller pour la raison qu'ayant amorcé un marivaudage épineux avec le boucher, il était capital pour elle d'arriver dans son négoce avant neuf heures, heure à laquelle, pomponnée comme il n'est pas permis, la sœur du boucher s'installait à la caisse et rendait le marivaudage plus épineux encore. Renseignée à cet égard par Miss Fräulein – dont le seul défaut était d'être rapporteuse –, Emmeline prenait en ce moment un malin plaisir à prolonger ses recommandations. Elle changea le rôti de veau en côtelettes d'agneau, les épinards en salsifis. Après avoir énuméré, dans les pages qui précèdent, divers traits d'Emmeline qui sont plutôt, me semble-t-il, à son éloge, je dois bien ajouter celui-ci qui est moins honorable : elle aimait assez sinon persécuter son personnel, du moins le contrarier dans ses desseins et pouvait faire preuve, dans ce domaine, d'une redoutable malignité.

La cuisinière enfin envolée, Anthéaume prit la parole.

– Mon enfant...

Sur quoi, il eut un regard éperdu autour de lui. Avec ses placards de chêne, ses niveaux de rangement comme on dit, son grand réfrigérateur blanc, cette cuisine ne devait pas lui paraître le lieu le plus adéquat. Emmeline le comprit et l'emmena dans le grand salon, seule pièce à avoir été à peu près épargnée par ses réaménagements. Anthéaume s'assit, tira les deux plis de son pantalon et dit :

– Mon enfant...

– Mon Dieu, père ! dit Emmeline. Quel ton !

De la paume levée, le comte Anthéaume signifia qu'il n'en avait pas fini et qu'il demandait de n'être pas coupé dans son élan. Emmeline était encore en robe de chambre, une robe de chambre brodée avec un grand col évasé. Ainsi, comme posée pour un moment sur son pouf, elle avait l'air d'un oiseau de paradis ou de cette fleur qu'on appelle strelitzia.

– Mon enfant, reprit le comte, je crois que nous sommes devenus de bons amis.

– Tout à fait, dit Emmeline.

Et il était vrai qu'après avoir, pendant un temps, considéré sa bru comme une tornade qui bousculait ses meubles et dérangeait son train-train, Anthéaume s'était pris pour elle d'une forte affection. Notamment, lors des escapades parisiennes de Cédric, il descendait toujours passer la soirée avec Emmeline. Il le faisait par devoir, en quelque sorte par délégation, mais aussi avec plaisir. Emmeline et lui avaient en commun une certaine vision abrupte de la vie, une certaine raideur de la nuque et, dans le secret de son cœur, Emmeline s'était parfois formulé que Cédric aurait pu tenir un peu plus de son père.

– Un jour, poursuivit Anthéaume, je me suis mal conduit avec vous.

– Mais non, mais non, dit Emmeline machinalement et en se demandant de quoi il pouvait s'agir.

– Si, dit fermement le comte et, comme pour n'y plus revenir, il répéta : Si. C'est le jour où votre père s'est présenté pour me parler de votre mariage. Je suis avare, vous comprenez.

Il l'avait dit exactement comme il aurait pu dire : je suis myope. Emmeline eut un geste de la main qui pouvait signifier indifféremment qu'elle le savait bien ou qu'elle tenait ce péché pour véniel. Elle-même, bien qu'elle fût portée sur le grandiose, pouvait se montrer féroce sur les devis et la cuisinière avait pu constater qu'il était vain d'essayer de la leurrer sur le prix des brocoli.

– Ce mariage! Ces fêtes! Votre père qui parlait d'inviter deux mille personnes. Alors je lui ai dit que nous étions gueux comme des rats.

Il y eut un temps. Soit embarras, soit goût de l'ordre, Emmeline en profita pour aller redresser un tableau qui était un peu de travers (une bonne copie de Hobbema).

– Nous n'étions pas si gueux, reprit le comte un ton en dessous.

Emmeline ne jugea pas à propos de renouveler son geste apaisant. Depuis son mariage, elle avait eu largement le temps de prendre la mesure des biens de sa belle-famille et, d'ailleurs, grâce à elle, grâce à son père, grâce à un régisseur recruté dans leur mouvance, la Mahourgue donnait maintenant des revenus appréciables.

– On ne répare jamais rien, reprit Anthéaume. Mais on peut marquer qu'on regrette.

De sa poche, il tira son paquet et le tendit gauchement.

– Voici, dit-il. Pour votre anniversaire.

Emmeline eut son joli rire rauque.

– Père ! Mon anniversaire n'est que dans trois mois.

– Je sais, je sais, dit Anthéaume sur le ton d'un homme qu'on excède avec des futilités. J'ai préféré m'y prendre à temps. Sinon, on ne trouve jamais ce qu'on cherche. Vous me connaissez. Je suis si distrait. Mon cadeau, je serais bien capable d'oublier où je l'ai mis.

Tout cela – et déjà rien que la longueur du discours, chez lui inhabituelle –, tout cela sonnait faux. Il était clair que le comte Anthéaume avait une arrière-pensée. Emmeline en eut le soupçon, fronça les sourcils puis renonça. Depuis sa quatorzième année où, dans son couvent, le frère d'une de ses amies avait brusquement cessé de lui faire parvenir des billets doux, elle avait pris comme doctrine qu'il était inutile de chercher à comprendre les autres.

– Mais à une condition, dit le comte en retirant

(machinalement, je crois) le paquet vers lui. A cette condition expresse : vous n'ouvrirez le paquet que le jour de votre anniversaire.

– Promis.

– Promettre, ce n'est pas assez.

– Juré, dit Emmeline. Oh, père, c'est trop gentil !

Elle se leva, embrassa les deux grandes joues poreuses.

– Bien, dit Anthéaume en lui remettant enfin le paquet. Voilà une bonne chose de faite. Je vais faire mon tour en ville.

Il descendit l'escalier pour chevaux. Devant le porche, jouaient quelques enfants. Anthéaume distribua des sous. Une toute petite fille, les cheveux dans la figure, vint se frotter contre ses jambes. Le comte descendit du haut de son mètre quatre-vingt-six, s'accroupit, caressa les joues de la petite fille. En se relevant, il fit une grimace : il avait eu, dans la poitrine, un élancement qui l'inquiéta. Renonçant à son tour en ville, il remonta dans sa chambre. Eugène y était occupé à refaire son lit. Anthéaume le regarda opérer puis, après un moment, il lui dit que ça allait comme ça, qu'il pouvait disposer. Eugène parti, il s'étendit sur le lit. Couché, il avait plus que jamais l'air d'une statue de l'île de Pâques. Il eut encore le temps de se rendre compte qu'il ne pensait rigoureusement à rien et son âme, sa grande âme restée si pure d'avoir été si peu employée, sa grande âme s'en alla rejoindre le sombre remous qui tourne autour de la terre.

VI

– Vous ne savez pas la meilleure?

Cédric, ce matin-là, venait de rentrer avec, sur son grand visage, cette expression à la fois obligeante et affairée qu'on prend tout naturellement lorsqu'on a une nouvelle surprenante à annoncer. Le comte Anthéaume étant mort intestat et ayant deux héritiers naturels, Cédric et sa sœur, sa succession n'avait pas présenté l'ombre d'une complication. Avec sa fougue coutumière, en agitant beaucoup ses mouchoirs pervenche, flanquée de son mari qui n'aurait jamais eu l'idée de ne pas l'approuver, lady Carpentry avait aussitôt déclaré que, moyennant le versement d'un demi-loyer pour la maison en ville et de la moitié des fermages de la Mahourgue (avec ses élans, elle ne perdait pas le nord), clle laissait l'entière disposition des deux à Cédric et à *dear* Emmeline. La nouvelle surprenante ne venait pas de là. Elle venait de la banque. Cédric venait d'apprendre que le compte courant de son père y était parfaitement désert.

– Désert, dit Emmeline. Qu'est-ce que ça veut dire, désert?

– Cela veut dire désert. Trois cent quarante francs. J'appelle ça le désert.

Tout cela avec animation mais sans excès. J'ai

déjà eu l'occasion de le dire, Cédric était le désintéressement même. Et l'idée ne l'aurait jamais effleuré de critiquer son père pour l'usage qu'il aurait pu faire de son compte. Ça l'intriguait, c'était tout.

– Lui qui disait toujours qu'il ne fallait jamais manquer de liquidités à portée de la main. C'est curieux, vous avouerez.

– Je l'avoue, dit Emmeline.

Qui, très troublée, monta dans sa chambre. Elle ouvrit le coffre mural qu'elle y avait fait installer lors des réaménagements. Le paquet était là. Un moment, elle se demanda si, moralement, elle avait le droit de l'ouvrir avant la date que le comte lui avait fixée. Elle décida que, vu la circonstance, elle le pouvait. Le paquet contenait un écrin et une assez forte enveloppe. Emmeline ouvrit l'écrin et poussa un cri. Sur la doublure gris perle, il y avait un pendentif avec une énorme émeraude surmontée de deux diamants. Sans même une pensée pour Anthéaume, dont le souvenir était provisoirement occulté par l'éclat du bijou – qui ne le comprendrait? – elle courut dans le salon. Revenu de ses étonnements, Cédric lisait le journal.

– Regarde! (Dans son émotion, elle l'avait tutoyé, ce que, généralement, elle ne faisait que dans leur lit.) Regarde ce que ton père m'a laissé.

Il me faut ici rendre hommage à la rare égalité d'humeur de Cédric. Un autre se serait récrié d'admiration devant le bijou. Un autre aurait demandé d'où il sortait. Cédric ne s'était même pas levé. Son journal déposé sur ses genoux comme pour bien montrer qu'il n'en abandonnait la lecture que pour un moment, il prit le pendentif, le balança un moment au bout des doigts, le rendit à Emmeline.

– Eh bien, je préfère ça, dit-il. Pauvre Papa (il faut croire que le tutoiement agissait ici par contagion : depuis sa cinquième année, Cédric n'avait plus jamais appelé son père Papa). Moi qui le soupçonnais déjà d'un mariage morganatique avec sa marchande d'oranges.

Cette réflexion lui ayant sans doute paru un peu leste, surtout si près du décès, il rougit, reprit son journal et dit :

– Ça vous fera un beau souvenir.

C'est à ce moment-là qu'Emmeline se rappela l'enveloppe que, dans son effarement, elle avait dû laisser tomber sur son lit. Elle regagna sa chambre. Cette enveloppe portait ces deux mentions : A remettre à Marianca. N'en parler à personne. Pour les gens qui croient à la graphologie, je préciserai que le « A remettre à Marianca » était tracé d'une petite écriture où on aurait pu voir la timidité d'un vœu alors que le « N'en parler à personne » était en capitales et donnait l'idée d'une sommation impérative. Emmeline n'alla pas chercher si loin. D'après son épaisseur et son élasticité, l'enveloppe devait contenir des billets de banque. Que, ayant eu sans doute des informations sur sa santé dont il avait préféré ne ne pas inquiéter son entourage, le comte Anthéaume eût voulu laisser à sa bru un beau souvenir et, à sa protégée, un viatique, tout cela était à la fois émouvant et naturel. Pourquoi n'en fallait-il parler à personne ? Quand même, estimant qu'elle avait peut-être déjà offensé la mémoire du comte Anthéaume en ouvrant l'écrin avant la date prévue, Emmeline voulait au moins respecter à la lettre la seconde de ses volontés. C'est sur un ton très détaché qu'au déjeuner, prétextant des travaux à la Mahourgue, elle annonça son intention de s'y rendre. Obligeamment, Cédric offrit de l'y conduire.

Elle déclina. Il se garda d'insister. Cette visite à la banque lui avait causé une forte contention d'esprit. Il comptait, pour se remettre, sur une bonne sieste, à l'usine, dans son fauteuil de cuir noir.

Emmeline trouva Marianca couchée dans l'herbe, sous un catalpa, occupée à lire un livre dont elle suivait les lignes du bout de l'index, et si absorbée qu'elle ne leva les yeux que lorsque l'ombre d'Emmeline eut passé sur son livre.

– Non, ne vous levez pas, dit Emmeline.

Et elle s'assit. Sous le soleil d'octobre, pâle mais encore assez beau, il y avait là un joli tableau, du genre impressionniste : deux femmes à l'ombre d'un catalpa.

– Qu'est-ce que vous lisez?

La question eut l'air de surprendre Marianca. Elle retourna le livre, en déchiffra le titre. C'était *Pêcheur d'Islande.*

– Ça vous intéresse?

– C'est spécial, dit Marianca.

Sur quoi, Emmeline se décida, tira de son sac l'enveloppe.

– Voici, dit-elle. C'est ce que Monsieur le Comte a laissé pour vous.

– Pour moi? dit Marianca.

Elle ouvrit l'enveloppe.

– Oh! dit-elle. J'aurais préféré un souvenir.

Mais Emmeline avait sursauté. D'un coup d'œil – pour tout ce qui touchait à l'argent, elle avait un regard d'aigle – elle avait jaugé la somme : elle était considérab!e. Considérable, c'est le terme qu'elle devait utiliser lorsqu'un jour, longtemps plus tard, elle finit par m'en parler, sans d'ailleurs m'en préciser le montant. Qui, il est vrai, à quelques années de distance, ne m'aurait déjà plus rien dit. Avec toutes ces inflations, ces dévaluations, l'argent qui, dans ce que nous racontons, devrait être l'élément le plus solide, en devient le plus flou. On dit : cent mille francs. Mais cent mille francs de quand? Qui représentent combien? En francs constants? Quand Balzac nous dit que Rastignac finit par avoir trois cent mille francs de rente ou quand Proust nous raconte qu'il a tiré dix mille francs de la vente d'une potiche de la tante Léonie, ça veut dire quoi? Par combien faut-il multiplier? Bon, je ferme la parenthèse.

C'est que cela changeait tout, une somme comme celle-là. Il s'agissait bien de viatique! Un viatique, ç'aurait été le cadeau d'adieu, une manière de se débarrasser de quelqu'un en lui souhaitant bonne chance. Cette somme-là, c'était un message. Un message même si Emmeline n'en percevait pas encore le sens. Impliquait une obligation même si Emmeline ne savait pas encore laquelle. L'ombre du catalpa n'était plus une ombre de catalpa. C'était devenu un antre obscur où serpentait un secret, où apparaissait un fantôme. Devant Marianca qui tenait ses billets sans même les compter, Emmeline retrouvait ce trouble, cet engourdissement qu'elle avait déjà éprouvés lorsque, pour la première fois, dans la cuisine, elle avait été confrontée avec elle, cette impression de se trouver devant une force inconnue, devant un aérolithe, chu d'une autre galaxie, porteur d'une autre vérité.

– Allez prendre vos affaires, dit-elle brusquement. Je vous emmène. Cela vaudra mieux.

– D'accord, dit Marianca.

– On ne dit pas d'accord, dit doucement Emmeline en retrouvant avec soulagement un terrain plus familier. On dit : Oui, Madame la Comtesse.

A quelle impulsion obéissait-elle? Imaginait-elle qu'avec Marianca constamment sous les yeux, elle le percerait, ce secret ou, au moins, qu'elle l'abolirait, ce trouble? Ou, à cause de ce legs qui lui apparaissait de plus en plus comme un message d'Anthéaume, se sentait-elle tenue désormais de veiller sur Marianca? Je note au passage qu'en disant : cela vaudra mieux, elle avait repris – inconsciemment sans doute – la formule dont s'était servi le comte Anthéaume lorsque, à la fin de l'été, il avait décrété que Marianca resterait à la Mahourgue, décision dont personne n'avait osé lui demander la raison.

Deux heures plus tard, Marianca avait repris ses fonctions auprès des enfants. En passant devant la nursery, Emmeline put la voir à quatre pattes, portant sur son dos le gros petit Guillaume et le plus frêle Rodolphe, riant autant qu'eux, criant plus fort qu'eux tandis que, ivre de bonheur d'avoir retrouvé son assistante, Miss Fräulein, doux Jésus, esquissait des entrechats et, de sa voix de mainate, yodlait une chanson de son pays, « *Ja, ja, Susanna, was ist das Leben doch so schön* ». Devant la fraîcheur de ce spectacle, Emmeline se reprocha le soupçon qui l'avait assaillie sous le catalpa, à savoir que, loin d'être une protégée d'Anthéaume, Marianca aurait été son dernier caprice, une dernière folie, un succédané de sa négociante en agrumes qui, depuis le temps, avait dû se décatir, bref qu'elle aurait été – pour employer un mot qui convenait aussi mal à Anthéaume qu'à Marianca –, qu'elle aurait été sa maîtresse.

Soupçon aboli mais qui, dans les semaines suivantes, devait ressusciter sous une autre forme : voyons, c'était clair comme le jour, Marianca devait être une fille naturelle d'Anthéaume, une fille qu'il aurait eue de Dieu sait qui, dont il aurait, jusque-là, de loin, assuré la subsistance et qu'une péripétie imprévue ou un élan paternel l'aurait amené à recueillir. Mais c'est en vain qu'Emmeline essaya d'avancer dans cette voie en posant quelques questions. Questions que, prise d'une singulière timidité, elle posait mal, à la va-vite, entre deux portes, comme si c'étaient des détails sans importance. Marianca avait-elle connu sa mère? Oui. Et son père? Non. Où était-elle, sa mère? Elle était morte. Où ça? A Nevers. Pourquoi à Nevers? Et d'où venait-elle? De Prague.

Très rapidement, Emmeline comprit que Marianca lui répondait n'importe quoi, que ses réponses étaient encore autant de silences ou même que, par leur brièveté, elles supprimaient la question. Était-ce malice ou simplicité? Allez savoir. Un jour, Emmeline, en femme avisée, lui demanda ce qu'elle pensait faire de son argent et si elle ne voulait pas le placer.

— Mais il est placé, dit Marianca.

— Placé?

— Je l'ai mis dans le tiroir du dessous de mon placard.

Ou un autre jour, cette fois encore sur un ton détaché :

— A l'occasion, vous devriez me montrer vos papiers.

— Mes papiers? dit Marianca. Je n'ai pas de papiers.

Là, Emmeline crut devoir s'en ouvrir à son mari. Faute de pouvoir faire allusion à l'élément essentiel de l'affaire, la somme laissée par le comte, l'entretien tourna court. Pour Cédric, tout cela ne posait pas le moindre problème. Marianca était une très bonne nurse, les enfants l'adoraient, Miss Fräulein en était satisfaite.

— Qu'allez-vous chercher de plus? Ses papiers!

Ses papiers! Et d'abord, à son âge, on n'a pas besoin de papiers. Elle habite chez nous. Trouvez-moi une meilleure référence.

Cédric haïssait les papiers. Il se souvenait encore avec rancune du jour où il avait été obligé de se faire dresser un passeport. C'était une des deux ou trois humiliations de sa vie.

– Mon père, dans sa jeunesse, a fait la moitié du tour du monde sans rien d'autre que sa carte de visite. Ça, c'était honorable. Quant à votre idée de fille naturelle, ma chère, avec tout le respect que j'ai pour votre haute intelligence...

C'était dit sans ironie. Cédric tenait sa femme pour quelqu'un de tout à fait supérieur.

– ... Permettez-moi de dire que vous rêvez. Père adorait sa femme.

– Ça n'empêche pas.

– Et avec une gitane!

– D'abord rien ne dit que la mère de Marianca était une gitane. Et même avec une gitane...

– A Nevers! Une gitane de Nevers. Qu'est-ce que père aurait été faire à Nevers? Ça rime mais ça ne fait pas une raison.

– J'ai dit qu'elle était morte à Nevers. Il a pu la rencontrer ailleurs. Enfin, Cédric, vous n'allez pas me dire que tout cela est du dernier naturel? Que, comme ça, sans prévenir personne, il ait recueilli cette fille, qu'il l'ait amenée à la Mahourgue.

– Eh bien, il l'aura un jour trouvée quelque part, seule, abandonnée, orpheline. Dans nos familles, on a toujours protégé les gitans. Père n'a fait que suivre la tradition.

Devant cette obstination à tout simplifier, Emme-line eut un mouvement de colère.

– Ça lui ressemble, en effet! Avare comme il était.

68

Parole malheureuse qui fit aussitôt se crêter Cédric.

– Père n'était pas avare.

A la réflexion, cette assertion lui paraissant quand même un peu trop catégorique, il la tempéra.

– Seulement, il trouvait que dépenser de l'argent, c'est vulgaire. Et c'est vulgaire, ajouta-t-il plus haut et avec un brusque retour en arrière pour une certaine Mimi Tourterelle qui, lors d'un de ses séjours à Paris, lui avait soutiré une assez forte somme sous le prétexte que sa mère, concierge dans le dix-neuvième arrondissement, devait être opérée d'un fibrome. Déjà cette conjonction d'une concierge, d'un fibrome et du dix-neuvième arron-dissement avait beaucoup accablé Cédric. Il n'était pas au bout de son calvaire. Reconnaissante, Mimi Tourterelle avait voulu l'accompagner jusqu'à son train et, là, tandis que, accoudé à la fenêtre de son compartiment, il lui dédiait son sourire éclatant, elle lui avait lancé : « Et merci pour le pognon! », ce qui avait fait sourire le voyageur accoudé à la fenêtre suivante et avait valu à Cédric d'avoir à subir, pendant tout le trajet, les confidences dudit. En matière de vénalité des femmes, cet homme en avait vécu de sévères.

Assez rapidement aussi, Emmeline dut se rendre compte que si elle, Emmeline, restait le pôle prin-cipal de la maison, Marianca en était devenu un autre, non négligeable. Elle en eut la nette percep-tion lors d'un five o'clock où, à l'entrée de Marianca qui poussait devant elle une table roulante, ces dames, pourtant lancées sur un sujet intéressant, tournèrent tous leurs regards vers elle et observè-rent un lourd silence jusqu'à ce qu'elle fût sortie. « Belle plante, ma foi », dit le duc d'Aspre, seul homme de l'assemblée (le seul à n'avoir rien de mieux à faire vers cinq heures), propos que ces dames assortirent de commentaires plus réticents.

Autre signe, plus inquiétant : connaissant l'état d'ébullition qu'amenait chez Cédric la présence de toute femme un peu passable et sa manie des compliments, même s'il avait appris à les modérer, Emmeline ne put que s'étonner de ne l'entendre jamais en adresser un à Marianca alors, tiens, rien qu'avec Miss Fräulein, il ne manquait jamais de la féliciter sur son teint ou sur sa toilette (et en allemand, ce qui fait que ces compliments étaient peut-être plus poussés que ne le pensait Emmeline). Cette indifférence, si surprenante chez lui, signifiait-elle qu'il luttait courageusement contre la tentation ou, au contraire, qu'il avait déjà trouvé le moyen de rejoindre Marianca dans sa chambre ? C'est, comme on sait, l'inconvénient des signes : il leur arrive de signifier aussi bien l'envers que l'endroit. En revanche, avec le jeune Eugène, l'affaire était plus claire : tombé sous le charme de Marianca, il se glissait dans sa chambre pour y déposer des roses sur son oreiller. N'osant se confier à l'objet de sa passion (les belles âmes ont de ces pudeurs), il s'en ouvrait à la cuisinière. Laquelle, n'étant pas une belle âme, lui brisait le cœur par des propos du genre :

– Cette fille-là n'est pas pour ton bec, mon z'ami.

Il faut dire qu'ayant eu, un jour de coryza, la malencontreuse idée d'envoyer Marianca à sa place chez le boucher, elle avait cru remarquer depuis, chez ce négociant, une certaine tiédeur quant à ses agaceries. Depuis, elle couvait Marianca d'une haine vigilante.

Un jour enfin, péripétie plus sérieuse, Miss Fräulein vint trouver Emmeline et lui révéla, à son grand regret, désolée car elle l'aimait bien, Marianca, qu'elle venait de la voir Promenade du Peyrou, assise sur un banc avec un monsieur, à part ça très comme il faut, qui visiblement lui faisait des propositions, conclusion que Miss Fräulein tirait de l'expression complètement imbécile de ce monsieur si comme il faut. « Il en avait la bave à la bouche », précisa Miss Fräulein qui ne reculait pas devant les expressions fortes. Emmeline convoqua Marianca dans le grand salon et, croyant ne rien faire d'autre que de la mettre en garde, lui parla fort sèchement. Le lendemain, Marianca avait disparu, emportant son pécule mais laissant là, étalées sur son lit, les deux robes convenables, c'est-à-dire modestes, qu'Emmeline lui avait fait faire.

VII

Marianca était partie. Quelque chose d'elle était resté. Quelque chose de son odeur d'herbe et d'eucalyptus. On eût dit que son absence s'inscrivait en creux dans la maison. Les enfants la réclamaient, demandaient quand elle allait revenir, reprochaient à Miss Fräulein d'être moins amusante qu'elle. Le jeune Eugène promenait dans les couloirs une figure de cierge et avait de fâcheux oublis dans son service (déjà qu'il n'était pas si doué). Emmeline elle-même avait des moments de distraction et plusieurs fois, à table, Cédric avait été obligé de lui dire : « Ho, ho, mon cher cœur, où êtes-vous ? »

Jusque-là, avec son mari, ses enfants, sa maison à mener, les dîners qu'elle organisait et ceux auxquels elle allait, avec ses parties de golf et ses promenades à cheval d'où elle revenait le visage rose et de l'air jusque dans la peau, avec son comité de Saint-Vincent-de-Paul dont elle était trésorière et la duchesse d'Aspre présidente, Emmeline avait toujours considéré que sa vie était une vraie vie, pleine à ras bord, sans une faille. Et autant pour l'amour ou pour ce qu'il faut bien appeler sa vie sexuelle. Parfois, qu'est-ce que je dis, assez souvent même, au cours de leurs bridges ou lors des réunions du comité de Saint-Vincent-de-Paul, ces dames, dans ce domaine (parce que nous sommes en province, il ne

faudrait pas croire), ces dames, dis-je, volontiers
échangeaient des confidences, invoquaient des
records, tenaient le compte des prestations, bref
raisonnaient déjà, avec quelques années d'avance,
comme de vrais ordinateurs. A la lumière de ces
comptabilités, Emmeline pouvait s'estimer comblée. Malgré ses escapades parisiennes – ou qui sait,
à cause d'elles, l'homme sur ce chapitre est tout
mystère – Cédric était toujours aussi épris de sa
femme et continuait à le lui prouver avec la même
ardeur. Au risque de heurter des âmes sensibles,
comme j'en ai été heurté moi-même, je dois signaler
qu'une nuit, étant en séjour à la Mahourgue et
comme, vers deux heures du matin, je m'étais
aventuré à la recherche de la fameuse salle de bains
introuvable (dix fois j'avais proposé que le parcours
en fût fléché), je finis par échouer devant la porte de
la chambre conjugale et là, malgré les roulements
d'un orage lointain, j'entendis distinctement Emmeline articuler, à plusieurs reprises, le mot bite, en
l'accompagnant de commentaires qui allaient cres-
cendo dans l'éloge. Comme quoi on n'a jamais fini
de faire le tour des êtres. Là, au creux de la nuit,
avec cet orage lointain et cet autre orage derrière la
porte, je compris enfin ce que, à travers les propos
d'Emmeline, j'avais déjà cru entrevoir : que
l'amour, pour elle, c'était ça, que c'était cette
étreinte – et que ce n'était rien d'autre. Elle n'avait
pas oublié pourtant ses émois lorsque, au couvent,
le frère d'une de ses amies lui faisait parvenir des
billets doux et même des sonnets (un petit blond
qui, depuis, était devenu premier conseiller à l'ambassade de France au Zaïre et qui, un jour, chu
d'une pirogue, avait péri, dévoré par les crocodiles).
Pas oublié cet instant magique où, de l'autre bout de
la patinoire, elle avait vu fondre sur elle le comte

Cédric en vert céladon. Pas oublié leur premier baiser, à cheval, au milieu des genêts, baiser qui eût pu durer plus longtemps si la jument d'Emmeline n'avait pas fait un écart, ce qui leur avait inspiré des propos badins sur sa moralité. A quelques années de distance, tout cela lui apparaissait comme une manière d'acné juvénile, destinée tout naturellement à passer, comme une préface, une entrée en matière, une entrée dans la vie dont il était sain et salutaire qu'elle fût frémissante, irisée, parée de mille couleurs, mais une préface, rien de plus, pour aboutir à ce qu'Emmeline appelait la vie : le mariage, les enfants, la maison. Et l'étreinte aussi, bien entendu. L'étreinte, comment donc! Mais qui n'était qu'un des éléments de cette vie et peut-être le plus accessoire. Isolé. Parenthèse. Parenthèse dont il lui paraissait significatif qu'elle fût prise non sur ses jours, temps utile, mais sur ses nuits, temps superflu. (L'idée de faire l'amour en plein jour ne l'avait jamais effleurée.) Cyclone dont elle appréciait les délices (ses exclamations derrière la porte en témoignaient) mais dont, en même temps, elle mesurait la brièveté. A côté du tintouin que lui donnait le moindre de ses dîners et qui l'occupait pendant deux jours, que pesaient ces quelques minutes après lesquelles, comme pour mieux en indiquer les limites, Cédric sombrait presque immédiatement dans un sommeil d'ange; après lesquelles elle avait vu le duc d'Aspre se lever pour allumer un de ses minces cigares ocellés de vert? Lorsqu'il arrivait à Emmeline d'y réfléchir plus avant, elle s'étonnait que « cette affaire-là » (pour reprendre son expression) eût pu provoquer tant de gloses, tant de dithyrambes, tant de romans et de films, tant de ces drames dont elle lisait avec stupeur le narré dans les journaux. Elle n'était pas loin d'y voir une sorte de convention ou d'illusion collective, une imposture si fortement installée que personne n'osait plus la dénoncer, un fla-fla, une pièce montée, une politesse que se faisaient les hommes et les femmes, une manière de faire croire que, dans ce petit geste-là, leurs âmes étaient impliquées et qu'à cet égard ils n'étaient pas tout à fait des hannetons. Un jour, comme Aramon des Contours, notre historien local, nous avait conviés à une conférence qu'il donnait sur Louis XIV et comme, depuis dix minutes, il s'attardait sur le point de savoir si, oui ou non, Madame de Soubise avait été la maîtresse de ce souverain, Emmeline ne put contenir son irritation et, se penchant vers moi, elle me souffla : « Qu'est-ce que ça peut lui foutre, à Aramon ? » L'idée que l'introduction d'un si petit bout de Louis XIV dans un si petit morceau de Madame de Soubise pût préoccuper un homme sérieux comme Aramon, l'idée que cela avait pu l'amener à consulter des in-folio, voire des archives, l'idée enfin qu'on avait pu la déranger, elle, pour en entendre parler, tout cela lui paraissait le comble du burlesque et même, en ce qui la concernait, à la limite de l'offense. « Veux-tu que je te dise, me confia-t-elle une fois sortis, notre Aramon doit être un obsédé. » Et, dans une pensée obligeante, au premier dîner qui suivit, elle eut soin de placer Aramon à côté de l'épaisse comtesse de Machefond que la rumeur publique accusait de se donner des agréments avec tous les garçons livreurs, de mauvaises langues ajoutant même qu'elle passait parfois commande de produits dont elle n'avait aucun besoin, d'autres mauvaises langues, au contraire, assurant que c'était chez elle non luxure mais sens aigu de l'économie et le moyen qu'elle avait trouvé pour ne pas donner les pourboires d'usage.

Tels étaient l'état d'esprit d'Emmeline et sa vision du monde lorsque, tant par sa présence que par son départ, Marianca y avait apporté sa perturbation. A l'image (à laquelle Emmeline s'était habituée) d'un comte Anthéaume étreignant la future maman de Marianca, à Nevers ou ailleurs, dans un pré ou dans une chambre à édredon rouge, avait recommencé à se substituer, dans l'esprit d'Emmeline, une autre image, celle d'Anthéaume étreignant Marianca elle-même et lui demandant de troubles plaisirs. Image qu'Emmeline ne laissait encore affleurer qu'avec répugnance. Était-ce possible? Était-ce imaginable? Cette statue de l'île de Pâques avec cette rustaude? Ce vieux monsieur si engoncé, avec cette mineure? Restée assez ingénue, Emmeline se demandait avec un frisson si, pendant ces quelques années, elle n'avait pas vécu aux côtés d'un monstre, d'un détraqué. D'un de ces détraqués comme elle en avait appris l'existence, au couvent, dans les livres polissons que se passaient ces demoiselles et que leur procurait le coiffeur de l'établissement, un impuissant qui se donnait ainsi des vapeurs. De ces détraqués qui, pour arriver à l'extase, avaient besoin d'accessoires ou de déguiser leurs partenaires en écolières, en femmes de chambre, en religieuses, voire en toréador, cas extrême qui avait fait pouffer ces demoiselles pendant toute une semaine.

En même temps, ces réflexions formulées, l'affection qu'Emmeline avait gardée pour Anthéaume l'amenait à essayer d'acclimater ces évocations à première vue si révoltantes. Détraqué, détraqué, c'était vite dit. Où commençait-il, ce détraquement? Où était-elle, cette frontière au-delà de laquelle on entrait dans le bizarre, l'incongru, l'inavouable? En quoi est-on un détraqué lorsqu'on fait se déguiser une femme en toréador et ne l'est-on pas lorsque, comme Emmeline l'avait vu faire par le duc d'Aspre, on dispose un foulard de soie sur la lampe de chevet pour créer, comme on dit, l'ambiance? Par quoi on voit à quel point l'horizon d'Emmeline s'élargissait. Elle commençait à pressentir que l'homme est plus grand que sa vie, la femme aussi bien entendu, qu'une seule vie, même apparemment comblée, ne lui suffit pas, qu'il lui en faut aussi une autre, une autre vie, parallèle ou perpendiculaire, une autre vie déjà enfouie en lui à son insu ou qui, de loin, le hèle, ou qui lui tombe dessus à l'improviste, ou qui, paisible, assise sur une borne, l'attend. Cette autre vie que le comte Anthéaume avait peut-être été chercher auprès de ce qui lui ressemblait le moins, une rustaude de seize ans. Cette autre vie que, malgré son amour pour sa femme, Cédric trouvait à Paris dans cet univers de paillettes, de plumes d'autruche, de ceintures de bananes, double vie que, d'une certaine manière, il triplait lorsqu'il en donnait ses versions corrigées. Cette autre vie dont le joyeux boucanier Hermangard était en quête dans ce bas quartier où, apparemment, il n'avait que faire et dont, dernièrement, on l'avait ramené en ambulance. Cette autre vie que, maintenant, Emmeline sentait bouger en elle comme lorsqu'elle attendait le gros petit Guillaume.

C'est sur ces entrefaites qu'était arrivée une lettre du cousin Ascanio degli Ascagni annonçant sa prochaine visite. C'était exactement le genre de lettre qu'un homme avisé adresse au mari en comptant bien qu'il la montrera à sa femme. D'où le paragraphe sur lequel Ascanio avait peiné pendant trois jours et où, en virtuose de la litote, il exprimait que le moindre des agréments qu'il se promettait de ce séjour n'était certes pas le plaisir de revoir « la délicieuse contessina ». Par superstition, il avait tenu à la poster lui-même, sa lettre, et pas dans n'importe quelle boîte, à la Poste centrale de Rome. Encore, sa lettre engloutie, avait-il été tenté d'aller la redemander au préposé pour en améliorer le texte. Puis, fataliste, dans la nuance *alea jacta est*, il avait décidé que tant pis, sa lettre était ce qu'elle était, on verrait bien. C'est dire qu'il était mordu. Annoncé pour trois jours, il était encore là deux semaines plus tard, poursuivant Emmeline jusque dans la cuisine au moment des instructions à la cuisinière, l'escortant dans les couloirs, la prenant par le coude, la forçant à se retourner, lui aboyant ses aveux, en s'y empêtrant, en bégayant, bref présentant tous les symptômes de la passion. Heureusement, Emmeline l'avait admis à l'accompagner dans ses promenades à cheval. A cheval, Ascanio ne bégayait plus. Lieutenant de réserve dans la cavalerie, champion de polo, ayant même une fois remporté le premier prix aux fameuses courses de la Villa Borghèse, il montait comme un centaure et là, pour un moment, Emmeline l'admirait.

– Je vous aime, clamait-il. Je vous ai aimée dès le premier jour. Vous vous rappelez, quand je vous faisais visiter des églises? Je vous regardais. La Madone, c'était vous.

Emmeline n'en demandait pas tant.

– J'ai lutté. Je vous jure que j'ai lutté.

Son faciès tendu évoquait celui de l'Archer de Bourdelle.

– Je sais, il y a Cédric, il y a vos enfants...

Car ce n'était pas un moment d'abandon qu'il demandait. C'était Emmeline entière, c'était l'enlèvement, c'était le mariage. Bon, il était le premier à savoir que, chez les Saint-Damien, on ne divorçait pas. Mais il y avait l'annulation en Cour de Rome. Possible. Parfaitement possible. Avec son oncle cardinal, avec son beau-frère qui était camérier secret de Sa Sainteté, avec le souvenir du pape Pie II Piccolomini dont il descendait en ligne collatérale.

– A un descendant des Piccolomini, on ne peut pas refuser.

Piccolomini ! Il le criait comme un mot de passe, il le criait au-dessus des arbousiers, il le criait à travers les branchages. Piccolomini ! Et son cheval, croyant sans doute qu'il s'agissait d'un encouragement équestre, piquait un temps de galop.

Un jour, en rentrant, encore dans l'écurie, après une tape affectueuse à sa jument qu'elle avait baptisée Isabelle la Catholique, Emmeline dit :

– Demain, je vous emmènerai voir quelque chose de curieux. Cela s'appelle les Saintes-Maries-de-la-Mer.

VIII

C'était une belle journée d'avril, vers les dix
heures du matin, avec un soleil encore frais qui
passait comme un frisson. Dans sa voiture qu'elle
avait décapotée, c'était Emmeline qui conduisait.
Toujours soucieux de plaire, Ascanio commença
par dédier quelques compliments au paysage. Ces
étangs, ces étendues d'eau jusqu'à l'infini, ces chevaux, ah, cela avait du caractère. Moins pourtant, à
son sens, que la campagne toscane. Couplet sur la
campagne toscane. Les tours de San Gimignano. Les
cyprès. Ah, les cyprès! Arbre noble, arbre sérieux.

— Le seul, avez-vous remarqué, qui ne garde pas
son ombre à ses pieds.

— Tiens! Expliquez-moi ça, dit Emmeline sur un
ton assez cambré.

— A cause de sa minceur. Son ombre est devant,
ou derrière, très peu à ses pieds.

— Et le peuplier? dit Emmeline.

Écrasé, Ascanio se tut.

Arrivés aux Saintes-Maries, il s'étonna qu'Emmeline, au lieu de lui présenter l'endroit, le fît pirouet-
ter le long des rues. A deux reprises pourtant, il
réussit à freiner le mouvement et, devant une
maison ou une porte, à proférer des choses comme :

— Un Courbet! Un Caravage!

– Ou le calendrier des postes, rétorquait Emmeline décidément nerveuse.

Au bout d'un quart d'heure, même pas, ils trouvèrent Marianca. Assise sur un muret, elle s'entretenait avec un garçon dans ses âges, non, un peu plus, disons dix-huit ans.

– Marianca! dit Emmeline des oiseaux dans la voix. Moi qui vous croyais partie Dieu sait où.

Marianca avait sauté de son muret. Elle esquissa même quelque chose qui ressemblait à une révérence.

– Matt, dit-elle avec un geste vers le jeune garçon que cette présentation laissa impassible.

– Le comte degli Ascagni, enchaîna Emmeline entraînée par un mouvement qui la surprit elle-même.

Ce Matt était un garçon assez grand. Sans vraiment ressembler à Marianca, il était, si on peut dire, du même genre. Le nez rond, d'épais sourcils, un teint tirant sur le foncé, les lèvres fortes et ourlées, des cheveux bouclés mais qui avaient l'air d'être faits d'une matière dure, métallique, il avait surtout en commun avec Marianca, du moins avec la Marianca de ce jour-là, une expression fermée, butée. Expression qui aussitôt, en raison peut-être de la présence d'Ascanio, rappela à Emmeline un de ses souvenirs romains : les deux Dioscures de la Place du Capitole. Et, en effet, dans cette rue, sous le soleil léger, Emmeline souriante parce qu'elle ne savait pas par où commencer, Ascanio souriant aussi par aménité de caractère, Marianca et Matt sans l'ombre d'une expression, ils avaient assez l'air de quatre statues. De quatre statues qui n'allaient pas bien ensemble, Marianca avec la robe d'un vert déteint qu'elle portait le soir de l'esplanade, Matt en maillot de corps et pantalon bleu, Emmeline avec son tailleur beige à chevrons lilas. Et Ascanio qui, lui, pour cette partie de campagne, avait jugé bon de se mettre en gentleman-farmer, veston de tweed, foulard garance, culotte de cheval.

Emmeline finit par emmener le tout dans un café à côté. Sa vivacité retrouvée, elle se lança dans une harangue pas très ordonnée où revenaient ces quelques idées-forces : l'étonnement qu'elle avait éprouvé en constatant le départ de Marianca, son inquiétude, le chagrin des enfants, le désarroi de la maison. Et pourquoi tout cela? Mon Dieu, pourquoi? Vous a-t-on manqué? Cela sera réparé. Vous ai-je parlé trop durement? C'était pour votre bien. Je vous demande de l'oublier. Les deux Dioscures ne disaient rien. Ascanio non plus. Pour lui, toute cette affaire se ramenait à une histoire de nurse assez précieuse pour qu'on lui courût après. En pure perte, à son avis, car une fille qui quitte son service pour un coquin, elle recommencera, ça ne fait pas un pli. Et il avait ce sourire à la fois amusé et complice qu'un homme du monde se doit d'avoir devant un caprice de jolie femme. Le malheureux! Il ne se doutait pas que ce sourire était, si j'ose dire, la bêche avec laquelle il creusait sa tombe. Pendant ces quinze jours, en deux occasions au moins, particulièrement lorsque, à cheval, elle admirait l'aisance d'Ascanio, Emmeline avait été à un pas de lui céder, non pour le mariage, juste ciel, ces Italiens sont fous, mais au moins pour une rapide étreinte. Devant ce sourire qu'elle trouvait stupide et qui, soyons justes, n'était qu'insignifiant, elle s'étonnait que cette tentation eût pu l'effleurer. En y ajoutant cette pensée plus mesquine que je suis bien obligé de reprendre puisqu'elle a traversé la tête d'Emmeline : à quoi cela aurait-il rimé de prendre un amant qui ressemblait tellement à son mari?

Sans compter que si, à la rigueur, on pouvait les ranger sous la même rubrique, Cédric était nettement mieux. Dans ce café, avec ses rouleaux de papier tue-mouches, son rideau de perles de couleur et le patron qui avait étalé son journal sur le comptoir et qui le lisait, ses deux mains sous les aisselles, une frontière venait de se créer, une frontière qui passait sur la table, entre les verres, comme les barrières rouge et blanc de la frontière suisse, qui descendent lentement mais inexorablement, les Dioscures d'un côté, Ascanio de l'autre. Et Emmeline la franchissait avec allégresse, cette frontière. Elle passait de l'autre côté. Elle était du côté des Dioscures.

Ascanio dut vaguement s'en rendre compte. Il se leva, transforma son sourire de chevalier des dames en un sourire de touriste affable avec les aborigènes, le dédia au patron du café qui ne lui répondit que par un regard d'une tonne. Il ne devait pas aimer les gentlemen-farmers, cet homme-là. Découragé, Ascanio fit le tour de la salle, lut avec attention trois paragraphes entiers du règlement sur les débits de boissons affiché au mur, revint vers la table pour proposer à Matt une partie de billard. C'est dans le claquement sec des boules que se poursuivit le conciliabule entre Emmeline et Marianca. Conciliabule, c'est beaucoup dire, Emmeline étant la seule à parler. Cela se termina ainsi : tandis qu'Ascanio se faisait assassiner au billard, Marianca se leva, sortit et Emmeline enfin prit son verre. Elle en but une gorgée et eut l'air surprise : c'était le premier pastis de sa vie. Résolument, elle le but jusqu'au fond. Marianca revint. Elle portait une petite valise d'osier.

— Tu viendras me voir, dit-elle à Matt avec un regard vers Emmeline comme pour lui signifier que cela faisait partie de l'arrangement.

– Avec plaisir, dit Emmeline.

– D'accord, dit Matt.

C'était le premier mot qu'il prononçait.

– A charge de revanche, dit encore Ascanio avec un mouvement de la tête vers le billard.

Matt avait déjà dit d'accord. Il ne jugea pas à propos de le répéter. Ou peut-être n'était-il pas d'accord. Dans la voiture, Emmeline mit Marianca à côté d'elle, Ascanio derrière et, en prenant ses virages, elle se surprit à siffloter *La petite Tonkinoise,* air que Cédric fredonnait volontiers dans sa salle de bains.

Rentrée à la maison, Marianca accueillie par les hurlements de bonheur des enfants et aussitôt mise en demeure de les prendre à califourchon sur son dos, Emmeline emmena Ascanio dans le grand salon, lui mit un coussin dans le dos, un verre d'orgeat dans la main et, avec une extrême animation, elle lui exposa que tout cela n'avait que trop duré, que Cédric, elle le voyait bien, se doutait de quelque chose, qu'il en avait pris ombrage et que, dans ces conditions, il n'y avait qu'une chose à faire : Ascanio devait filer, et dare-dare, toutes affaires cessantes et, en quelque sorte, illico.

Pendant dix minutes, sous cette grêle de mots, Ascanio eut assez l'air d'une barque qu'un coup de vent imprévu drosse contre la falaise. Puis il se ressaisit. Lui aussi, il trouvait que cela n'avait que trop duré. Si Cédric se doutait de quelque chose, eh bien, tant mieux! Cela ne pouvait que faciliter l'entretien qu'il se promettait d'avoir avec lui. Car il allait lui parler. Parfaitement! Entre hommes. Déjà, il relevait le menton.

– Lui parler? dit Emmeline stupéfiée. Lui parler de quoi?

– Eh bien, de nos projets.

– Nos projets? Nous avons des projets?

La sécheresse de son ton la surprit elle-même. Elle était de mauvaise foi, elle le savait bien. C'était sa faute. Elle l'avait trop laissé galoper, le pauvre Ascanio. Il était maintenant dix kilomètres plus loin qu'elle. De se savoir dans son tort augmenta encore son irritation.

– Quels projets? Je voudrais bien le savoir.

– L'annulation. La Cour de Rome.

– La Cour de Rome!

A son tour, à Emmeline, de bégayer. A son tour de se sentir drossée contre la falaise. Et prise d'une brusque fureur :

– Vous pouvez vous l'accrocher, votre Cour de Rome!

Dans son exaspération, elle avait eu recours au vocabulaire de son père. Malheureusement, si Ascanio connaissait assez le français pour lire (ou faire semblant de lire) Proust dans le texte, il n'en avait pas encore pénétré toutes les finesses.

– L'accrocher à quoi?

On eût dit qu'il parlait d'un arbre de Noël. Emmeline, un moment encore, éprouva quelque chose qui ressemblait à un remords. Il fut aussitôt balayé. Cet homme la gênait, l'encombrait. Son autre vie, ce n'était pas lui. Ce ne serait jamais lui. Pour rester dans le maritime, il était comme l'ancre qui s'est prise dans les rochers, qu'on n'arrive pas à dégager et dont, tant on enrage, on finit par trancher la corde.

– Vous partez, c'est tout, dit-elle en se levant.

Elle avait pensé lui suggérer le train du lendemain.

– Il y a un train ce soir, dit-elle.

Restait pour elle à définir le nouveau statut qu'elle entendait donner à Marianca. Pour commencer, aux fins de l'équiper, elle la conduisit chez Madame Berthe. Celle-ci fit essayer à Marianca quelques robes, recula d'un mètre et, une expression de sous-maîtresse de maison close ayant passé sur son large visage de vicaire andalou, elle articula :

– Un morceau de roi, Madame la Comtesse.

Une de ces robes s'étant trouvée si ajustée que Marianca avait pu l'emporter, Emmeline décida de frapper immédiatement un grand coup. L'après-midi même, elle emmena Marianca à un bridge chez les Raspassens. Exténuées de stupeur mais désireuses de sonder cette nouvelle bizarrerie d'Emmeline, ces dames eurent la bonté de s'intéresser beaucoup à Marianca et de lui poser cent questions. Marianca eut l'esprit de répondre à la manière du duc d'Aspre, c'est-à-dire par de presque monosyllabes. Ces dames trouvèrent qu'elle savait se tenir à sa place. Quand même, Emmeline partie, le cri fut général : introduire une fille comme celle-là chez un Cédric à qui les femmes donnaient tant dans les yeux, c'était proprement, pour reprendre l'heureuse expression de Madame de Raspassens, « faire entrer le loup dans la bergerie ».

Quelques jours plus tard, ayant eu l'occasion de faire remarquer à Cédric combien dans ses nouvelles robes Marianca avait maintenant bon genre, et Cédric en ayant convenu, Emmeline se risqua à dire :

– On pourrait presque la faire dîner à table.

– Amusant, dit Cédric.

Son ton indiquait clairement que si, une fois de plus, il appréciait l'audacieuse originalité de pensée de sa femme, il entendait bien que cette originalité n'allât pas jusqu'à se traduire dans les faits. Pour l'instant, Marianca continua donc à prendre ses repas avec les enfants et Miss Fräulein dans la petite salle à manger. Une heureuse coïncidence devait bientôt y apporter un tempérament. Le 30 avril, en effet, tombait l'anniversaire du petit Rodolphe. A cette occasion, les enfants étaient admis à table avec, tout naturellement, Miss Fräulein et, tout aussi naturellement, Marianca. C'est le jeune Eugène qui en faisait une tête. Il voyait s'évanouir son beau rêve.

Le seul ennui vint de la cuisinière. Persuadée que, même à ce sommet social où on la voyait accéder, Marianca ne pouvait pas être assez inconsidérée pour négliger un parti en or comme le boucher, convaincue qu'elle faisait exprès, la salope, de passer devant son négoce lorsqu'elle promenait les enfants, elle accueillit désormais Emmeline dans sa cuisine par ces grommellements entre dents et luette, par ces haussements d'épaules, par ce remuement de casseroles, voire par ces bris d'assiettes, moyens d'expression ordinaires des cuisinières de bonne maison lorsqu'elles sont contrariées. Malgré son peu d'intérêt pour ces incidences ménagères, Cédric lui-même finit par s'en apercevoir.

– Ma chère amie, si je ne m'abuse, vous allez devoir choisir entre Marianca et la cuisinière.

– Une cuisinière se remplace, dit Emmeline avec un sang-froid qu'admireront toutes les maîtresses de maison.

La cuisinière fut remplacée.

Avec Marianca près d'elle, avec Marianca qui passait peu à peu de l'état de nurse à celui de dame de compagnie, avec Marianca qui prenait des leçons d'équitation et qui bientôt allait pouvoir l'accompagner dans ses promenades à cheval, Emmeline avait retrouvé toute sa sérénité. Où étaient-elles passées, ces réflexions qui l'avaient tant tourmentée? Elles s'étaient diluées dans l'azur. Qu'avait-elle besoin d'une autre vie? Elle l'avait à côté d'elle.

IX

Sur quoi, il y eut les élections de 1936, le Front populaire et le gouvernement Blum composé de socialistes et de radicaux. Comme on peut l'imaginer, dans le milieu qui gravitait autour des Saint-Damien, cela n'avait pas tellement plu. Les Saint-Damien, eux, à leur habitude, avaient pris la chose sans excès d'émotion. Emmeline, je l'ai déjà dit, donnait volontiers à la fois dans l'esprit de contradiction et dans le social (il ne faudrait pas exagérer. Cela n'allait pas loin). Sur un petit ton raisonnable qui, à sa grande satisfaction, agaçait beaucoup ces dames, elle énonçait que les gouvernements précédents ne l'avaient pas volé et qu'ils auraient mieux fait de prendre eux-mêmes ces mesures dont le Front populaire allait maintenant se mettre « la plume au chapeau ». Cédric, de son côté, bien obligé de constater que les partis de gauche et les partis de droite étaient également (ou inégalement) républicains, les tenait tous dans la même mésestime et, dans ces conditions, considérait que tout cela était « Schubert et Berchou », expression qu'il avait ramenée de ses expéditions dans les coulisses des Folies-Caumartin. S'il y avait un parti pour lequel il nourrissait un peu plus, pas beaucoup, de révérence, c'était, curieusement, le parti communiste. « Eux, au moins, ils savent ce qu'ils veulent », disait-il avec l'air de le savoir lui-même. Le père Ricou, lui, pour se réconforter, s'était rabattu sur cette théorie ingénieuse qu'avec les socialistes et la C.G.T. au pouvoir, les ouvriers allaient enfin cesser de se mettre en grève pour ce qu'il appelait un oui ou un non. Telle est la force des idées que la multiplication des grèves qui se produisit à ce moment-là ne le fit pas du tout changer d'avis.

– Mes petits pères, disait-il, retenez bien ce que je vais vous dire. Le socialisme, c'est comme la rougeole. Ça s'attrape, ça n'est pas mortel, ça ne dure jamais longtemps et, après, on se sent mieux. Vous verrez dans un an.

Cela se passait au cours d'un grand dîner organisé par Emmeline et dont elle escomptait qu'il dissiperait un peu cette morosité générale. Au début, la conversation avait été paisible. L'excellence d'une salade de queues d'écrevisses y avait beaucoup contribué. Aramon des Contours en avait profité pour nous réciter la liste des amants de Pauline Bonaparte et pour se livrer ensuite à une intéressante digression sur l'origine du salut militaire. Selon lui, cet usage datait de 1588 et remontait à l'amiral Drake qui, après sa victoire sur l'Invincible Armada et lors d'une revue de ses équipages, avait prescrit à ses marins de se tenir la main devant les yeux pour ne pas être éblouis par l'éclatante beauté de la reine Elisabeth et pour épargner à la souveraine des regards qui, forcément, surtout après six mois de pleine mer, auraient été chargés de lubricité. Thèse qui trouva aussitôt un opposant en la personne du comte des Genettes, une manière de colosse, aussi chauve qu'Aramon, en plus saisissant, vu sa taille et l'expression généralement féroce de sa physionomie. Pour avoir eu un ancêtre qui, par la protection de la princesse des Ursins, était devenu colonel des gardes wallonnes au service de l'Espagne, il se tenait pour un expert en matière militaire et, péremptoirement, de sa voix qui évoquait assez un tombereau aventuré sur une route difficile, il assura que pas du tout, que cet usage avait été inventé par le Connétable de Bourbon, lequel, craignant d'être assassiné, exigeait cette exhibition de la main droite pour vérifier si on n'y tenait pas une arme.

— Ce qui laissait toutes leurs chances aux gauchers, dit le père Ricou qui n'en manquait pas une.

C'est probablement par association d'idées avec le mot gauchers que la conversation prit un autre cours.

— Quand on pense! dit Raspassens le visage gonflé par la colère.

— La France livrée à ces gens-là! enchaîna Berthilde de La Verville en penchant douloureusement vers son assiette son profil de préraphaélite à peine émergée de ses nénuphars. Ce beau pays...

— Eh bien, moi, dit la petite Hélyette de Salles à qui son nez retroussé et joliment fendu du bout faisait pardonner toutes les espiègleries, eh bien, moi, il y en a un là-dedans qui me rassure un peu. C'est ce monsieur Léon Blum. Je le trouve très distingué.

— Distingué? Blum? dit Raspassens en réussissant à donner à ce patronyme la sourde sonorité d'une fermeture de porte capitonnée.

— Et même, paraît-il, assez riche, poursuivit bravement Madame de Salles.

— Tiens donc! dit Raspassens. A force d'emporter les petites cuillères chez les gens qui sont assez bêtes pour l'inviter à dîner.

– Allons, allons, dit Cédric.

– Moi, je l'ai vu une fois, dit timidement le baron du Fourquet.

Le propos suscita de l'intérêt.

– A Paris, à la tête d'une manifestation.

– Nous pensions bien que ce n'était pas à votre cher Jockey-Club, dit courtoisement Cédric.

– Un moment, il a tiré un mouchoir de sa manche. J'ai trouvé ça curieux.

Visiblement l'excellent du Fourquet était resté tout à fait étonné qu'un socialiste (ou un Juif) pût avoir la même habitude que lui.

– Savez-vous qu'il ne s'appelle même pas Blum? reprit Raspassens qui ne désarmait pas. Il s'appelle Karfunkelstein.

– Non?

– Comme je vous le dis.

Pour les lecteurs actuels que ce propos peut surprendre, je rappelle qu'à l'époque cette rumeur, qui n'avait aucun fondement, connut un fort succès.

– Un étranger, c'est complet, dit la duchesse d'Aspre, elle-même native de Budapest et qui en avait gardé le doux accent.

– Probablement né dans les Quatre-Pattes, dit le notaire Angoulevent. Dans les Carpates, rectifia-t-il en constatant que ce pourtant excellent jeu de mots n'avait pas été compris.

– Moi, ce qui me plairait..., dit Emmeline.

Elle l'avait dit rêveusement, comme si cette idée lui avait été apportée à l'instant par un ange ou par le jeune Eugène.

– Ce qui me plairait, ce serait justement de voir parfois confier à un étranger le gouvernement du pays.

Une rumeur courut autour de la table.

– Notre chère Emmeline, comme toujours, est impayable, dit le duc d'Aspre.

– Eh bien, pourquoi pas? poursuivit Emmeline.

Cédric et moi, nous échangeâmes un regard. Le nouveau numéro d'Emmeline ne s'annonçait pas mal.

– Il apporterait un œil neuf. Il verrait immédiatement où le bât blesse. Il n'aurait pas des tas d'amis à caser. C'est tout simple, on lui ferait un contrat pour quatre ou cinq ans. Après ça, bonsoir. Aramon, au lieu de nous raser avec les amants de Pauline Bonaparte, donnez-nous plutôt la liste des chefs d'État qui étaient des étrangers.

– Des chefs d'État? dit Aramon pris de court.

– Il y a déjà un certain nombre de rois, dit Cédric.

– Les rois de Grèce, Bernadotte en Suède, les rois d'Angleterre qui sont Hanovre, énuméra avec zèle le notaire Angoulevent soucieux de rattraper sa gaffe sur les Carpates.

– Les rois, c'est autre chose, dit vertueusement le comte de La Verville, marguillier de sa paroisse. Les rois ont l'onction divine.

– Bernadotte, l'onction divine? dit Raspassens. Astolphe, vous m'étonnez.

– Je ne parlais pas des rois, dit Emmeline. Je parlais des ministres.

– Il y a eu Mazarin, dit Aramon.

– Eh bien, vous voyez. Mazarin, cela n'a pas été si mal.

– Et Necker. Qui était suisse.

– En Espagne, la princesse des Ursins, dit le comte des Genettes, témoignant ainsi, à des siècles de distance, de sa reconnaissance pour la protectrice de son aïeul (le trait est assez rare pour être souligné).

– Ma chère Emmeline, dit le baron Tussaud du Gard avec un fin sourire, je vous vois venir. Vous voudriez que nous prenions en location votre cher Mussolini.

– Eh bien, vous préférez nos chéquards à la Stavisky?

– Pourquoi pas Hitler, pendant que vous y êtes?

– Ah non!

Emmeline avait eu recours là à un de ses modes d'expression habituels : la fourchette brutalement reposée sur l'assiette. Malgré le rapprochement qui s'esquissait alors entre les deux dictateurs, elle haïssait Hitler que, dans ses moments d'animation, elle appelait même Nicaise ou, au moins, Hitteler. Elle lui reprochait notamment de n'être qu'une caricature de Mussolini et, en le copiant si mal, d'avoir fait apparaître chez le Duce des tares ou des inconvénients dont, sans lui, on ne se serait pas aperçu.

– Hitler, jamais! dit-elle encore.

– Oh, ce Hitler! enchaîna Madame Ricou de sa voix conciliante. Pourquoi est-il toujours en colère comme ça? Ses amis devraient le lui dire. Avec ce caractère-là, il ne vivra pas vieux.

Une fois de plus, le dernier mot revenait au robuste bon sens des ménagères.

Après quoi, Front populaire ou pas, au début juin, il y eut le branle-bas habituel et l'exode à la Mahourgue. Une surprise les y attendait : une des chattes avait accouché. D'où trois petits chats, d'un rose pâle, les yeux à peine ouverts et que les enfants purent câliner. La chatte finit par en prendre ombrage et, une nuit, les emmena ailleurs. Ce fut toute une affaire de les retrouver. Un jour aussi, de loin, Emmeline vit un remue-ménage du côté du petit bois, dans le fond du parc. Elle y découvrit les enfants et Marianca très occupés par une partie de gendarmes et voleurs organisée par Matt venu en visite. Emmeline s'y mêla. Comme, pour déjouer la vigilance de Matt, elle progressait d'arbre en arbre, elle le vit devant elle, à deux pas, qui la regardait. C'était un regard lourd, comme plombé, un regard total, si on voit ce que je veux dire, un regard où le regardé était tout entier. A l'instant, Emmeline retrouva ce trouble, cet engourdissement qu'elle avait éprouvés avec Marianca dans la cuisine du château mais, chose curieuse, elle les retrouva, cette fois, avec un singulier bonheur. Devenue plus délurée (cela avait été le résultat principal de l'épisode Ascanio), Emmeline professait maintenant que, lorsqu'on éprouve ce trouble-là ou, plus simplement, lorsqu'on ne sait plus très bien ce qui vous arrive, il faut faire quelque chose, n'importe quoi, mais quelque chose. Le soir même, sur l'esplanade, c'est sans embarras qu'elle demanda à Marianca où elle pouvait trouver Matt. Et c'est aussi sur le ton le plus naturel – mais avec son air de toujours tout savoir avant les autres – que Marianca lui indiqua sa maison et le garage où il travaillait. Le lendemain, ayant pressé le déjeuner (« Ma chère amie, qu'est-ce qui vous prend? avait dit Cédric. Il n'y a pas le feu »), Emmeline prit sa voiture et partit pour les Saintes-Maries-de-la-Mer. Tout en roulant et, vu son impatience, à une allure démente, elle se demanda ce qu'elle allait y chercher. Elle ne le savait pas. Quelque chose, c'est tout. Elle se demanda aussi si elle n'allait pas au-devant des périls. Que savait-elle de Matt? Et même, finalement, que savait-elle de Marianca? N'étaient-ils pas capables de manigancer Dieu sait quel traquenard, Dieu sait quel chantage? A tout hasard, elle se prépara une retraite : devant

un Matt qui lui paraîtrait suspect, elle lui propose-
rait de venir faire l'extra à la prochaine garden-party
déjà prévue pour le 10 août. Au garage, elle trouva
un vieil homme en salopette. Il lui indiqua que Matt
venait de rentrer chez lui. C'était, près d'un étang,
dans une maison à un étage, une chambre au
rez-de-chaussée, assez vaste, basse de plafond, meublée sommairement mais parfaitement en ordre.
Matt était là, debout, devant le lavabo, le torse nu. Il
ne bougeait pas. Contre le mur, il y avait un lit. Dans
le fond, un hamac. Emmeline était restée dans
l'embrasure de la porte, à contre-jour, toute la
lumière étincelante de l'été derrière elle.

   – Pourquoi le hamac? dit-elle.
   – Pour moi, dit Matt.
   – Et le lit?
   – Pour Marianca.
   – Ensemble? dit Emmeline en ne trouvant rien
de mieux pour exprimer ce qu'elle voulait dire.
   Matt se borna à un signe de tête: non.
   Ils firent l'amour comme dans un lent glisse-
ment.

X

C'était généralement sans l'avoir vraiment décidé qu'Emmeline partait pour les Saintes-Maries-de-la-Mer. Ou, du moins, sans l'avoir décidé à l'avance. C'était quelque chose qui lui survenait à son réveil comme si, pendant toute la nuit, Matt eût été penché sur elle et eût attendu qu'elle ouvrît les yeux. C'était comme un vertige, comme une impression de vide, c'était surtout comme une hébétude qui s'emparait d'elle et qui, ces matins-là, la rendait incapable de penser à autre chose. Elle toujours si active, elle devenait une sorte d'âme errante dans la maison, pour qui une lettre à écrire, un coup de téléphone à donner, un chèque à envoyer devenaient autant de choses dérisoires, inutiles et même carrément impossibles. Enfin elle partait et, à la seconde, son agitation s'apaisait. Tout devenait simple. Elle passait prendre Matt à son garage où, visiblement, c'était avec plaisir que le vieil homme en salopette lui donnait campos. « Soyez heureux, les enfants », disait-il et, au moment où la voiture repartait, dans une intention qu'on aurait pu croire farceuse, mais non, qui n'était que tendresse, il les bénissait d'un large signe de croix dans l'espace. Ils gagnaient la chambre. L'hiver, toutes les issues closes, elle était comme un bloc de silence immergé dans la mer. Aux beaux jours, les deux fenêtres ouvertes mais les volets fermés, ils entendaient les gens qui passaient tout près et dont les phrases, détachées de leur contexte, prenaient un sens mystérieux. Dans leurs moments de gaieté, Emmeline et Matt se les répétaient comme des mots de passe. Une surtout qui leur avait bien plu : « Non, pépère, les parfumeurs, c'est tous des fumiers. » Moments de gaieté qui étaient rares. Matt n'était pas un rieur. A certains égards, il rappelait parfois à Emmeline le comte Anthéaume, tout autant que lui cadenassé. Malgré quelques questions qu'elle lui posait d'ailleurs avec la même timidité qu'à Marianca, Emmeline ne put jamais lui faire dire d'où il venait, qui étaient ses parents ni même quels avaient été ses rapports avec Marianca. La réponse la plus longue qu'elle put obtenir à cet égard se ramenait à ceci : « Elle était seule. »

Finalement, Matt y était venu, en extra, à la garden-party. Comme quoi quand une idée nous a passé par la tête, il est rare qu'elle ne resurgisse pas, même transformée. En veste blanche, ondulant au milieu des invités avec son plateau de rafraîchissements, Matt s'en était très bien tiré. Sans un sourire, bien entendu, mais le sourire, chez l'extra, ce n'est pas indispensable. Vers onze heures, au moment de la plus forte animation, Emmeline avait même poussé le défi jusqu'à danser avec lui, ce qui avait provoqué quelques commentaires non sur ses mœurs mais sur ses opinions. « Eh, eh, avait dit Raspassens. De plus en plus à gauche, notre Emmeline. » A l'issue de la fête, avec les autres extras et les musiciens de l'orchestre, Matt avait très bien pris son enveloppe. Mais, dès le lendemain, Emmeline avait reçu un bouquet de fleurs qui, à vue de pays, devait en représenter l'exact montant. Sans carte,

ce qui permit à Cédric, pendant une semaine entière, de dauber Emmeline sur son admirateur inconnu. Il pensait que c'était le fils Thibaudeau lequel,
parce qu'il était bègue, passait pour un grand timide
alors que, lors de ses virées dans les boîtes de nuit, il
se distinguait par un culot d'archevêque. Nous
sommes tous des méconnus. Une autre fois, comme
Emmeline lui avait tendu son briquet pour allumer
sa cigarette et qu'elle lui avait dit : « Il te plaît ? Je
t'en fais cadeau », Matt l'avait pris sans un mot, puis,
en reconduisant Emmeline à sa voiture, il l'avait
jeté dans l'étang. « Il eût été plus simple de me le
rendre », avait dit Emmeline qui détestait les gestes
gratuits. Tout cela, je crois, définit assez bien leurs
rapports. Avec encore ceci qui me paraît valoir la
peine d'être relevé : alors que, dans l'étreinte,
Cédric gardait toujours l'initiative, Matt, au contraire, était le plus docile des amants, ne se hasardant
pas à une caresse, n'enlevant même pas son maillot
de corps tant qu'Emmeline n'en avait pas manifesté
le désir. On eût dit que tout son plaisir, et le seul,
était celui d'Emmeline ; son bonheur, le sien ; sa
volonté devenue la sienne. Ce n'était même pas
qu'Emmeline eût à demander ou, moins encore, à
ordonner. Elle disait et c'était. Comme si le corps de
Matt eût été le sien, ou le prolongement de son
corps à elle, et ses mouvements les prolongements
des siens. Cela donnait à leurs étreintes quelque
chose de naturel, je dirais même d'innocent, qui
projetait Emmeline loin d'elle-même, dans une
autre région, une région presque abstraite, où rien
de ce qu'elle était ne subsistait. Pas une fois, il ne lui
vint à l'esprit qu'elle trompait Cédric. Ce sentiment-
là, il est vrai, elle l'aurait peut-être éprouvé si, pour
rejoindre Matt, elle avait dû donner quelque prétexte. Mais Cédric n'était pas homme à lui demander

où elle allait ni à quoi elle avait consacré sa journée. N'ayant pas à mentir, Emmeline ne mentait pas.

Les enfants avaient grandi, c'est le contraire d'ailleurs qui aurait été surprenant. Guillaume et Rodolphe allaient maintenant à l'école. Une institution privée, il va sans dire. Et externes, ça, Emmeline y avait tenu. Elle avait été interne : l'explication suffit. C'était, en général, Marianca qui les y conduisait. J'en profite pour attester que si, en effet, à cette occasion, elle passait devant l'étal du boucher, c'était sans la moindre arrière-pensée et uniquement parce que c'était l'itinéraire le plus court. Cette fâcheuse coïncidence valut cependant à Cédric une lettre anonyme qu'on pouvait sans trop de risques attribuer à l'ex-cuisinière.

Guillaume était un gros garçon, blond, les traits un peu mous, de caractère facile, volontiers réfugié dans son coin où il bricolait. En été, à la Mahourgue, son divertissement favori, il faudrait plutôt dire sa vocation principale tant il y mettait d'application, était de creuser dans le parc un réseau de canaux dont il gouvernait les eaux par des écluses faites de bouts de caisses de cigares. « Il sera ingénieur maritime », disait Cédric tout en espérant bien qu'en vrai Saint-Damien son fils pourrait ne rien faire du tout.

Rodolphe, lui, tenait plutôt de sa mère dont il avait le caractère volontaire, le cou gracile, le teint doré, les longs cils, plus un œil, le droit, légèrement plus grand que l'autre ce qui, à sept ans, lui donnait l'expression d'un bookmaker marron. Vrai diable à quatre, marquant partout son sillage par quelques dégâts, accueillant les reproches avec un rire derrière la main qui était une insolence de plus, grimpant à tous les arbres, sa tête émergeant des feuillages à vingt mètres de haut et suscitant les cris épouvantés de Miss Fräulein, sur la plage jetant du sable dans les yeux des mamans ou s'aventurant dans la mer si loin que Marianca était obligée d'aller le chercher et de le ramener sur son dos, ce dont il abusait pour toucher ses seins car, sur ce point, il était résolument du côté de papa. Une fois déjà, un des fermiers de la Mahourgue l'avait ramené au château pour l'avoir surpris, derrière un mur, avec sa petite-fille et occupé à lui retirer sa culotte. Ledit fermier, à cette occasion, ne put s'empêcher de faire remarquer à Emmeline que déjà, quelque vingt-cinq ans auparavant, il avait dû en faire autant avec Monsieur le Comte et sa fille, « la mère de cette enfant, Madame », ce qui, à son idée, l'autorisait à dire à Madame la Comtesse que ça commençait à bien faire et qu'on pourrait peut-être signaler « au jeune monsieur » qu'il y avait d'autres familles dans les environs.

Quant à Isabelle, encore toute petite, on voudra bien me dispenser d'un paragraphe qui n'aurait qu'un relent de savonnette. Outre le ménage qu'elle formait avec un lapin à tambour qui ne se déclenchait que si personne n'y touchait, sa grande distraction était d'aller s'asseoir sur les canaux de son frère, d'où fureur de Miss Fräulein devant les dégâts causés à ses robes et fureur de Guillaume devant les dégâts apportés à ses canaux.

XI

L'année 1938 commença mal : Rodolphe eut une appendicite qu'il fallut opérer à chaud, ce qui, pendant quelques jours, donna des émotions. Puis, en septembre, il y eut l'alerte dite de Munich et l'accord qui s'ensuivit, comme on s'en souvient, entre Chamberlain, Daladier, Hitler et Mussolini. « Tu étais inquiet, toi ? me dit Cédric à cette occasion. Moi, pas une seconde. Avec ces gens-là ! » Pour lui, toute cette affaire n'avait été qu'une « entourloupette » de plus, machinée par ces « quatre zozos » qui visiblement s'entendaient « comme larrons en foire » et dont, à l'évidence, le seul souci était de sauver leurs « pépètes » garées en Suisse. Par quoi on voit que Cédric restait fidèle à cette conception de la politique qui était celle déjà du comte Anthéaume. Par quoi on voit aussi qu'au contact de ses petites danseuses parisiennes, son vocabulaire pratiquait parfois de fâcheux écarts. Je lui objectai qu'ayant eu l'occasion, lors d'un séjour à Paris, d'être présenté au Président Daladier, et bien que sa politique ne me plût pas, je ne lui avais pas du tout trouvé la mine de quelqu'un qui aurait ses économies en Suisse. Je poursuivis en énonçant qu'à mon sens Hitler non plus n'avait pas exactement le profil du petit épargnant et que Mussolini, de son côté, les journaux nous avaient assez bassinés avec ça, ne portait jamais dix lires sur lui. « Tiens! ça prouve bien qu'il les a déjà mises de côté », me rétorqua Cédric. Et comme j'allais attaquer la question sous l'angle du quatrième partenaire de Munich, Neville Chamberlain, il me coupa la parole : « Tu as toujours été un grand jobard, mon garçon. Dans ces conditions, pourrais-tu me dire pourquoi, située comme elle est, la Suisse n'est jamais attaquée? Il ne faut pas chercher. C'est parce que c'est là qu'ils sont, les coffres-forts de ces messieurs. »

Argument qui lui parut si péremptoire que, quelques jours plus tard, malgré son tact habituel, il n'hésita pas à l'infliger à un industriel suisse venu pour une commande à l'usine et que Ricou l'avait chargé de traiter dans un restaurant à gueuletons des environs.

– Pas du tout, dit le Suisse vexé. Si les Allemands ou les Français n'osent pas nous attaquer, c'est parce que notre armée leur flanquerait une drôle de tripotée.

– D'accord, d'accord, dit Cédric. Je ne doute pas de la valeur de votre armée. Mais devant deux géants comme l'Allemagne ou la France... La Suisse n'est pas grande...

– Pas grande, la Suisse? Mettez nos montagnes à plat, nous arrivons jusqu'à l'Oural.

Des jours comme ceux-là, Cédric, en regagnant son bureau, appelait sa secrétaire et, pince-sans-rire, lui dictait cette annonce à envoyer au journal : « Il a été perdu une bonne occasion de se taire. La rapporter contre récompense au comte de Saint-Damien. » La secrétaire en sanglotait d'hilarité pendant le reste de l'après-midi. Comment ne pas adorer cet homme-là?

Autre embêtement de cette année-là (une fois que l'Histoire se met à vous compliquer la vie, on n'en finit plus) : il fallut se séparer de Miss Fräulein. Alors que, pendant toutes ces années passées chez les Saint-Damien, elle n'avait jamais proféré de propos politiques plus compromettants que « On verra bien » ou ce vieux proverbe « Si ce sont des roses, elles fleuriront. Si ce sont des pissenlits, mets-y des lardons », voici qu'à l'occasion du rattachement des Sudètes à l'Allemagne, objet principal des accords de Munich, elle s'était mise à déclamer. Sudète elle-même, Allemande d'origine et de cœur, ce rattachement, il est vrai, la concernait au premier chef. Qu'elle s'en félicitât et même que, depuis, elle tînt Hitler pour le plus clair génie des temps modernes, bon, il n'y avait rien à dire. Mais qu'elle allât le proclamer dans tous les négoces du quartier et qu'elle en endoctrinât les enfants, ça, suivant la vigoureuse expression de Cédric, c'était « un peu fort de camomille ». Après un entretien avec Emmeline, il convoqua Miss Fräulein dans le grand salon. Préférant ne pas aborder l'aspect politique de la question, il se composa un air grave pour exposer que l'avenir était lourd de périls, qu'il n'était pas impossible qu'il y eût une guerre (malgré le souci des chefs d'État concernant leurs économies), qu'il serait désolé, mais alors là vraiment, de voir Miss Fräulein inquiétée au titre de sujette ennemie et peut-être même internée, bref qu'il estimait préférable qu'elle regagnât son pays. Miss Fräulein se mit à pleurer. Cédric l'embrassa. Miss Fräulein pensa défaillir ce qui, chez cette personne taillée à la serpe, trahissait un fort accès de sensibilité. Cédric lui offrit une indemnité calculée si large que Miss Fräulein put se donner les gants de n'en prendre que la moitié. Elle déclara qu'elle préférait partir sans revoir les enfants, ce serait trop pénible, mais qu'elle demandait instamment qu'on lui en donnât des nouvelles au moins une fois par mois, ce qui fut juré. Les enfants, en apprenant qu'elle était partie et sans même leur dire au revoir, manifestèrent hautement leur mécontentement. Ils voulurent savoir le pourquoi. Emmeline leur dit que c'était parce que Miss Fräulein aimait trop Hitler. « Alors, elle va se marier avec lui ? » demanda Rodolphe, ce qui constitue bien, je crois, un authentique mot d'enfant.

Dans les mois qui-suivirent, en réponse aux bulletins de santé qui lui étaient envoyés régulièrement, Miss Fräulein ne manqua pas de tenir les Saint-Damien au courant de ses péripéties personnelles. Ils purent ainsi apprendre, successivement, qu'elle s'était fixée à Berlin, puis qu'elle avait trouvé un emploi au Ministère de l'Équipement (ce qui laissa Cédric songeur : pour avoir trouvé à se caser si rapidement, et dans un Ministère, elle avait dû rendre des services pendant son séjour en France, soupçon qui n'avait d'ailleurs aucun fondement) et enfin qu'elle avait épousé son sous-chef de bureau, bel homme à l'en croire et surtout « une bonne personne », les guillemets indiquant à la fois la malice de l'allusion et l'attachement de Miss Fräulein au vocabulaire des Saint-Damien.

L'année se poursuivit cahin-caha, dans cet état de paix dont tout le monde savait bien qu'il était précaire. Précarité qui, loin d'attrister, donnait à la vie une singulière saveur. Pour chacun de nos gestes, nous pouvions nous dire que nous n'aurions peut-être pas l'occasion de le refaire. Il n'en prenait que plus de prix. C'était comme des adieux. Les adieux ne sont pas toujours tristes. En avril, comme un homme qui se fait des provisions, Cédric alla encore se donner un air de Paris. En juin, Rodolphe tomba d'un arbre, cela devait arriver, et il dut passer six semaines avec son bras dans le plâtre. En juillet, autre triste événement qui fit beaucoup pleurer les enfants : la mort du vieux gardien du château, qui avait une si bonne tête de Clemenceau radouci et qui fabriquait de si beaux cerfs-volants. Après avoir assuré la pension et le relogement de sa veuve, Emmeline engagea pour le remplacer un réfugié espagnol, un nommé Gonzalès, rescapé des troupes gouvernementales et qui ne lui avait pas caché son appartenance à la FAI, Fédération anarchiste. Choix qui suscita, de la part de Cédric, cette seule réflexion que je reproduis pour sa robuste simplici- té : « Bah ! Un républicain de plus ou de moins. Au point où nous en sommes. » Contrairement à ce qu'on aurait pu croire, et pour des raisons qui m'échappent, ces événements d'Espagne ne l'avaient guère intéressé.

Enfin, en septembre, il y eut la déclaration de guerre. Rappelé dans son régiment où il était capi- taine, Cédric alla cantonner dans un village près de Frœschwiller. Suivant les ordres du colonel qui ne voulait pas voir les hommes « occupés à ne rien faire », il leur fit creuser des tranchées que, dès qu'il avait le dos tourné, les soldats abandonnaient pour se répandre dans les deux cafés de l'endroit ou pour philosopher sur les talus. Pendant tout cet hiver, comme on s'en souvient, le front, de ce côté-là, resta fort immobile. Cédric ébaucha une idylle avec une vachère qui exerçait son ministère dans une ferme voisine de celle où il logeait. Après des semaines de minauderies, elle finit par lui indiquer comment la rejoindre dans sa chambre. Malheureu- sement, en l'honneur de cette visite, elle s'était fait un accroche-cœur sur le front, Cédric en resta tout décontenancé. S'étant quand même aventuré, il tomba sur une culotte de toile très empesée, ce qui le décontenança encore plus. En janvier, il eut une permission et en passa les deux premiers jours à Paris. Rochecotte lui apprit que, selon certaines informations dont évidemment les journaux ne parlaient pas, les choses allaient s'arranger, qu'il y avait en Angleterre un fort mouvement pour la paix, mené par le duc de Norfolk et quelques autres pairs. Qui était ce Norfolk et de quel poids disposait-il? Autant de questions que Cédric ne songea pas à poser. On l'a déjà compris, Cédric était de ces fins sceptiques qui sont toujours prêts à croire n'importe quoi. En juin, un matin, sous un soleil radieux, la compagnie de Cédric, qui était en avant-poste, fut parfaitement cernée. Elle fut parquée, avec d'autres prisonniers, dans une prairie entourée de fils de fer et de sentinelles. Avec de l'entregent, il n'était pas impossible de s'en évader. Cédric n'y pensa pas. A sa décharge, ajoutons que les autres autour de lui n'y pensèrent pas non plus. D'une manière générale, on estimait que la guerre était finie. Résultat : trois semaines plus tard, après un voyage dans un train qui avançait, ou peu s'en fallait, au pas d'homme, Cédric se retrouvait dans le quatrième baraquement, à droite en entrant, d'un oflag situé dans les parages de Prenzlau.

XII

Je préfère prévenir : l'évasion de Cédric fut une chose à peine croyable. De si peu croyable que, rentré dans ses foyers, et avec une intelligence dont je ne l'aurais pas cru capable, il crut bon d'en donner parfois – comme avec ses danseuses – une version parallèle et plus conventionnelle, avec reptations sous barbelés, heures anxieuses passées dans un fossé, patrouilles rôdant à deux pas et navets volés dans un champ, toutes choses qui, en effet, correspondaient à l'idée qu'on se fait généralement d'une évasion mais qui, à mon sens, présentaient l'inconvénient de ne pas ressembler du tout à Cédric. Cédric rampant, Cédric terré dans un fossé, Cédric volant des navets, allons donc ! Un soir, enfin, dans le grand salon, toutes portes closes, il finit par m'en faire le narré véritable. Avant de le reproduire, il me faut préciser deux points qui ont ici leur importance. Et d'abord la parfaite connaissance que Cédric avait de l'allemand, langue qu'il avait étudiée au collège, qu'il avait eu l'occasion de pratiquer in vivo lors d'un séjour de vacances à Heidelberg et dont il avait encore parfait l'usage lors de ses conversations avec Miss Fräulein pendant les presque dix ans qu'elle avait passés chez lui (il lui en était même resté une trace d'accent sudète). Deuxième point : parfaitement dénué de toute vanité personnelle, se tenant, à juste titre d'ailleurs, pour une intelligence moyenne, considérant notamment qu'en regard de lui, Emmeline était Kant et Descartes réunis, Cédric, en revanche, avait la plus haute estime de son nom. Pour lui, les Saint-Damien, cela venait immédiatement après les Bourbons, et encore, les Bourbons ayant parfois failli à leur parole, les Saint-Damien jamais. D'où, dans son air comme dans sa conversation, une assurance tranquille et une telle confiance en lui-même (ou plutôt en son nom) que tout naturellement, à moins d'être vraiment revêches, les autres y acquiesçaient. Il avait une façon de dire : « Alors, mon bon ? » qui, d'entrée de jeu, le situait à trois étages au-dessus de son interlocuteur, une expression amène ou même joviale venant tempérer ce que cette altitude aurait pu avoir de désobligeant et, en général, suscitant plutôt chez ledit interlocuteur le désir immédiat de lui rendre service. (De même, le comte Anthéaume, à vingt ans, disait très bien : mon brave, à son notaire qui avait trois fois son âge.) Lorsque Cédric parlait à quelqu'un, il n'était pas loin de croire que ce quelqu'un en fondait de bonheur, qu'il s'en targuerait en rentrant chez lui, que ses enfants le regarderaient avec orgueil, fiers d'avoir un tel père et que, ce soir-là, sa femme se donnerait à lui avec un élan où, au plaisir, s'ajouterait l'honneur. Là, je blague mais pas tellement. De tout cela, j'avais eu l'éclatante confirmation le jour où, partis à deux en voiture et ayant eu un accident près de Monte-Carlo, nous étions arrivés, faits comme des voleurs, à l'Hôtel de Paris. A la réception, avant même que Cédric eût énoncé son nom et sur le seul son de sa voix, on nous avait donné une des plus belles suites de l'établissement. Un autre jour, une nuit plutôt, à Pigalle, comme Cédric sortait du lit d'une de ses danseuses, il était tombé sur une rafle. C'est sans même lui demander ses papiers que les agents l'avaient immédiatement laissé passer. Il faut peut-être préciser que, dans tout cela, il n'entrait pas une once de mépris. Avec ses quelques défauts, et notamment sa légèreté qui pouvait être exaspérante, Cédric avait une assez belle âme. Dans cette belle âme, il n'y avait de mépris pour personne. Un roi ne méprise pas. Ni le mont Blanc. Mais il est le mont Blanc.

Pendant plus de deux ans, dans son camp, Cédric n'y avait pas du tout pensé, à son évasion. Un peu par horreur de l'effort que cela demandait. Un peu par optimisme et parce qu'il professait volontiers qu'on n'allait pas « les garder comme ça pendant des siècles ». Mais surtout, je crois, parce que, pour la première fois de sa vie, il se sentait utile. Grâce à sa maîtrise de l'allemand, grâce à cette jovialité à laquelle ses gardiens n'étaient pas tout à fait insensibles, grâce peut-être même à son titre, il avait pu et pouvait encore rendre quelques services à ses compagnons de captivité. A diverses reprises, les autres prisonniers l'avaient délégué auprès des autorités du camp pour exposer des doléances et, de leur côté, ces autorités l'avaient parfois mandé pour démêler quelque problème. C'est ainsi qu'il put nouer des contacts assez suivis avec un certain Hans Pffiske, un maigrelet, affligé de grosses lunettes qui lui donnaient le regard d'un batracien, dans le civil portier à l'Université d'Iéna, d'où une certaine teinture de savoir, et que son extrême myopie avait relégué dans les humbles fonctions de garde-mites. Ce garde-mites possédait au plus haut point ces deux fortes vertus qui peuvent être si utiles aux autres : le je-m'en-foutisme et la vénalité. Ce sont deux des formes de la tolérance (il en est de plus relevées). De ce Hans, après des semaines de tractations, Cédric obtint successivement, contre sa belle montre en or, un petit paquet de marks et, contre la moitié de ses colis, un veston et un pantalon d'aspect suffisamment civil. Il alla aussitôt les cacher dans un baraquement inoccupé. A partir de ce veston et de ce pantalon, l'idée d'évasion pouvait prendre corps. Il ne restait qu'à attendre l'occasion. Elle se présenta sous la forme d'un mal de dents, pas du tout feint, un vrai mal de dents, si sérieux que l'infirmerie du camp déclara forfait et que Cédric fut envoyé, sous forte escorte et avec trois autres prisonniers, chez le dentiste de l'agglomération voisine. Là, je n'étonnerai personne en disant que, s'étant attardé dans l'entrée, le salon d'attente étant exigu, Cédric sut, par quelques exclamations admiratives, se faire bienvenir de la jeune personne qui leur avait ouvert la porte, une forte blonde, les cheveux en couronne, le tout sous le regard ardoise d'un vieux soldat trop âgé pour se livrer encore à ces marivaudages mais que leur spectacle amusait et fortifiait dans son opinion sur l'incurable frivolité des Français. La gretchen leur ayant apporté deux jattes de café, Cédric voulut les lui rapporter, politesse que le soldat âgé permit d'un battement des paupières. Dans la cuisine, Cédric s'aperçut qu'elle donnait, par une porte vitrée, sur un court jardin qu'une clôture de pas quarante centimètres de haut séparait d'un pré, lequel lui-même aboutissait à un bois.

Reçu enfin par le dentiste – et ses idées entre-temps s'étant précisées –, il eut l'esprit de pousser des barrissements d'éléphant. Très frappé, le dentiste convint que l'affaire était plus épineuse qu'il n'y paraissait et qu'ils devaient se revoir. Trois semaines plus tard, avisé de cette nouvelle visite, Cédric courut dans le baraquement où il avait caché le veston et le pantalon, les enfila, passa son uniforme par-dessus, et arriva ainsi, un peu boudiné, chez le dentiste, toujours sous bonne garde et en compagnie de deux autres prisonniers dont l'un, sous l'effet d'une fluxion, avait la joue comme un melon. Merde! la gretchen n'y était pas. C'était la femme du dentiste (du moins était-ce ce qu'on pouvait supposer, vu le caractère ingrat de sa physionomie) qui était venue leur ouvrir. Cédric n'en fut pas démonté. Toujours avec son beau sourire si franc, il prétexta le plus naturel des besoins et fit le détour par la cuisine. Il n'y avait personne. Cinq secondes plus tard, il était dans le jardinet; dix secondes plus tard, il traversait le pré; deux minutes après, il émergeait du petit bois, en civil, se retrouvait sur un chemin rural et saluait d'un affectueux « Grüss Gott » un paysan qui passait, en amazone sur son cheval. Ce chemin rural, au bout de trois cents mètres, menait à une route. Un camion passa. Cédric lui fit signe de s'arrêter. Le camion ne s'arrêta pas. Passa un autocar. Il s'arrêta. Cédric paya son billet et, ne sachant pas quelle destination indiquer, il proféra avec entrain : « Jusqu'au bout. Toujours jusqu'au bout », propos que le chauffeur du car eut l'air d'apprécier. Et Cédric alla s'asseoir à côté d'une vieille femme qui tenait un panier sur ses genoux.

Au terminus, cet autocar le déposa sur une place en forme de rectangle allongé et dont les édifices principaux étaient une gare, un café et une maison de style notaire. Dans la gare, un tableau horaire indiquait, pour dans cinquante minutes, un train omnibus pour Berlin. Cédric acheta son billet et, heureuse inspiration, fit aussi l'emplette du *Völkis-*

cher Beobachter, organe officiel du parti national-socialiste. D'après ce que lui avait dit un jour le garde-mites (décidément très je-m'en-foutiste), la lecture de cet organe était si emmerdante qu'en le voyant entre les mains de quelqu'un, on pouvait à coup sûr gager qu'il s'agissait d'un fonctionnaire du parti ou, au moins, de quelque nazi particulièrement zélé. Ce fut en tout cas avec une visible considération que, dans le train, pour poinçonner son billet, le contrôleur vint déranger Cédric derrière son journal largement déployé.

Et voici Cédric à Berlin. Un désert pour lui; il n'y avait pas de cousins. En revanche, il y avait Miss Fräulein. Lui ayant souvent écrit, Cédric se souvenait de son adresse : 60 bis Schweinfurthstrasse. Un autre se serait demandé comment cette Sudète, si contente de son Führer, allait accueillir un prisonnier évadé. Cédric n'y pensa pas une seconde. Outre qu'il ne doutait pas des bons sentiments de Miss Fräulein, l'idée que quelqu'un pût ne pas rosir de fierté en recevant sa visite était pour lui inimaginable. Ajoutons ceci qui complète ce que nous savons déjà de son caractère : ayant dormi dans le train, il avait déjà à peu près oublié sa situation et, en passant devant le miroir d'un magasin, il eut un sursaut en voyant la touche qu'il avait dans ce veston de rencontre. Son costume aussi, il l'avait déjà oublié.

Le 60 bis Schweinfurthstrasse était un immeuble de six étages dont il n'y a rien d'autre à dire. Dans le hall, un tableau indiquait que Miss Fräulein (dans le siècle Frau Donecker) gîtait au quatrième à droite. Cédric sonna : il n'y avait personne. Il s'en fut, fit le tour du pâté d'immeubles, pénétra dans un square et s'assit sur un banc où il y avait déjà une femme avec un marmot. Cédric lui dédia son sourire éclatant. La femme répondit par un sourire en biais. Il énonça qu'il faisait beau. La femme en convint. Un moment, il pensa pousser sa pointe. Dans sa situation, une amoureuse pouvait être la meilleure des complices. Mais serait-elle amoureuse? Il préféra retourner chez Miss Fräulein. Cette fois, elle était là. Elle lui sauta au cou, rougit, pria Cédric de mettre cet élan sur le compte de la surprise, apprit avec des exclamations qu'il s'était évadé, l'enfourna dans la salle de bains, l'idée d'un bon bain étant pour elle inséparable de l'état d'évadé, rouvrit la porte pour lui passer un peignoir, la referma par décence, s'attela à la confection d'une omelette de quatre œufs, profita de son temps de cuisson pour aller dire, à travers la porte, que Monsieur le Comte n'avait pas à s'inquiéter, que son mari était absent, mobilisé, caporal sur le front grec (voir le Parthénon, c'était son rêve) et enfin le regarda manger son omelette avec un ravissement évident. On aura déjà compris, je pense, que, comme toutes les femmes passées à portée de voix de Cédric, elle était convaincue, grâce à ses galanteries, qu'il était secrètement épris d'elle et, par osmose, elle l'était aussi. Quant aux problèmes que posait son état d'évadé, elle les mit provisoirement de côté.

– A demain les réflexions sérieuses, dit-elle. Vous devez être fatigué. Vous allez prendre mon grand lit.

D'après le mouvement de la tête, ce lit devait se trouver dans la chambre voisine.

– Ah non! dit Cédric. Je vois là un excellent divan.

– Ta, ta, ta, rétorqua Miss Fräulein en retrouvant toute son autorité de nurse en chef. C'est moi qui le prendrai, le divan.

Cédric muni d'un pyjama du caporal et rangé

dans le grand lit, elle s'affaira sur le divan, y disposa des draps, un plaid, un oreiller, recula de deux pas pour apprécier l'ensemble, revint pour tapoter l'oreiller et s'en alla très bien rejoindre Cédric dans le grand lit.

Et ce fut la fête! Une de ces fêtes comme le destin en réserve parfois aux hommes, nées du hasard et qui en ont l'innocence, nées de l'instant et qui en ont la fraîcheur, nées de la coïncidence et qui en ont l'émerveillement, une de ces fêtes où l'irresponsabilité tient lieu à la fois de gaieté et de liberté. Avec Emmeline dans l'Hérault et le mari-caporal sur les pentes de l'Acropole, personne ne faisait de mal à personne.

Le lendemain matin, après avoir amoureusement préparé un abondant frühstück pour Cédric et après lui avoir fait jurer de ne prendre aucune initiative, Miss Fräulein partit pour son bureau. Cédric passa une excellente journée à lire les *Conversations de Goethe avec Eckermann*. Vers dix-huit heures, Miss Fräulein revint avec divers sacs de papier qui contenaient des provisions (elle avait dû épuiser ses tickets de ravitaillement de toute une quinzaine) et aussi avec une assez forte somme qu'elle déposa fièrement sur la table.

– Je me suis fait donner une avance, dit-elle. Nous en aurons besoin.

– Ma chère Magda..., commença Cédric.

Dans son émotion, Miss Fräulein détourna la tête et se mit à fourrager du côté du portemanteau. C'était la première fois que Cédric l'appelait ainsi. Était-ce en prononçant Magda que, la nuit, là-bas dans son oflag, il rêvait d'elle? Tout en mettant la table et en entrecoupant ses propos de fréquentes incursions dans la cuisine d'où émanait un fort bon fumet (« Une surprise », avait-elle annoncé), elle

116

exposa à Cédric, primo, que, pour être Sudète, elle n'en était pas moins femme; que, secundo, elle estimait que tout prisonnier avait le droit, sinon même le devoir, de s'évader et qu'elle espérait bien que, s'il était capturé, son caporal aurait le courage d'en faire autant et enfin, tertio – et là son ton avait monté –, qu'avec le sûr génie que le Führer ne cessait de montrer dans la conduite de la guerre, il devait lui être tout à fait indifférent que le capitaine de Saint-Damien fût ou non dans son oflag : il était au-dessus de ça. Conclusion : elle allait aider Cédric, elle ne savait pas encore comment...

– Mais je vous sauverai, mon...

Au moment de dire : mon chéri, elle freina. C'était bien familier. Elle s'en tira par un : mon gros ours sauvage, accompagné d'un rire de grenadier qui prévenait toute objection. Sur quoi, la radio émit un de ces communiqués à trompettes et cymbales qui sévissaient à l'époque. Il annonçait une forte retraite de l'armée allemande sur le front russe présentée comme une manœuvre stratégique d'une rare finesse. Pour écouter cette communication, Miss Fräulein, qui était assise, se leva. Cédric, lui, crut convenable de rester assis, ce que Miss Fräulein comprit très bien. Ils étaient, à ce moment-là, l'incarnation, l'une de l'Allemagne, l'autre de la France : minute émouvante. Ils dînèrent d'une salade de concombres et d'une perdrix à la choucroute qui était la surprise annoncée. Et ils gagnèrent le grand lit où, le plaisir de la surprise en moins, l'agrément de l'habitude en plus, ils passèrent une nuit aussi délicieuse que la précédente.

Sauf ceci : qu'après trois jours, même pas, Miss Fräulein y avait pris goût, à cet arrangement. Quelle femme ne la comprendrait? Cet homme qu'elle avait toujours trouvé si séduisant et maintenant dans son lit, cet homme à sa disposition vingt-quatre heures sur vingt-quatre (un de ces jours-là, elle était rentrée en pleine après-midi, prétextant qu'elle avait oublié quelque chose, assurant qu'elle ne faisait qu'entrer et sortir mais réussissant, entre les deux, à pousser Cédric sur le divan, à la va-vite, comme une espièglerie), cet homme qui ne pouvait même pas profiter de ses heures de bureau pour aller baguenauder dans ce Berlin où, vu l'absence des hommes, les femmes, paraît-il, étaient devenues si faciles. Fallait-il qu'à toutes ces délices, elle dût si vite renoncer? Et pourquoi, mon Dieu? Pour qui? Son dévouement aux Saint-Damien, elle l'avait déjà prouvé en cachant Cédric chez elle. Fallait-il l'étendre jusqu'à Emmeline qui, là-bas, dans son Hérault, ne savait même pas que son mari s'était évadé et qui, dès lors, ne devait pas en être à quelques jours près. Bref, elle décida que, pour la suite de l'évasion, cela pouvait attendre. Quand même, sa probité foncière l'emportant – et sans doute aussi la conscience des risques qu'elle courait –, elle se donna une limite : huit jours, allons, mettons dix mais alors, là, promis, juré. En attendant, tous les soirs, en rentrant, elle annonçait qu'elle s'en occupait, qu'elle avait quelque chose en vue, qu'il n'y fallait qu'un peu de patience.

État d'âme dont Cédric finit par se rendre compte. Il laissa encore passer le dimanche. Miss Fräulein et lui l'occupèrent principalement à une sieste qui tenait plutôt de la gymnastique aux agrès. Puis Miss Fräulein lui montra son album de photographies. Cédric vit ainsi défiler un père qui avait de grosses moustaches, une mère qui n'en avait pas mais qui se recommandait, en revanche, par une carrure de douanier, une tripotée de frères, de sœurs, de cousins et de cousines, les unes avec de longues nattes, les autres avec la casquette à visière courte. Le lendemain, Miss Fräulein partie, il préleva dans le placard un costume du mari-caporal, l'essaya. Une chance, il lui allait. Il y ajouta un feutre tyrolien vert bouteille avec une plume de tétras qui, à son sens, lui donnait une allure générale typiquement teutonne. Il prit aussi l'argent. De toute façon, Miss Fräulein le lui destinait et, d'ailleurs, un prisonnier évadé n'a pas à avoir de scrupules. Il sortit, huma avec bonheur l'air frais (il faisait très beau) et partit à l'aventure.

A trois rues de là, il avisa une agence de voyages, ce qui, d'abord, lui donna un choc. Ça existait donc encore, les agences de voyages ? A tout hasard, en se préparant déjà à une retraite rapide en cas d'anicroche, il entra, se dirigea sans hésiter vers la plus jolie des préposées (elle avait des yeux myosotis qui lui rappelèrent l'espiègle Pomponnette) et lui demanda si elle pouvait lui donner un billet pour... Au moment de dire : pour Paris, il se rattrapa. Paris, c'était un peu gros. Il dit : pour Rome. L'Allemagne et l'Italie étaient alliées. Cela devait moins donner dans l'œil.

– En sleeping ? demanda la préposée assez frappée par l'allure générale de Cédric, par son sourire étincelant et par son regard qui la déshabillait jusqu'à la ceinture, le reste étant caché par son comptoir.

– En sleeping, évidemment, dit Cédric en homme qui n'a jamais voyagé autrement.

– Seul ?

– Seul, hélas! dit Cédric avec beaucoup de sentiment. A moins que vous ne me fassiez le plaisir de m'accompagner.

Tout en n'étant pas dupe de ce badinage mais habituée à des clients qui ou bien ne lui proposaient rien du tout ou bien ne l'invitaient qu'à une croisière jusqu'à l'hôtel le plus proche, la demoiselle battit des cils, empoigna son téléphone, y entama un conciliabule, puis, la main sur l'appareil, elle annonça qu'elle avait un sleeping pour le soir même.

– Parfait, dit Cédric.

– A quel nom?

Là, Cédric eut sa deuxième inspiration de la journée.

– Graf di San Damiano, dit-il.

Détail qui acheva de séduire la demoiselle et qui lui inspira cette réaction indirecte:

– Pour un Italien, vous parlez drôlement bien l'allemand.

Sans doute pour faire valoir l'étendue de ses connaissances, elle ajouta une phrase en italien. Cédric n'en comprit pas un mot mais y répondit par un sourire affectueux.

– Voici, dit-elle en lui tendant son billet. Surtout n'oubliez pas vos papiers.

Visiblement l'idée qu'un homme comme lui ne fût pas en règle ne l'avait pas effleurée. C'est sans doute pour se conformer à l'usage qu'elle dit encore, mais sur un ton enjoué:

– Sans les papiers, ce billet ne vaut rien.

– Bien entendu, dit Cédric.

Il avait déjà son idée. Empruntant à la jeune personne l'annuaire des téléphones, il y trouva l'adresse de l'ambassade d'Italie. Là, au bout de dix minutes d'une conversation très détendue avec le portier, et s'étant fait énumérer les noms des diplomates en poste, il y avait repéré un certain *marchese* di Deodato dont, vu le titre, il estima qu'avec un peu de chance il devait être un cousin de cousins. Il se fit annoncer et entra dans le bureau du diplomate, l'index braqué et en proférant:

120

– Vous, je vous ai déjà rencontré. Mais où ? Aidez-moi. Chez la chère Giovanna Pignatelli della Leonessa ?

Le diplomate eut l'air de savoir de qui il s'agissait. C'était un petit homme tiré à quatre épingles, le visage de pierre ponce, le profil de l'écureuil.

– Ou alors chez ma cousine, la comtesse degli Ascagni, la mère de notre cher Ascanio.

Le visage du petit homme s'éclaira. Probablement pas en situation d'être reçu chez la princesse Pignatelli, il devait, en revanche, avec la comtesse degli Ascagni, se retrouver en territoire plus ami. S'emparant à son tour de ce que Cédric appelait le dé de la conversation, il dit :

– Un Français à Berlin ? En mission ?

– Non, dit Cédric rondement. Je suis un prisonnier évadé. Officier, bien entendu, ajouta-t-il à toutes fins utiles. J'ai déjà mon billet de chemin de fer. Il ne me manque que les papiers.

Il en parlait comme d'un quatre sans atout. L'écureuil ne devait pas être tout à fait dans les mêmes sentiments. Sur son visage, un psychologue averti aurait pu déceler une demi-douzaine de sentiments qui s'échelonnaient entre le « Oh, là, là ! Comment vais-je me débarrasser de cet abruti ? » et le « Un cousin d'Ascanio, un ami de la princesse Pignatelli, je ne peux pas le foutre à la porte. De quoi aurais-je l'air ? ». On parle souvent de la solidarité des communistes, des ecclésiastiques, des francs-maçons, voire des médecins et des avocats. La solidarité de la noblesse n'est pas mal non plus, avec en outre le vague sentiment que les lois, les règlements, les interdits étant souvent moins anciens qu'elle, ils ne la concernent pas toujours tout à fait autant que les autres. A quoi s'ajoutaient ici la naturelle obligeance des Italiens et la conviction, si forte chez eux, que le droit n'est pas supportable sans le passe-droit, antique sagesse héritée à la fois de la doctrine chrétienne (La lettre tue et l'esprit vivifie), du droit romain *(Summum jus, summa injuria)* et du bon sens le plus ordinaire (L'exception confirme la règle). C'est à des traits comme ceux-là qu'on reconnaît les civilisations polies, policées par les siècles; à leur méconnaissance qu'on reconnaît les barbares et leur odieuse vertu. A quoi s'ajoutait encore le fait qu'à ce moment-là, entre les Allemands et les Italiens, ce n'était plus l'idylle. Recrus d'affronts, parfois traités en alliés plus encombrants qu'utiles, souvent réticents devant les mesures allemandes ou révoltés par elles, les Italiens (et particulièrement dans le milieu que représentait le diplomate) n'étaient pas fous des Allemands et, à des étages différents, l'idée de leur jouer un tour ou d'aider leurs persécutés n'avait a priori rien pour les hérisser. Il est inouï, je le note en passant, que, pour justifier un simple acte d'humanité, il me faille ici aligner une pleine page de raisons. Cela juge une époque.

– Je vois, je vois, avait dit le diplomate de l'air d'un homme qui ne voyait rien du tout.

Puis :

– Vous permettez? Quelques ordres que j'ai oublié de donner.

Et, se levant, il sortit.

– Tu sais, me dit Cédric lorsque, dans le récit qu'il me faisait, il fut arrivé à cet épisode, ces ordres à donner, je n'en étais pas dupe. J'étais sûr qu'il était allé téléphoner à Ascanio.

Une fois de plus, j'admirai que, pas un instant, ne l'eût plutôt effleuré le soupçon que le diligent écureuil aurait pu aussi bien aller téléphoner au commissariat le plus proche. En l'occurrence, c'était Cédric qui avait raison. L'écureuil revint, le visage nettement plus ouvert. Il rapportait un assez grand sac de forte toile, qu'il montra à Cédric avec un sourire de Cheyenne.

– Le passeport, c'était risqué, dit-il. Pour vous comme pour nous. Je crois que nous avons trouvé mieux.

Il enfourna dans le sac un certain nombre de magazines et de catalogues qui étaient là sur une table basse, y ajouta un gros volume qui devait être un annuaire, souleva le sac, eut l'air de penser qu'il y manquait encore quelque chose, alla vers sa bibliothèque, y prit deux volumes, marmonna : non, ceux-là, j'y tiens, en prit trois autres. Puis il sortit, revint, toujours avec son sac mais qui, cette fois, était muni d'un fort cordon, d'un cadenas, d'un large ruban et de trois gros sceaux de cire rouge. Puis, sans son sac, il alla vers une petite table dans le fond de la pièce, y déhoussa une machine à écrire et dit :

– Quel nom allons-nous mettre ?

– Sur mon billet, il y a Graf di San Damiano.

– Pas mal, dit l'écureuil avec un sourire de connaisseur. Le prénom du père ?

– Quel père ?

– Le vôtre, tiens.

– Il est mort.

– Ça ne fait rien, dit l'écureuil que cette triste nouvelle laissait impassible. En Italie, nous mettons toujours le nom du père.

– Ah ! Anthéaume.

– Anthéaume ? dit le diplomate.

Il avait l'air de penser que décidément Cédric était un cas difficile.

– Anthéaume, en italien, ça n'existe pas. Qu'est-ce que nous allons faire ? Je mets Anselmo ?

– Mettez Anselmo.

L'écureuil dactylographiait en ne se servant que de deux doigts, le profil tendu, un bout de langue dépassant. Puis, ayant arraché la feuille de la machine, il la lut à haute voix. Elle attestait, en italien et en allemand, que le *conte Cedrico di San Damiano fu Anselmo, possidente*, était chargé de convoyer jusqu'à Rome la valise diplomatique de l'ambassade.

– Voilà, dit l'écureuil. Cela devrait aller. Bien entendu, si ça tourne mal, nous dirons que tout est faux.

Il eut encore un regard pour le sac.

– Vous n'allez pas porter tout ça.

Il était probablement de ces Italiens qui se croiraient déshonorés s'il leur fallait porter eux-mêmes cinq cents grammes de marrons glacés.

– Je vous assure! dit Cédric qui, dans son soulagement, aurait volontiers emporté sur son dos non seulement le sac mais le diplomate aussi.

– Comme vous voudrez, dit l'écureuil sans doute soulagé de n'avoir pas à proposer un des chauffeurs de l'ambassade. Eh bien, maintenant, cher comte, *in bocca al lupo*.

– Merci, dit à tout hasard Cédric sans savoir que cette locution signifiait : bonne chance.

L'écureuil reconduisit Cédric jusqu'à la porte et, une expression infiniment rusée lui étant montée jusqu'à la racine des cheveux, il dit encore :

– Et mort au cochon.

Propos sibyllin dont Cédric ne devait saisir le sens que plus tard.

Revenu à l'appartement de Miss Fräulein – il était midi quarante-cinq –, Cédric se dit qu'il avait eu une matinée bien remplie. Il s'étendit sur le divan et ne se réveilla que vers trois heures. A six heures,

Miss Fräulein rentra, toute joyeuse, en annonçant dès l'entrée qu'elle avait trouvé des paupiettes de veau. Je n'ai pas le courage de raconter ici la scène des adieux. Ils furent déchirants. Devant les larmes de Miss Fräulein, Cédric sut la persuader que, s'il avait sauté sur cette occasion (un ami italien, rencontré par le plus grand des hasards), c'était en pensant aux périls qu'elle courait et pour avoir une chance de revenir plus vite à Berlin dès que cette foutue guerre serait finie. Son calme retrouvé, Miss Fräulein fit observer qu'en allant jusqu'à la gare, que ce fût à pied ou en taxi, ce sac avec ses cachets pouvait attirer l'attention (Cédric venait de parcourir une demi-douzaine de rues sans du tout s'en préoccuper) et elle l'enveloppa dans une toile bleue d'aspect plus innocent. Toile bleue que, dès son arrivée dans le sleeping, Cédric s'empressa d'enlever pour exhiber le sac au contrôleur et en souligner l'importance. Il lui remit aussi son ordre de mission en y ajoutant un gros billet et en l'exhortant à faire son possible pour qu'on ne le réveillât pas à la frontière, vu que son séjour à Berlin avait été exténuant et qu'il comptait sur cette bonne nuit en sleeping pour se remettre. Encore bercé par le souvenir des femmes fatales, jadis habituées de ses wagons-lits et qui avaient de bien plus étonnantes exigences (comme de l'appeler à des trois heures du matin pour pleurer sur son épaule), le contrôleur acquiesça, en ajoutant :

– C'est qu'ils sont devenus durs maintenant.

Objection qui eut l'air de lui paraître moins grave après la remise d'un second billet.

En tout cas, la promesse fut tenue. Quand même, comme me le racontait maintenant Cédric, au passage de la frontière, il avait eu « une sacrée trouille ». Ce train arrêté pendant près d'une heure au

Brenner, ces longs quais, dans une lumière noire et blanche, parcourus par des hommes en uniforme et d'autres en civil, plus inquiétants encore, cette nuit immense au-dessus, le tapotement des marteaux sur les roues, si nets dans cet air si pur, la tentation qu'avait eue Cédric de filer n'importe comment et de se perdre dans la nuit, la chef de gare qui agitait son panneau de signalisation aussi rond qu'elle, seule image un peu plus rassurante, « je te jure, mon petit vieux, si on ne l'a pas vécu, on ne peut pas savoir ce que c'est ». Arrivé à Rome et issu de la gare des Termini, Cédric ne vit aucun inconvénient à prendre un taxi. Il le prit et, à l'heure du thé, détail qui venait en quelque sorte ajouter sa touche symbolique à cette évasion, il débarquait via Giulia, chez ses cousins Pandolfi.

XIII

C'était Emmeline qui allait être étonnée! De le
revoir, bien sûr. D'entendre le récit de son évasion,
d'accord. Mais plus encore par tout ce qu'il allait
pouvoir lui raconter de son séjour à Rome. Il en
riait déjà, Cédric. Entièrement requinqué, pour
reprendre son expression, fort élégant dans un
costume de soie grège acheté l'avant-veille, en
compagnie d'Ascanio, dans un magasin de la via
Condotti et qui n'avait demandé qu'une infime et
immédiate retouche (« Monsieur a la taille mannequin », avait dit le vendeur, ce qui lui avait bien plu,
à Cédric. Dans le même esprit, il disait parfois : « Je
suis un homme ordinaire mais, dans ce genre-là, je
ne suis pas mal »), tout à fait requinqué donc, il
s'était donné, ce matin-là, une demi-heure pour se
promener sous les pins parasols de la Villa Borghèse. Il faisait beau. Passaient des cavaliers et des
amazones. Passèrent deux carabiniers, à cheval
aussi, en grand uniforme. Le charme de Rome
aidant, Cédric se sentait en vacances. Mais ce qui le
faisait déjà rire tout seul, c'était la tête que ferait
Emmeline en apprenant ce qu'il était advenu de son
cher Mussolini. En réalité, depuis l'agression contre
la France en 1940, Emmeline ne le chérissait plus
du tout. Mais, ça, Cédric ne pouvait pas le savoir.

Certes, lors de leurs deux séjours à Rome, les Saint-Damien avaient pu constater, chez leurs cousins, de sévères réticences à l'égard du Duce et, même s'ils n'avaient pas pu pousser plus loin leur exploration, ils se doutaient bien que, dans d'autres milieux, probablement plus étendus, ces réticences devaient être plus fortes et les oppositions plus résolues. Ils avaient pourtant emporté l'impression que, dans l'ensemble ou dans la majorité, Mussolini et son régime étaient plutôt bien vus ou, du moins, que beaucoup d'Italiens s'en accommodaient. Eh bien, cela avait drôlement changé. Depuis son arrivée à Rome, Cédric n'avait plus rencontré que sarcasmes, récriminations, colères, lamentations, parfois même exprimés ouvertement (« Nous sommes entre amis »), parfois voilés et serpentant à travers des soupirs, des haussements d'épaules, de brusques silences, pas encore une clameur mais un murmure si insistant qu'il était impossible de ne pas l'entendre. Curieusement – du moins était-ce l'impression de Cédric – ce n'était même pas tellement ou pas principalement le fascisme qui était en cause, c'était cette guerre, cette foutue guerre dont à peu près personne, dans le pays, n'avait jamais compris ni les raisons, ni l'intérêt, cette guerre où, par-dessus le marché, l'Italie recueillait plus de revers que de succès, mais même cela, on eût dit que ça ne comptait pas et que d'éclatantes victoires n'auraient encore rien arrangé. C'était le principe même de cette guerre que les Italiens rejetaient et, avec elle, celui qui l'avait voulue, qui avait été le seul à la vouloir et que, dès lors, on identifiait avec elle. Apparaissait avec éclat cette évidence, si souvent négligée, que, si ce sont les gouvernements et les chefs d'État qui décident les guerres, ce sont les peuples qui les font. Et quand ils ne sont pas convaincus, c'est tout simple, ils les font mal. Ils les font en traînant les pieds, ce qui n'a jamais été le bon moyen pour les gagner. Contre l'absence de conviction ou contre une autre conviction, les décisions des états-majors et, plus encore, celles des gouvernements s'empêtrent ou, mal suivies, s'étiolent : à cela aussi, on reconnaît les peuples civilisés. Fleurissaient de plus en plus les petites histoires, « les bien bonnes » qui sont comme l'avant-garde en tutu des révolutions, comme le *Mane thecel pharès* des régimes qui s'effritent. Hier encore, de sa voix haut perchée, la comtesse degli Ascagni avait raconté à Cédric l'histoire du monsieur qui, chez son marchand de journaux, s'étant entendu répondre que le périodique *Il Regime Fascista* était épuisé, était venu le redemander trois fois et, comme le marchand, excédé, lui disait : « Monsieur, ça fait trois fois que je vous dis que *Il Regime Fascista* est terminé. – Je sais, je sais, avait répondu le monsieur. Mais ça fait tellement plaisir à entendre. » Cette anecdote égayait tant la comtesse qu'elle s'était oubliée jusqu'à se donner une tape sur la cuisse.

Je parle là de la vieille comtesse degli Ascagni, la mère d'Ascanio. Il y en avait une autre maintenant, une Anglaise, prénommée Daisy, que, guéri de sa passion pour Emmeline, Ascanio avait épousée, de justesse, en 1939, une grande fille, des taches de rousseur jusqu'au bout du nez, les cheveux en bottes de paille, qui connaissait très bien lady Carpentry, qui l'avait même accompagnée une fois au Derby d'Epsom.

– Cette chère lady Carpentry! Quel esprit! Quel sens de l'humour! Et vous êtes son frère? *It's too funny.*

Cette Daisy s'était distinguée l'hiver dernier par une fière réplique, qu'à vrai dire on pourrait aussi trouver assez futile et fortement teintée de snobisme mais dont la famille lui avait fait de grands compliments, vu qu'elle témoignait tout ensemble de son indépendance d'esprit et de l'étendue de ses relations. Étant à Cortina d'Ampezzo où elle était allée faire du ski et comme, au comptoir de la réception, elle répondait en anglais à une communication qu'on venait de lui passer, elle s'était entendu apostropher par le concierge en ces termes : « En temps de guerre, on ne parle pas anglais. » Elle lui avait aussitôt tendu l'appareil en lui assenant : « Vous voulez vérifier ? Je parle avec Sa Majesté le roi de Croatie », titre et charge insensés dont Mussolini avait affublé un cousin du roi, un gros garçon, fort noceur et le premier ahuri par cette couronne.

C'est très chaleureusement que, dès l'arrivée de Cédric, Ascanio s'était mis à sa disposition, peut-être pour achever de dissiper les soupçons que Cédric aurait pu nourrir à son endroit, plus probablement parce que, comme on sait, aimer ou avoir aimé la même femme peut aussi bien susciter l'amitié que l'animosité. Il lui avait même proposé l'hospitalité. Par politesse, Cédric avait préféré ne pas quitter ses cousins de la via Giulia, un vieux couple austère pourtant, le mari et la femme aussi désolés l'un que l'autre. A défaut de le loger, Ascanio voulait au moins l'aider à rejoindre le plus rapidement possible sa chère Emmeline, impatience qu'il ne comprenait que trop bien. D'abord, Cédric avait pensé se présenter à l'ambassade de France auprès du Vatican.

– Penses-tu ! dit Ascanio. Tu vas les mettre dans l'embarras.

– Il ferait beau voir, dit Cédric avec hauteur. J'ai un grand-oncle qui a été zouave pontifical.

Non, non, Ascanio tenait une meilleure solution, un de ses amis, un peu cousin bien entendu, un dégourdi, qui avait un pied dans tous les ministères.

Entre-temps, Cédric avait abordé par le haut la via Veneto et il passait entre les chaises, les tables, les parasols des terrasses de cafés en humant au passage de délicieux effluves de pâtisserie. Arrivé au Café Rosati, il entra, nota à toutes fins utiles une fort jolie caissière et se dirigea vers le fond de la salle. L'y attendaient, attablés, Ascanio et son ami le dégourdi, un longiligne à cheveux blonds et plats qui, en se levant pour accueillir Cédric, atteignit l'altitude de bien un mètre quatre-vingt-quinze. (On avait envie de lui demander quel temps il faisait là-haut.) Rassis, les trois hommes échangèrent quelques propos abandonnés sur les agréments de Rome en cette saison. Puis le longiligne entra dans le vif du sujet.

– Ascanio m'a exposé votre cas. Il est intéressant. Piquant même. Mais... Je vous assure, avec moi, vous pouvez parler... Est-ce bien en France que vous voulez aller? Voyez (il avait pris un regard filtrant) j'aurais plutôt pensé que c'était Londres.

– Londres? dit Cédric avec stupeur. Pourquoi Londres?

– Une idée comme ça...

– Mais c'est ma femme que je veux retrouver. Pas ma sœur.

– Votre sœur? dit le longiligne l'air hagard.

– Cédric a une sœur à Londres, expliqua Ascanio.

– Ah bon! Je vous prie de m'excuser. J'ignorais. Il n'y a pas de mal à ça.

Le longiligne avait l'air de ne plus très bien savoir où il en était. Puis, reprenant de l'assurance :

– Très bien. Va pour la France.

Il eut encore un long regard comme pour encadrer Cédric.

– Ça devrait pouvoir s'arranger. Je ne vois pas
pourquoi on empêcherait un Français de rentrer en
France. Tiens! Je vais même m'en occuper de ce
pas.

Levé, il se plia à angle droit, se pencha sur la table
et après un rapide regard autour de lui, il articula :

– A la mort du cochon.

Depuis Berlin, Cédric avait pu apprendre le sens
de cette étrange phrase de passe. Ce cochon dont
tant de gens souhaitaient le décès, c'était Mussolini.
A noter qu'au revers de son veston d'un joli beige
tirant sur le citron, le longiligne portait, avec beaucoup de distinction d'ailleurs, l'insigne du parti
fasciste. Lorsque Cédric en fut à me rapporter ce
détail, je me récriai.

– Pauvre petit Français, me dit Cédric sur le ton
d'un homme qui en a vu d'autres. Toujours le béret
basque jusqu'aux sourcils, hein? Mettre un insigne
pour éviter les ennuis et, ensuite, s'en foutre et n'en
faire qu'à son idée, je te dis, moi, que c'est la cime
même de la civilisation.

Aussi Cédric ne fut-il qu'à peine étonné lorsque,
trois jours plus tard, dans l'appartement d'Ascanio,
piazza Navona, le longiligne lui annonça que tout
était réglé.

– Il me faut simplement deux photos et demain je
vous apporte un permis de sortir d'Italie. Vous
prendrez le Rome-Paris. Attention, ne faites pas la
bêtise d'aller jusqu'à Paris. Là, vous tomberiez sur
des contrôles. Vous descendrez à Chambéry. De là,
vous pourrez gagner Lyon comme vous voudrez.
Entre la zone d'occupation italienne et la zone

allemande, d'après mes renseignements, il n'y a aucun contrôle et la ligne de démarcation n'est même pas bien fixée.

Sur quoi, tout en appréciant un excellent scotch de vingt ans d'âge, apporté par la charmante Daisy et issu du magasin du Vatican, il exposa que, dans sa profession, qui était d'arranger les micmacs, les cas rares étaient les plus faciles à résoudre. Ou, mieux encore, les cas absurdes. Personne ne les ayant prévus, il n'y avait, en général, aucun règlement pour les interdire. La théorie devait être bonne. Le voyage de Cédric s'effectua sans le moindre encombre.

XIV

Il y avait trois semaines maintenant que, débarqué d'un camion à gazogène, Cédric était arrivé à la Mahourgue. On n'a aucun besoin de moi, je pense, pour imaginer les détails de ces retrouvailles : le cri qu'avait poussé Emmeline en apercevant de loin, sous les grands platanes de l'entrée, la silhouette de son mari, son élan pour se jeter dans ses bras, son étonnement devant le beau costume de soie grège qui, en effet, évoquait tout ce qu'on voulait sauf un évadé, la galopade des enfants, Rodolphe et Isabelle accourus du fond du parc, Guillaume dégringolé du grenier où, en combinant ingénieusement une antique pendule, un mannequin de couturière et un vilebrequin, il s'efforçait de trouver le mouvement perpétuel, l'émotion contenue du moins jeune Eugène, l'attendrissement de Gonzalès, le gardien, et de sa femme, la rude accolade de la cuisinière qui, pendant tout ce temps, avait si souvent répété : « Qu'un bel homme comme Monsieur le Comte soit prisonnier, quel gaspillage ! »

– Et Marianca ? avait demandé Cédric.

– Je vous en reparlerai, avait rétorqué Emmeline, sur un ton bref et comme pour écarter la question.

C'est que quelque chose d'inattendu venait de

leur survenir. En se retrouvant l'un devant l'autre, en mesurant l'émotion qui les avait saisis et l'élan avec lequel, sous les grands platanes, ils s'étaient étreints, Emmeline et Cédric avaient découvert, et tous les deux, qu'ils étaient plus épris l'un de l'autre qu'ils ne le croyaient. C'était comme une vague à la fois furieuse et très douce qui, là, au milieu du tohu-bohu et des exclamations, s'était abattue sur eux et les submergeait. Pendant ces années de séparation, Cédric par légèreté, Emmeline par fierté et par horreur des mines désolées de ces dames, tous les deux par ce côté de leur caractère qui leur faisait refuser le drame, ils s'étaient efforcés de ne pas trop penser l'un à l'autre. Ils voyaient bien maintenant à quel point cette séparation les avait meurtris, à quel point ce retour leur était bonheur. Cédric était arrivé vers les cinq heures. A six heures, pour la première fois de leur vie à cette heure-là, ils avaient fait l'amour, dans leur grande chambre, les trois fenêtres ouvertes sur la chaleur de juillet, dans le crissement industriel des cigales et celui, plus lointain, d'une scierie nouvellement installée.

Et pourtant, malgré tout cela, et particulièrement lorsque, en octobre, ils eurent regagné la grande maison en ville, il y eut entre eux un malaise. J'ai dit : malgré. J'aurais mieux fait de dire : à cause. Pendant toutes ces années d'avant la guerre, Cédric et Emmeline avaient vécu l'un à côté de l'autre, en s'aimant certes, ou au moins dans de bons sentiments mutuels mais aussi en acceptant très bien, de part et d'autre, des marges de liberté, des zones de silence. Maintenant que leur amour leur était revenu dans toute sa vivacité, après ces nuits d'étreintes, après ces journées comme coulées dans la chaleur de l'été, redevenus si proches, avec ce regard de l'amour qui, contrairement à l'adage, est, de tous, le plus perspicace et le plus rapidement alerté, ces silences étaient devenus insupportables, étaient devenus, si j'ose dire, comme autant de chahuts, qui ne se laissaient pas oublier, sur lesquels il était devenu impossible de refermer la porte des placards. Cédric obscurément car il n'aimait pas s'aventurer dans ces arcanes, Emmeline avec un plus sûr pressentiment, chacun des deux savait que l'autre lui cachait quelque chose.

Il me faut ici préciser. Lorsque, plus haut, j'ai dit que, pour son évasion, Cédric en avait parfois donné une version corrigée et plus conventionnelle (à quoi d'ailleurs l'obligeait aussi la crainte de compromettre tant Miss Fräulein que l'aimable marquis di Deodato), je parlais de ses amis et relations. Et de ses enfants, dans le narré, d'ailleurs très succinct, qu'il leur avait fait le soir même de son arrivée, tous réunis sur l'esplanade. Mais quoi? A ces deux grands garçons et à cette petite fille qui le regardaient comme un Robin des Bois, pouvait-il raconter qu'il s'était évadé en sleeping? Comment auraient-ils pu comprendre? Comment leur faire admettre que, dans son genre, ce sleeping était une aventure aussi et qu'au passage du Brenner, leur cher papa l'aurait volontiers troqué, ce sleeping, contre un fossé au fond d'une forêt? En revanche, à Emmeline, il en avait fait un récit parfaitement véridique. Ou véridique à quatre-vingt-dix-neuf pour cent, en y comprenant le séjour chez Miss Fräulein, en n'y comprenant pas le caractère affectueux qu'avait pris ce séjour. Eh bien, c'était ce un centième qui tourmentait Emmeline, ce détail dont elle pressentait l'existence, ce silence dont elle savait qu'il se trouvait quelque part mais qu'elle ne réussissait pas à situer. Tantôt, c'était l'épisode du dentiste qui lui paraissait suspect. Cédric n'avait-il pas simplement acheté la complicité de ce praticien? Mais pourquoi le lui aurait-il caché? Ou alors la femme du dentiste? Cédric l'aurait-il séduite? (La malheureuse! Si elle s'était doutée. Avec son physique d'agriculteur aux champs. Heureusement, nous ne savons jamais le rôle que nous jouons dans les rêves, les mensonges, les regrets, les imaginations des autres.) Ou bien elle s'attardait sur l'affaire de l'ambassade d'Italie. Pour y avoir trouvé tant de complaisance, Cédric n'avait-il pas consenti à quelque compromission, n'avait-il pas accepté Dieu sait quelle mission? Enfin, et peut-être surtout, il y avait l'agacement et même l'exaspération qu'éprouvait Emmeline devant l'attitude générale de Cédric.

En quelque sorte nouveau venu dans l'Occupation et fraîchement confronté avec elle, toujours aussi persuadé que la politique et l'Histoire n'étaient que combinaisons douteuses ou, au moins, jeu secret réservé aux seuls initiés et, d'autre part, étant, de nature, révérencieux à l'égard des militaires (qui eux, au moins, à la différence des hommes politiques, ne sont pas préoccupés par leurs seules « pépètes »), Cédric, déjà dans son oflag, était arrivé à cette conclusion pour lui évidente : que le Maréchal Pétain et le Général de Gaulle étaient parfaitement d'accord, que leurs attitudes et décisions respectives découlaient d'un concert préalable, pour le salut de la France, concert préalable certainement, à son idée, entretenu par des correspondances clandestines ou des émissaires secrets, à l'insu et à la barbe de l'occupant. Conviction dans laquelle il devait encore se raffermir lorsqu'un jour, au Café de Paris, penché au-dessus de sa tasse de faux café, Thibaudeau lui assura que, comme la similitude des prénoms l'indiquait suffisamment, Philippe Pétain était le parrain de Philippe de

Gaulle, fils du Général. Cette rumeur, on s'en souvient, eut un certain succès et, même après la guerre, il fallut encore de temps en temps la démentir. Elle allait trop dans le sens des chimères de Cédric pour qu'il ne l'adoptât pas aussitôt.

Il n'était pas, dans ce domaine, au bout de ses surprises. Quelques jours plus tard, dans la rue, il fut abordé par Aramon des Contours qui le prit par le bras.

– Mon cher Cédric, dit-il. Qui était votre parrain?

– Mon parrain? dit Cédric. C'était mon grand-père.

– Voilà! dit Aramon avec la mine du lapin qui vient de retrouver sa carotte. Je ne vous le fais pas dire. Dans les familles, le plus souvent, qui prend-on comme parrain? Le grand-père.

Et de développer son idée. Si Philippe Pétain avait été choisi comme parrain du fils du Général de Gaulle, c'était, de toute évidence, qu'il en était le grand-père et que, par voie de conséquence, le Général de Gaulle était son fils. Fils naturel bien entendu, ce qui n'avait rien d'étonnant, le Maréchal, selon Aramon, ayant toujours été ce qu'il appelait « un chaud lapin ».

Cette fois pourtant, si séduisante que fût l'hypo thèse, et si lumineuse pour tout expliquer, Cédric renâcla. La version du parrain lui avait paru tout à fait acceptable. Celle du fils naturel lui semblait aller un peu loin dans le romanesque. Aussi est-ce sur le mode badin qu'il en parla à Emmeline, le soir, dans leur chambre. Or, là, brusquement, Emmeline éclata. La seconde d'avant, il n'y avait qu'une femme assise devant sa coiffeuse et qui se passait de la crème sur le visage. La seconde d'après, c'était la

Marseillaise de Rude, debout, la bouche carrée, déversant l'invective.

– Assez! J'en ai assez! Assez de vos âneries, de vos turlutaines! Le parrain! Le fils naturel! Faites-en des jumeaux pendant que vous y êtes. Des frères siamois.

– Emmeline, qu'est-ce qui vous prend? Ce que j'en disais...

– Il me prend que je vous trouve ridicule! Que je vous trouve odieux! Que je vous trouve exaspérant!

Dans cette chambre tendue de toile de Jouy, bleue avec des ornements jaunes, c'était toute la colère d'Emmeline qui faisait enfin irruption, toute cette colère qu'elle contenait depuis des semaines.

– Vous croyez que ça me fait plaisir de vous voir donner dans toutes ces foutaises? De vous voir vous promener comme si de rien n'était. Aramon! Thibaudeau! Ces deux crétins! De Gaulle et Pétain d'accord? Alors que, tous les jours, des gens se font tuer pour eux! Ne voyez-vous pas que vous les insultez tous les deux? Que, dans votre camp, là-bas, bien au chaud...

Ça, c'était un peu vif. Mais la vérité, elle aussi, peut parfois perdre la tête.

– ... Vous ne vous soyez pas rendu compte, je peux bien l'admettre. Mais ici! Maintenant! Ne voyez-vous pas que tout cela est horrible? Que tout est bouleversé, saccagé? Que nous étouffons. Ces soldats, vous ne les voyez pas? Ils ne vous dérangent pas? Ces gens qu'on arrête! Les Juifs! Tout ce qu'on raconte! Qu'espériez-vous trouver? Tout en état? Tout comme avant? Nous à vous attendre. Sans rien faire. Sans changer. Sans bouger.

Cédric aurait pu répondre que c'était là l'illusion

ordinaire des incarcérés. Il ne songeait pas à répondre. D'abord, sous cette avalanche, il avait deux fois levé la main pour demander la parole. Maintenant il regardait Emmeline. Debout, les yeux étincelants, du blanc resté sur une joue, il la trouvait... aucun autre mot ne lui venait, il la trouvait superbe. Lui passa même par la tête, c'était bien le moment, une des locutions favorites de Rochecotte : belle comme un million de dollars.

– Et Marianca? Vous ne m'avez même pas demandé ce qu'elle était devenue.

– Ah là, mon cher cœur, pardon. C'est vous qui m'avez dit que vous m'en reparleriez.

– Je sais. C'est ma faute. Je n'osais pas vous en reparler. Je craignais que... Marianca est en Espagne.

– En Espagne? Pourquoi en Espagne?

– Parce que ici elle était menacée.

– Marianca? Qu'est-ce que vous me racontez?

– Marianca et plus encore Matt. Un soir, il est arrivé ici. Terrorisé. Affolé. Il avait rencontré un homme qui venait de je ne sais où, de Roumanie ou de par là, qui avait pu se sauver. Il lui a dit que, dans tous ces pays, les gitans étaient arrêtés, déportés, massacrés, qu'on en ferait bientôt autant ici, qu'il leur fallait se cacher, disparaître. Marianca et lui, Matt, je veux dire, n'avaient que moi pour les sauver. Vous allez crier. Vous allez me dire qu'avec mes enfants, je n'avais pas le droit. Eux aussi, c'étaient des enfants. Perdus dans le noir. Ne sachant où aller. Alors j'ai fait venir Gonzalès.

Gonzalès, on s'en souvient, c'était l'Espagnol rescapé des troupes gouvernementales et qu'Emmeline avait engagé comme gardien à la Mahourgue.

– Un instant, dit Cédric. Cet homme, vous l'avez vu?

– Quel homme ?

– Celui qui est venu raconter que...

– Non, dit Emmeline étonnée. Pourquoi ?

– Et êtes-vous sûre seulement que Marianca et Matt soient vraiment des gitans ?

– Quelle question ! Dans le pays, ils en ont la réputation. Et pour Matt, il y avait en plus la menace du S.T.O.

– Je suppose aussi que vous leur avez donné de l'argent.

– Un peu, dit Emmeline avec cette voix qu'on a quand on ne dit pas l'exacte vérité.

Elle n'avait pas du tout donné d'argent. Marianca n'en avait aucun besoin. Elle avait emporté une partie de celui que lui avait laissé le comte Anthéaume.

– Enfin, Cédric...

– Rien, ce n'est rien, dit Cédric.

Pour lui, l'affaire était transparente : Emmeline avait été roulée. Ce n'était pas à lui de le lui dire.

– Nous en étions à Gonzalès...

– Il m'a donné des adresses, m'a indiqué des relais. D'autres Espagnols. Un parent à Port-Vendres. Eux aussi, ils ont des cousins, figurez-vous. J'ai conduit Marianca et Matt jusqu'à la frontière. Sans moi, ils auraient été arrêtés dix fois. Des gendarmes nous ont interpellés. J'ai pu m'en tirer. Oh, Cédric, ce voyage ! Ces trains qui n'en finissaient pas. Une fois nous avons dû descendre à contre-voie. Avant Port-Vendres, pour ne pas donner l'éveil, nous avons passé toute la nuit dans un bois. Il pleuvait.

Cette course dans la nuit, ces haltes dans les fossés, toutes ces péripéties qui auraient dû survenir à Cédric pendant son évasion et qui lui avaient été épargnées, voici qu'il les retrouvait. Mais c'était Emmeline qui les avait vécues. Comme si quelqu'un, quelque part, là-haut, tenait une balance pour ne pas cesser de répartir le juste et l'injuste, les chances et les épreuves.

– Je me suis aventurée seule dans Port-Vendres, à la recherche de ce passeur. Il se méfiait. Il ne voulait pas. Sa femme qui s'accrochait. Il faut croire que je ne portais pas le tailleur qu'il fallait. Puis il s'est laissé convaincre.

Assis dans l'un des deux fauteuils de velours bleu, Cédric ne disait rien. Il attendait la suite. Il savait déjà qu'il y aurait une suite.

– Et j'ai continué, reprit Emmeline. J'ai continué, reprit-elle un ton plus haut. Je ne sais pas comment, dans le pays, mon expédition, ça s'est su. Et j'en ai vu arriver d'autres. Oh, pas des parachutistes anglais. Pour les parachutistes anglais, il y a des réseaux mieux organisés. Moi, je n'ai droit qu'aux chiens perdus, aux malheureux qui arrivent sans même une adresse, prêts à se fier à n'importe quel passeur. Le saviez-vous qu'il y a des passeurs assez atroces pour les faire payer et qui les laissent ensuite n'importe où, au milieu d'un pré, en leur disant que la frontière est passée alors qu'elle est encore à vingt kilomètres? Tout cela, pouvais-je le supporter? Je ne l'ai pas supporté. J'ai fait aménager une des granges de la Mahourgue. C'est là que Gonzalès les rassemble et que je vais les chercher. Et ils sont si compliqués parfois! L'autre jour, une famille avec un bébé qui ne cessait pas de hurler. Ou l'autre, cette bonne femme, avec son talon cassé. Même pas l'idée de prendre de bonnes chaussures. Et leurs valises! Leurs valises, Cédric! J'ai beau les prévenir. Non, il leur faut tout leur barda. Prêts à se faire prendre pour ne pas en abandonner une. Oh, Cédric, vous qui n'avez jamais porté une valise, vous ne pouvez pas savoir. Un homme avec des valises, ce n'est plus un homme. Ça devient quelque chose de si misérable.

Sur sa dernière phrase, son visage s'était défait. Comme accablée elle-même par ces valises, elle s'était laissée tomber sur le lit, le regard devant elle.

– Emmeline, dit Cédric.

Il l'avait dit si doucement qu'elle ne l'entendit pas.

– Emmeline, reprit-il.

Elle tressaillit. Elle devait être très loin, peut-être là-bas, du côté de Port-Vendres.

– Emmeline, reprit encore Cédric. Comment avez-vous pu croire que je vous désapprouverais ?

Puis, comme une évidence :

– Moi aussi, je suis un évadé. Quand a lieu votre prochaine expédition ?

– Demain, dit-elle.

– C'est moi qui la ferai. Non, non, n'insistez pas, ce sera un plaisir.

Le lendemain, il mit de grosses chaussettes de laine, chaussa ses bottes, gagna la Mahourgue à bicyclette et, de là, une, deux, à la militaire, au prix d'une altercation avec un chef de gare qui laissa ce fonctionnaire écrasé, en y ajoutant quelques péripéties qualifiées par lui de babioles, il emmena très bien jusqu'à Port-Vendres un vieux monsieur juif, qui ne dit pas quinze mots pendant tout le voyage, et deux Parisiens dans les trente ans qui se prétendaient traqués par la Gestapo (le « qui se prétendaient » était une dernière trace du scepticisme de Cédric : ils l'étaient vraiment). Au retour, comme Emmeline lui demandait si tout s'était bien passé :

– Très bien, dit-il, tout à fait bien. Un peu tuant quand même. Je crois que cela mérite un scotch.

Il s'affala dans le fauteuil de velours bleu et,

144

comme Emmeline s'était retournée et qu'elle se tenait à cheval sur sa jambe gauche pour lui retirer sa botte, il appuya, mais avec beaucoup d'égards, disons même avec tendresse, sa botte droite sur le derrière d'Emmeline et dit encore :

– Cela aurait été mieux évidemment si un de ces Parisiens ne m'avait pas appelé au moins vingt fois son pote. C'est d'ailleurs sans importance, conclut-il avec sa magnanimité habituelle.

XV

Vint le débarquement. Vint la libération de la ville. Un soir, à la Mahourgue, après le dîner, réunis sur l'esplanade, les Saint-Damien, enfants compris, devisaient de choses et d'autres lorsqu'on vit surgir, comme un fantôme, et fait comme un fantôme, Aramon en personne, Aramon des Contours.

– Aramon! dit Emmeline. A cette heure-là?

Puis, le regardant plus attentivement :

– Mon pauvre ami, que vous est-il arrivé? Vous vous êtes battu avec un chat?

– J'ai pu trouver un camion, dit Aramon. Mais j'ai cru plus prudent de me faire déposer à deux kilomètres d'ici et de passer par le bois.

Sur quoi, il se livra à une mimique insensée dont Emmeline finit par déduire qu'il ne voulait pas parler devant les enfants. Elle leur intima d'aller se coucher. Ils protestèrent. Il n'était pas encore dix heures. Isabelle surtout. Aramon lui racontait toujours des histoires. Elle voulait son histoire.

– Pas ce soir, dit faiblement Aramon. Un autre jour.

Les enfants réussirent à traîner encore. Rien que la cérémonie de la petite croix sur le front prit trois bonnes minutes. Enfin ils s'en furent et Aramon put se lancer dans son récit. Une chance! Il avait eu une de ces chances! Vers six heures, comme tous les jours, il était allé au Café de Paris pour y lire les journaux. Là, déjà, il avait cru remarquer une certaine réticence de la part de Monsieur Lognon, le patron, qui généralement venait lui tailler une bavette. Puis on l'avait appelé au téléphone. Dans son désir de se faire bien comprendre, Aramon mimait la scène, sa surprise, les sourcils levés. Qui pouvait bien l'appeler au Café de Paris? C'était sa femme de ménage, la femme de ménage dont il devait se contenter depuis qu'avec l'augmentation des prix il avait dû se séparer de sa gouvernante, l'excellente Mademoiselle du Chaud de Viste. Elle lui annonçait, « tenez-vous bien », que deux hommes, deux hommes armés étaient venus pour l'arrêter et que, dans le feu de la conversation, ils n'avaient pas caché que c'était pour le fusiller. Femme de tête, elle leur avait répondu qu'il était sorti et qu'elle n'avait pas la moindre idée de l'endroit où il pouvait être allé.

– La bonne personne, dit Cédric par manière de parenthèse.

Les deux hommes alors avaient déclaré que ce n'était pas grave (« pas grave, ils ont de ces mots ») et qu'ils l'attendraient devant sa porte. « Foutez le camp, Monsieur Aramon, avait encore clamé la femme de ménage. Foutez le camp, et surtout ne me dites pas où vous allez. Moi, je me taille. Nous nous retrouverons au paradis, Monsieur Aramon. »

Jamais Aramon n'avait pu lui faire comprendre qu'Aramon n'était que son prénom et qu'il eût été plus séant de l'appeler Monsieur des Contours.

– Me fusiller! Moi? Pourquoi moi? C'est un monde, vous avouerez.

Sa stupeur était sincère. Elle était aussi ingénue. Pendant toute l'Occupation, sans jamais se livrer à une activité particulière, Aramon s'était montré un fervent laudateur du Maréchal. Il avait même, à ce sujet, envoyé un article au journal *La Gerbe* (pour la raison que le directeur en était Alphonse de Châteaubriant, ce qu'Aramon tenait pour un bon nom), article que, malheureusement, le journal n'avait reproduit que dans son courrier des lecteurs, en l'amputant même de son titre : Philippe Pétain, le quarante et unième des rois qui ont fait la France.

– Allons, allons, dit Cédric. Pour le moment, il y a du désordre. Ça va s'arranger. Demain, il y aura de nouvelles autorités.

– Demain! Vous en parlez à votre aise, dit Aramon la bouche amère. C'est ce soir qu'ils m'auraient fusillé.

– Mais non! Pensez! Ils auront dit ça pour se faire valoir.

– Cédric, vous m'étonnez, dit Emmeline.

Son parti était déjà pris. Bien qu'avec sa rage de nous raconter les amours de Madame de Soubise, avec sa manie de nous répéter trois fois par an toujours les mêmes anecdotes et généralement connues avant lui (Louis XIV tirant son chapeau pour la moindre chambrière; Pauline Borghèse répondant que, non, cela ne l'avait pas gênée de poser nue pour Canova, vu que l'atelier était chauffé; le duc de Vendôme donnant ses audiences sur sa chaise percée et se torchant devant ses visiteurs), bien qu'avec tout cela Aramon eût souvent exaspéré Emmeline, il était une vieille relation de la famille, il avait été l'ami du comte Anthéaume qui le tenait même, on s'en souvient, pour « un gaillard tout à fait remarquable dans sa spécialité ». Il n'était pas question de l'abandonner au milieu des périls. Périls dont, plus dans le siècle que son mari, elle mesurait le sérieux.

La veille, elle avait été en ville. Elle y avait entendu parler d'arrestations, de bandes armées, d'exécutions sommaires.

– Vous avez bien fait de venir, dit-elle. Cédric a raison de dire que ça s'arrangera. Il a tort de penser que ça s'arrangera demain. En attendant, nous allons vous cacher ici. Cédric, je pense que vous êtes d'accord.

– Bien entendu, dit Cédric. Mon cher Aramon, vous êtes ici chez vous.

– Ce n'est pas dans cette maison qu'on viendra vous chercher.

– Il ferait beau voir, renchérit Cédric.

Double assurance qui leur venait, chez Cédric, de l'orgueil de son nom et, chez Emmeline, des quatre expéditions vers l'Espagne qu'avait encore assurées Cédric après celle où le Parisien l'avait appelé son pote.

– Aux enfants, nous dirons que vous êtes reparti ce soir. Eugène est discret comme tout un cimetière. D'ailleurs, il est plutôt dans vos idées.

– Eugène? dit Cédric égayé. On ne me dit jamais rien, ajouta-t-il en badinant.

– Venez, Aramon, dit Emmeline en se levant. Nous allons vous installer dans la chambre au baobab. Vous y avez déjà vos habitudes.

Dans l'escalier pourtant, elle changea d'avis et finit par conduire Aramon dans une chambre qui, dans les parages de la fameuse salle de bains introuvable, était elle-même sise au bout d'un couloir pas tellement facile à découvrir. Prise à mi-étage, basse de plafond, elle n'avait comme fenêtre qu'un œil-de-bœuf dont, du dehors, on pouvait penser qu'il n'était là que pour l'ornement, symétrique d'un autre œil-de-bœuf qui, lui, ne servait à rien. Cédric était allé chercher un de ses pyjamas, quelques objets de toilette et, à toutes fins utiles, un somnifère – mais un seul. Les Saint-Damien ne quittèrent Aramon qu'après l'avoir bordé dans son lit. Emmeline finit même par l'embrasser sur le front. « Dormez, je le veux », dit-elle. C'était Mélusine. La tête sur l'oreiller, les mains jointes sur la poitrine, le vieil homme pleurait doucement.

– Pauvre vieux, dit Emmeline lorsqu'elle eut regagné sa chambre. Nous aurions dû lui dresser un lit de camp ici.

– Il ne faut pas exagérer, dit Cédric.

Le lendemain, au petit déjeuner :

– Il doit se sentir bien seul, dit Emmeline. Vous devriez aller lui tenir compagnie.

– Merci! Pour qu'il me rase avec Louis XIV...

Son bon cœur cependant l'emportant, Cédric monta chez Aramon en prenant soin de se munir de deux jeux de cartes. Malheureusement, en dehors du pharaon et du tre-sette qu'il avait rencontrés dans des Mémoires du temps et dont d'ailleurs il ignorait les règles, Aramon ne connaissait aucun jeu. Pardon, je le calomnie. L'année précédente, il avait eu l'occasion de disputer une partie de bataille avec Isabelle et il s'en était très bien tiré. Renonçant à lui apprendre un jeu plus compliqué, Cédric se rabattit sur l'écarté dont le principe est assez simple. L'ennui, c'est que, très préoccupé par sa situation et ruminant déjà des arguments pour sa défense, Aramon ne cessait de perdre et voyait là des présages funestes pour son destin. Cédric tricha pour le faire gagner.

– Ah, l'horizon s'éclaire, disait Aramon.

A une heure, Cédric étant descendu pour déjeuner, Eugène monta le plateau d'Aramon avec des mines de conspirateur. Ça l'enchantait, cette affaire-là. Enfin admis à un secret de la famille, il s'y vautrait comme dans un grand lit. S'autorisant de l'exceptionnel de la circonstance, il s'assit et regarda déjeuner Aramon comme une rare curiosité.

A deux heures trente, Cédric alla reprendre son écarté chez Aramon tandis qu'Emmeline, plus inquiète qu'elle ne l'aurait voulu, décidait de passer son énervement sur les meubles, ce qui était une de ses activités préférées. Elle était dans le grand salon, occupée à déplacer un lourd piédouche lorsque, probablement échappés à la vigilance d'Eugène ou l'ayant terrorisé, entrèrent trois hommes dont deux portaient des fusils.

– C'est vous la propriétaire? demanda le plus gros.

– Parfaitement, dit Emmeline. Enfin, moi avec mon mari.

– Ah, ah! Et votre mari, où est-il?

– Il est sorti.

– Sorti ou en fuite?

– Pourquoi serait-il en fuite?

– Les questions, c'est moi qui les pose, dit le gros visiblement aux anges d'avoir pu placer ce grand classique.

Là, Emmeline se rebiffa.

– Vous permettez? Les questions, c'est vous qui les posez. Mais les réponses, c'est moi qui les donne.

Ce syllogisme pourtant inattaquable se heurta à un mur d'incompréhension.

– Savez-vous que mon mari est un évadé?

Non, ils ne devaient pas le savoir. Il y eut un moment de perplexité. Qui ne dura pas.

– Ça ne change rien, dit le gros.

Puis, avec un regard vers le plafond, à six mètres au-dessus de lui:

152

– C'est grand ici. Vous pourriez cacher des gens.

– Je ne cache personne.

– Nous avons des témoignages, dit le gros.

Ce pluriel était ce qu'on pourrait appeler un pluriel de majesté. Il se ramenait au seul Thibaudeau qui, le matin même, arrêté et un peu malmené, avait livré, sans faire le détail, la liste complète de ses amis et relations.

– Alors, reprit le gros, nous allons fouiller les lieux.

– Si vous voulez, dit Emmeline en se demandant ce qu'elle aurait pu dire d'autre. Monsieur, poursuivit-elle à l'intention d'un autre des trois hommes, un long jeune homme dans le regard duquel elle avait cru lire qu'il n'était pas insensible à son charme, Monsieur, auriez-vous l'amabilité d'aller chercher le gardien ?

Ce propos suscita l'agitation des deux autres.

– Le gardien ? Quel gardien ?

– Où ça, le gardien ?

– Vous sortez, dit Emmeline, vous prenez à droite, la troisième porte.

– Pourquoi le gardien ?

– Vous m'avez dit que vous vouliez fouiller le château. Vous ne croyez pas que je vais me taper tous ces escaliers.

Avec son tablier rose passé au-dessus de sa robe, avec une mèche sur l'œil et de la poussière sur le nez, Emmeline enlevait à la scène beaucoup de ce qu'elle aurait pu avoir de dramatique.

– Bon, dit le gros. Va le chercher, ce foutu gardien.

Il y eut un temps mort.

– Voulez-vous un verre de vin ? dit Emmeline, bien décidée à les retarder n'importe comment.

– Nous sommes en service, dit le gros décidément ferré à glace sur les usages.

Le long jeune homme pâle revint, ramenant Gonzalès.

– Gonzalès! dit un des hommes. C'est Gonzalès, précisa-t-il à l'intention du gros.

Ancien combattant de la guerre d'Espagne et ayant, depuis, rendu force services aux maquis voisins, Gonzalès, visiblement, jouissait d'une réputation flatteuse. Aussi est-ce avec beaucoup d'autorité que, relayé par Emmeline, il entama le panégyrique de Cédric. Non seulement, Monsieur le Comte...

– Monsieur le comte, mon cul, dit le gros.

Non seulement Monsieur de Saint-Damien s'était évadé, non seulement il avait caché des gens dans sa grange, des malheureux, des hommes traqués, mais il avait poussé le dévouement...

– Le courage, précisa Emmeline.

– Jusqu'à les convoyer en Espagne, leur sauvant ainsi la vie...

– Au milieu des pires dangers.

– Des Juifs, des réfractaires, des résistants...

– Des communistes.

Déviée sur ce terrain, la conversation prit rapidement un autre tour. Le gros convint qu'il devait y avoir une erreur quelque part. Les trois hommes finirent par l'accepter, le verre de vin, mais à condition que ce serait chez Gonzalès, non sans un dernier regard, chargé de mélancolie, de la part du long jeune homme pâle.

De derrière une des fenêtres, Emmeline attendit qu'elle les eût vus disparaître derrière les platanes de l'entrée. Puis elle monta chez Aramon. En entendant son narré, Cédric lui reprocha de ne pas l'avoir appelé. Elle lui fit valoir qu'avec son air détaché, qui

154

pouvait aussi bien passer pour un air de se foutre du monde, il aurait moins bien répondu qu'elle. Elle se garda d'ajouter qu'il aurait certainement mal pris que l'aval de Gonzalès fût désormais meilleur que le sien. En revanche, Aramon manifesta la plus vive émotion. Voilà! Il le savait! Il le voyait bien, sa présence ici mettait toute la famille en danger.

– Songez qu'ils auraient pu fouiller le château! Vous fusiller avec moi.

– Allons, allons, dit Cédric dont on aura déjà remarqué que ces deux mots constituaient l'essentiel de sa philosophie.

– Et vos enfants! Ces enfants que j'ai vu naître! Qui sont ceux que je n'ai pas eus.

Il s'était jeté aux pieds d'Emmeline. Il la conjurait de le laisser partir. Il allait se livrer. Foin de ces atermoiements indignes d'un homme comme lui. Sa conscience ne lui reprochait rien. Il s'expliquerait. Et si on ne le croyait pas, tant pis! Il serait guillotiné. Il aurait cet honneur. Comme Lavoisier. Comme Malesherbes. Qui maintenant avait son boulevard.

– En attendant qu'ils se guillotinent entre eux, ajouta-t-il sombrement.

Par-dessus le crâne chauve d'Aramon, Emmeline eut un regard vers Cédric.

Vous avez raison, dit Cédric en soupirant. Comme toujours.

Vers minuit, le château endormi, Cédric, sur ses grosses chaussettes de laine, alla chercher Aramon, le ramena dans sa chambre, chaussa ses bottes, jeta un coup d'œil sur les chaussures d'Aramon, marmonna que ça pouvait aller et, quelques minutes plus tard, de sa fenêtre, Emmeline les vit, l'un à grands pas, l'autre en trottinant, qui s'enfonçaient dans la nuit. A Port-Vendres, malgré la présence

155

rassurante du passeur, un homme maigre dont on avait l'impression qu'il aurait pu passer partout, le visage même en biais, Cédric vit le vieil Aramon si désemparé qu'il n'eut pas le cœur de le laisser. Il franchit avec lui la frontière par un sentier où ils ne rencontrèrent pas âme qui vive. A Gérone, il mit Aramon dans un train, muni d'une certaine somme, d'un panier-repas et de deux lettres de recommandation pour ses cousins de Madrid. Après quoi, estimant avoir fait son devoir entier, il se donna la récompense d'aller s'asseoir à la terrasse d'un café pour regarder les belles Espagnoles qui, vers six heures du soir, se promènent, passent et repassent dix fois, couvertes de regards et laissant traîner les leurs comme des filets de pêche. Le lendemain, après une bonne nuit dans un hôtel local, il retrouva le passeur à Figueras, re-franchit la frontière et, sans autre incident (à moins d'appeler incident l'épisode d'un petit garçon qui vint essuyer à son pantalon ses adorables menottes poissées de chocolat) regagna la Mahourgue.

Pour y trouver, heureuse surprise, sa sœur lady Carpentry, malheureusement sans sa belle Rolls (les difficultés de l'époque en étaient la cause) et sans son bagagiste qui, l'ingrat, avait profité d'une de ses absences pour tramer une idylle avec une fille de pasteur, comme Chateaubriand, et pour l'épouser, ce que ne fit pas Chateaubriand. Par quoi l'on voit qu'il vaut parfois mieux avoir affaire à un bagagiste qu'à un écrivain.

C'était Emmeline qui, par le truchement de Rochecotte, avait fait passer à lady Carpentry un message de détresse. Le père Ricou, en effet, avait été arrêté et, incarcéré dans une école transformée en prison, il n'y avait pas une fois, en trois jours, enlevé son chapeau, comme pour bien marquer qu'il n'était là qu'en passant. Au bout de ces trois jours, comparaissant devant une commission dont les attributions, d'ailleurs, n'étaient pas clairement définies, il y avait été rejoint par lady Carpentry. Comme, tout en manifestant son émoi devant cette citoyenne britannique, le président de cette commission lui faisait remarquer que c'était Ricou et non elle qui intéressait, elle rétorqua avec la dernière assurance d'abord que, née dans cette ville, elle pensait y être à sa place autant qu'une autre et ensuite qu'en tant qu'épouse d'un pair d'Angleterre, membre de la Chambre des Lords, et qui présentement faisait tout son devoir comme colonel dans le Royal-Highlander, elle estimait avoir toute autorité pour attester dans cette enceinte (le terme plut) non seulement le haut patriotisme de Monsieur Ricou, mais aussi le rare appoint qu'avaient représenté pour les armées alliées les précieux renseignements transmis par lui, assertion dont Ricou lui-même eut le souffle coupé. Le cas devenant épineux, la commission préféra ne pas insister. Il faut ajouter que, pendant toute l'Occupation, les usines Ricou n'avaient travaillé qu'au ralenti et qu'à son retour dans ses bureaux Ricou fut accueilli par les ovations de ses employés et de ses ouvriers.

Comme quoi, une fois de plus, ou même deux fois, tant avec Ricou qu'avec Aramon, la famille Saint-Damien avait réussi à contourner le drame.

XVI

Du temps avait passé. Un matin, dans son courrier, au milieu de diverses enveloppes, Emmeline en trouva deux dont, sur le seul vu, elle put identifier les expéditeurs. L'une, avec son timbre espagnol, ne pouvait être que d'Aramon. L'autre, avec cette fine écriture anglaise des anciennes élèves des Dames du Sacré-Cœur, était à coup sûr de la tante Jeanne-Athénaïs, une sœur du comte Anthéaume dont je n'ai pas encore eu l'occasion de parler. Veuve du général comte des Hochettes du Pin, vivant dans une manière de chalet-château à tourelles et à clochetons, sis sur les hauteurs de Saint-Cloud, elle se considérait comme la plaque tournante de la famille et, à ce titre, passait ses dimanches à écrire des dizaines de lettres pour informer ses agnats, cognats, parents et collatéraux des décès, naissances et mariages survenus chez les autres parents et collatéraux, lesquels, entre eux, le plus souvent, s'étaient perdus de vue depuis vingt ans. Ces lettres se distinguaient par un fort abus des expressions « le pauvre » et « la pauvre » utilisées avec une parfaite équanimité pour exprimer tantôt que le pauvre Frédéric-Guillaume ne s'était classé que troisième au championnat de golf, tantôt que la pauvre Corisande venait de perdre sa mère.

Laissant la lettre de la tante Jeanne-Athénaïs à Cédric que ces parentés amusaient, Emmeline ouvrit celle d'Aramon. Et tressaillit. Il faut dire qu'Aramon dont les lettres donnaient souvent dans l'insignifiant, cette fois attaquait sec. « Chère Emme-line, tenez-vous bien ! » Et il racontait que, la veille, ayant été invité à dîner par un de ses élèves...

Pardon, pour la clarté des choses, il me faut ici donner quelques explications. Au début de son séjour à Madrid, tout en se raisonnant et en se sachant parfaitement en sûreté, Aramon avait conti-nué à nourrir le sentiment parallèle que toutes les polices du monde étaient à sa poursuite. Que celui qui n'a jamais été traqué lui jette la première pierre. Soucieux d'autre part de ménager le viatique que lui avait remis Cédric, il avait, pendant quelques mois, mené la vie la plus misérable, couchant dans un grenier abandonné et ne mangeant qu'une fois par jour. Puis, ayant repris un peu d'assurance, il était allé se présenter chez un des cousins de Cédric, un gros homme à regard d'hippopotame et qui était ambassadeur à la retraite. Grâce à lui, grâce aussi à un historien madrilène avec qui Aramon avait entre-tenu une correspondance à l'heureuse époque où on ne fusillait pas les historiens locaux, il avait obtenu successivement un permis de séjour et un emploi dans un service annexe du Ministère des Affaires étrangères, service chargé de perfectionner dans différents idiomes les futurs diplomates déjà recrutés par le Ministère. Aramon y enseignait le français, mais le français qui était le sien : celui de Saint-Simon. D'où l'amusante surprise que devait éprouver, longtemps plus tard, le Président Pompi-dou en entendant le nouvel ambassadeur d'Espagne lui parler des « cavillations » des Anglais sur le Marché commun et ajouter qu'il les trouvait « forts sur la hanche ». Grand lecteur de Saint-Simon, Pompidou comprit très bien. Son directeur de cabinet qui assistait à l'entretien en était resté plus perplexe.

Donc, emmené à dîner dans un restaurant élégant par un de ses élèves qui venait d'être désigné pour un poste à Paris et qui tenait à le remercier pour ses leçons, Aramon était tombé sur qui? « Emmeline, je vous le donne en mille. » Sur Marianca. « Imaginez ma stupeur. » Il aurait pu ajouter : et mon coup au cœur. Toujours poursuivi par l'idée qu'il était un homme en péril, Aramon ne redoutait rien tant que de rencontrer un visage français de connaissance. C'est ainsi que, dernièrement, ayant croisé le docteur Pons et sa femme dans les parages de la Puerta del Sol, il s'était composé un visage impassible et il se berçait de l'illusion qu'à force de ne pas les avoir regardés, les Pons n'avaient pas dû le voir. Que celui qui n'a jamais été traqué et caetera. C'est dans le même esprit que, pour ses deux premières lettres à Emmeline, il avait pris soin de les écrire au féminin, de la tutoyer (ce qui l'avait ému) et de signer : ta tante Simone, le tout sauvé par sa belle écriture que, si elle les avait connues, Emmeline aurait pu comparer à celles de Jean Paulhan ou de Marcel Pagnol.

Eh bien, dans ce restaurant, Aramon avait vu entrer Marianca « très élégante, ma foi » en compagnie d'un homme que son amphitryon avait salué d'un bref mouvement de la tête. Observateur avisé, Aramon en avait conclu, un, qu'il le connaissait et, deux, que ce ne devait pas être quelqu'un de très important. Ayant réussi à tirer la conversation de ce côté-là, il avait pu apprendre que cet homme s'appelait Vaqueiros et qu'il était quelque chose comme chef de service à la Seguridad. Enfin, Aramon en arrivait au plus surprenant : Marianca ne l'avait pas reconnu ou, plus probablement, avait feint de ne pas le reconnaître. « Nos tables étaient proches pourtant. Rien. Pas un sourire, pas un battement des paupières. La chère enfant a-t-elle voulu me faire comprendre que je n'avais, de sa part, aucune indiscrétion à craindre ou voulait-elle ne pas susciter des soupçons chez ce monsieur dont, entre nous, j'ai trouvé qu'il n'avait pas l'air très muguet ? »

Depuis le départ de Marianca et de Matt, Emmeline n'en avait reçu aucune nouvelle et, à vrai dire, ne s'en était pas inquiétée. Elle professait que, lorsqu'on avait de l'argent, rien de fâcheux ne pouvait arriver, et Marianca, comme on sait, avait emporté une forte somme, le reste de son legs étant resté confié à Emmeline qui, prudente, en avait converti les trois quarts en or. Ajoutons qu'avec le retour de Cédric, les expéditions à Port-Vendres, les lourdeurs de l'Occupation, les problèmes de ravitaillement, les coupes de bois pour assurer le chauffage, Emmeline avait eu autre chose à penser. Malgré ces bonnes raisons, je crois cerner de plus près la vérité en disant que, dans la pensée d'Emmeline, il y avait, plus ou moins clairement formulée, l'idée que Marianca et Matt étaient des êtres venus d'ailleurs, menés par des forces obscures, dont le destin était d'entrer dans la vie des gens et d'en sortir sans qu'on n'y pût rien. Bref elle n'était pas loin de les avoir oubliés ou, peut-être plus exactement, de les avoir rayés. Mais maintenant Marianca était là, émergée de cette belle écriture, de cette marge impeccable et, à l'instant, redevenue présente. « Très élégante, ma foi », qu'est-ce que ça voulait dire ? Que pouvait-il y entendre, Aramon, lui qui, dans ce domaine, en était resté au tableau de

162

Winterhalter représentant l'impératrice Eugénie et ses dames d'honneur? Et cet homme « qui n'avait pas l'air très muguet »? Ce qu'il pouvait être agaçant, Aramon, à ne pas parler comme tout le monde. C'était cet homme surtout qui la troublait, Emmeline. Cet homme qui surgissait là comme...

Dès le déjeuner, elle exposa à Cédric qu'en ce qui concernait Marianca elle se sentait charge d'âme, que Marianca lui avait été en quelque sorte léguée par le comte Anthéaume et qu'elle, Emmeline, considérait de son devoir d'aller la chercher ou, au moins, d'aller vérifier ce qu'elle était devenue. Cédric acquiesça. Je remarque pourtant que, pas un instant, il ne proposa à Emmeline de l'accompagner ni d'aller en Espagne à sa place. Même en tenant compte que, la paix revenue, ce voyage était devenu une entreprise très ordinaire, cela semble indiquer que, tout en respectant comme d'habitude les décisions de sa femme, il préférait, cette fois, garder ses distances et se réserver le droit de formuler quelques objections quant aux suites.

– Et même, mon cher cœur, si vous voulez mon avis...

Un regard d'Emmeline lui fit comprendre que, son avis, il pouvait le garder, et, comme Eugène repassait les endives, il en reprit. Un peu plus tard pourtant, sans doute mû par un scrupule, il alla rejoindre Emmeline dans sa chambre et lui remit un papier sur lequel il avait noté les noms et adresses des cousins de Madrid, en lui recommandant de descendre chez l'un d'eux.

Partie dès le lendemain et arrivée à Madrid après un voyage sur lequel il n'y a rien à dire, Emmeline, préférant garder les cousins pour le cas où elle en aurait besoin, se fit conduire à l'Hôtel Emperador que lui avait recommandé Madame de Raspassens.

Sa valise déposée, elle repartit aussitôt pour aller chez Aramon. Il l'accueillit avec des cris de bonheur. Des cris à son image, des cris de souris. Depuis le temps, il avait fini par s'installer un intérieur, un atelier de peintre qu'il avait assez bien bricolé, des meubles quelconques mais rehaussés par un beau secrétaire Renaissance acheté pour une bouchée de brioche chez un brocanteur qui en ignorait la valeur. Au cours de l'entretien, d'ailleurs, Emmeline devait brusquement se lever et requérir l'aide d'Aramon pour le déplacer, ce secrétaire. Aramon était aux anges. Il reculait de trois pas, clignait des yeux et disait : « Comme vous avez raison ! Il est beaucoup mieux comme ça. Désormais ce sera un peu comme si vous étiez là. » Son vieux cœur avait toujours été sous le charme d'Emmeline. Pour Marianca, malheureusement, tout ce qu'il savait se ramenait à cette rencontre dans le restaurant. Il en refit le narré en essayant de se rappeler quelque détail qu'il aurait oublié. Il fronçait ses sourcils blancs ou, le regard plissé, il scrutait ses meubles. Non, tout ce qu'il avait à fournir, c'étaient le nom et la profession de ce Vaqueiros.

— Encore une chance, dit-il. Sans cela, chère Emmeline, nous serions proprement à quia.

— Bon, dit Emmeline. Allons le voir, ce Vaqueiros.

Outre que, pour le moment, elle n'entrevoyait aucune autre idée, il y avait dans cette démarche quelque chose de presque officiel qui la rassurait, et d'abord sur elle-même. Dans l'âcre sentiment qui l'avait envahie en trouvant dans la lettre d'Aramon la mention de cet homme, elle avait cru reconnaître le noir serpent de la jalousie et cela ne lui avait pas plu. Au contraire, maintenant, elle se sentait comme une mère ou une sœur aînée qui a bien le

164

droit, je pense, d'aller s'informer des intentions du monsieur qui emmène sa fille ou sa cadette dans les restaurants.

Guidée par Aramon, elle arriva bientôt devant l'immeuble de la Seguridad. Elle envoya Aramon l'attendre dans un bar en face, s'adressa à un individu en uniforme assis sous le porche, monta au troisième, y trouva un huissier qui avait l'air à peine issu de son sépulcre, écrivit son titre et son nom sur une fiche et, trente secondes plus tard, fut introduite dans un bureau dont l'exiguïté confirmait le verdict de l'élève diplomate sur l'importance hiérarchique de Vaqueiros : elle devait être moyenne. Emmeline s'assit, considéra l'individu et, sur-le-champ, fut frappée par cette idée : cet homme-là n'était pas une bonne personne. Le visage n'était pas mal pourtant. Le menton un peu lourd mais, comme on l'a souvent observé, la vocation policière vient plus souvent aux mentons appuyés qu'aux mentons fuyants. Les trous de nez trop grands mais, chez les méditerranéens, cela est fréquent. Quoi qu'il en soit, se fiant à son instinct, Emmeline modifia ses batteries et, au lieu de parler de Marianca, improvisant au fur et à mesure, elle énonça qu'elle se présentait de la part d'un de ses cousins dont le nom, visiblement, fit une forte impression ; que ce cousin lui avait vanté l'entregent et l'obligeance de Monsieur Vaqueiros, ce qui eut l'air de le surprendre, non de le mécontenter, et qu'elle venait s'enquérir des formalités dont elle aurait à s'acquitter si, comme elle en avait l'intention, elle s'installait avec sa famille à Marbella, localité dont on commençait à parler et sur laquelle, dans le train, elle avait lu un article. Vaqueiros lui rétorqua qu'avec son nom, apparentée comme elle l'était et ne venant certes pas en Espagne pour y chercher du travail, tout cela ne posait aucun problème et que, si cette éventualité se réalisait, « ce que j'espère vivement », il se tenait à son entière disposition. C'est à ce moment-là qu'Emmeline compléta son diagnostic : non seulement ce Vaqueiros n'était pas une bonne personne mais c'était surtout ce que, chez les Saint-Damien, on appelait un sale individu ou, pour recourir à un terme plus relevé, un luxurieux. Comme beaucoup d'hommes à passions, Vaqueiros parlait un langage codé, un langage non pas lourd de sens, mais lourd d'autres sens, où chaque mot signifiait autre chose, langage frôleur, insistant et comme muni d'une doublure graisseuse. Rien qu'à entendre Vaqueiros articuler « à votre entière disposition », Emmeline en avait eu une couleuvre le long de sa colonne vertébrale. Dans trois minutes, se disait-elle, il va me proposer une visite guidée au Prado et ça voudra dire quoi ? Admirable instinct féminin. Deux minutes plus tard, en avance même sur l'horaire prévu, Vaqueiros proposait carrément, pour le lendemain, une excursion à l'Escurial, site dont, en quelques mots, il souligna l'intérêt. Emmeline battit des cils, sut amener une roseur à ses pommettes et, comme à bout de souffle, déclara que, demain, non, elle ne pouvait pas, avec tous ses cousins, des engagements déjà pris, mais qu'elle trouverait un prétexte, qu'elle lui téléphonerait. « Peut-être vaut-il mieux que j'appelle chez vous ? » ajouta-t-elle dans le double dessein de connaître son adresse et de lui faire espérer qu'elle entrait dans ses tortueux desseins. Vaqueiros n'a pas dû en voir la malice. Sur le ton le plus naturel, il dit : « Non, non, appelez-moi ici. C'est encore le plus simple. » Et il écrivit son numéro sur une fiche. Il avait à ce moment-là l'expression imbécile des hommes qui croient l'affaire emballée.

– C'est tout simple, dit Emmeline lorsqu'elle eut retrouvé Aramon dans son bar et après lui avoir résumé l'entretien. Nous allons l'attendre et le suivre.

– Le suivre? dit Aramon affolé.

Puis, sa présence d'esprit lui revenant :

– Rien ne nous dit qu'il va rejoindre Marianca.

– Rien. Mais avez-vous une autre idée à proposer?

– Non, dit Aramon. Et s'il s'en va en voiture?

– Aramon, dit Emmeline en lui posant la main sur la cuisse, sans vous, je ne sais pas ce que je deviendrais. Allez me chercher un taxi.

– Un taxi?

Aramon avait la mine de quelqu'un qui, de sa vie, n'a jamais rien entendu de plus surprenant.

– Un taxi, reprit patiemment Emmeline.

A en juger par son expression, on eût dit qu'elle se demandait s'il n'allait pas s'avérer nécessaire de donner un signalement de cet engin.

– Il y a bien des taxis, je pense. Vous allez m'en chercher un. Vous le ramenez ici et vous lui dites de nous attendre.

– De nous attendre? Il ne voudra jamais.

– Il voudra, dit Emmeline en tirant des billets de son sac.

Aramon était occupé à se formuler que la reconnaissance et les jolies femmes ont ceci de commun qu'elles vous mettent parfois dans des situations bien délicates. Mais il sortit, revint.

– Il est là, dit-il comme s'il eût annoncé le retour de Charles X.

– Aramon, dit Emmeline sans s'apercevoir qu'elle se répétait, sans vous, je ne sais pas ce que je deviendrais.

Et, comme il se rasseyait en face d'elle :

– Mon camarade d'aventures.

Pour la deuxième fois de la journée, le vieux monsieur se sentit parfaitement heureux.

– A propos, dit-elle encore. Savez-vous que vous pourriez très bien rentrer en France? Plus personne ne vous y cherchera noise.

Là, pour un instant, Aramon fut très ferme.

– Vous permettez? dit-il. Dans le doute, je préfère m'abstenir.

Un peu avant dix-neuf heures, Vaqueiros sortit de l'immeuble de la Seguridad. Aramon avait vu juste: Vaqueiros se dirigeait vers une voiture, en ouvrit la portière. Beige, la voiture. Aramon et Emmeline étaient déjà dans le taxi.

– Dites-lui de suivre cette voiture.

Aramon désormais était prêt à tout. Mais il en frissonnait, pris entre un reste de peur (lui, un homme traqué, poursuivant un policier) et la certitude qu'à l'ombre d'une Saint-Damien il ne risquait rien.

– S'il vous plaît, suivez cette voiture, dit-il, en espagnol évidemment et en terminant sur un rire de vierge qui, à mon sens, trahissait sa stupeur devant sa propre audace.

On a tort de dire que la vie, ce n'est pas du cinéma. Il arrive qu'ils se ressemblent. Devant cette injonction de film américain, le chauffeur du taxi ne marqua pas l'ombre d'un étonnement. C'était un homme encore jeune, fort maigre, probablement déçu par la vie, ce que semblaient indiquer ses deux longs plis dans les joues qu'on appelle aussi le creux pathétique. L'un suivant l'autre, le taxi et la voiture beige parcoururent une dizaine de rues. Puis la voiture s'arrêta. Vaqueiros en sortit, pénétra dans un immeuble peint en jaune.

– Attendons un moment, dit Emmeline. Il pourrait ne s'agir que d'une visite.

Au bout d'une demi-heure, Vaqueiros n'étant pas ressorti, Emmeline en conclut que, selon toute probabilité, c'était là son domicile et elle ordonna de lever l'ancre. Malgré les objurgations d'Aramon qui voulait l'inviter à dîner dans un restaurant à lambris et à lampes roses (et tant pis pour ses maigres pesetas!), Emmeline préféra regagner son hôtel. Elle y prit un bain, se mit en robe de chambre, se fit monter son dîner et s'aperçut qu'elle passait là une des soirées les plus délicieuses de sa vie.

Le lendemain, à dix heures trente, heure à laquelle elle estimait que, si feignant qu'il fût, le luxurieux devait avoir gagné son bureau, elle fit appeler un taxi et lui donna l'adresse de l'immeuble à façade jaune. Elle ne se dissimulait pas les aléas de son entreprise. Rien ne prouvait que Vaqueiros habitât chez Marianca ou elle chez lui ni même qu'ils eussent des rapports suivis. Emmeline allait peut-être se trouver «bêtement» devant une mère de famille nantie de trois enfants et donnant le sein à un quatrième. Mais, encore une fois, que pouvait-elle faire d'autre? Il lui restait toujours une ligne de repli : accepter l'excursion à l'Escurial.

A l'entrée de l'immeuble, un concierge qui avait le profil et la cigarette d'Aristide Briand ne fit aucune difficulté pour convenir que Monsieur Vaqueiros habitait au deuxième à droite en ajoutant que, pas de chance, il était sorti.

– Et Madame?

Aristide Briand eut une expression dont le sens était transparent : pour appeler Madame la personne qui vivait avec Monsieur Vaqueiros, il fallait, excusez l'expression, en tenir une sacrée couche. L'indice était encourageant. Emmeline monta, sonna et, comme la chose la plus naturelle, se trouva devant Marianca.

– Madame la Comtesse, dit Marianca sans montrer ni un excès de surprise ni un excès d'émotion.

– Ah non! Plus maintenant! dit Emmeline impétueusement.

Cette même impétuosité l'avait portée jusque presque au milieu de ce que nous appellerons le living et, de son œil d'ensemblière, elle l'avait déjà jaugé. C'était l'horreur. Il fallait espérer que Vaqueiros avait loué cet appartement tout meublé. Sinon, c'était à sangloter ou, pour reprendre une des expressions les moins défendables recueillies par Cédric dans les coulisses des Folies-Caumartin, c'était à aller s'asseoir sur un trottoir pour se les mordre. Mais non, il ne l'avait pas loué tout meublé! Tout ici portait sa marque. De même que le peintre Arcimboldo a peint des gens en fruits, fleurs et légumes, ce living était le portrait « en meubles » de Vaqueiros, était, comme lui, comme son langage, louche, équivoque, graisseux. Le mauvais goût de la bêtise peut encore avoir de la fraîcheur, éclate parfois comme le joyeux coup de trompette du canard. Le mauvais goût de la luxure n'exhale qu'un relent fade. Il fallait être Vaqueiros pour avoir cloué sur une des cloisons ces trois éventails noirs et roses que même la petite Madame Thibaudeau, c'est tout dire, aurait jetés à la poubelle; pour avoir accroché, au mur en face, cette collection de chaussures, de mules, de babouches qui évoquait tout ensemble le bric-à-brac des souks et celui des passions louches.

– Ma pauvre enfant! dit Emmeline. Où êtes-vous tombée? Que vous est-il arrivé?

Le visage toujours aussi fermé, Marianca alla jusqu'à la porte du fond.

– Matt! dit-elle.

C'est vrai, il y avait Matt. Emmeline s'aperçut que, depuis son arrivée à Madrid, pas une seconde, elle n'avait pensé à lui. Il apparut. En pyjama, visiblement à peine réveillé, les cheveux dans la figure. Un Matt qu'Emmeline eut de la peine à reconnaître. Jusque-là, elle ne l'avait jamais vu qu'en maillot de corps et pantalon bleu délavé, ou alors nu et bronzé de partout, ce qui est généralement flatteur, ou en veste blanche, lors des garden-parties, là-bas, de l'autre côté de la guerre. En pyjama, il avait l'air de n'exister que tout juste. Surtout ce pyjama-là, à rayures jaunes et violettes, trop large pour lui, qui lui donnait l'apparence d'un pauvre petit épouvantail. D'un épouvantail qui se serait épouvanté lui-même. Emmeline ne pouvait pas savoir, elle qui, de sa vie, n'avait jamais eu peur, elle qui avançait toujours comme si elle eût été précédée par un cent de gardes républicains, elle ne pouvait pas savoir que simplement Matt avait eu peur et que la peur est quelque chose dont on ne guérit pas vite.

– Salut, Matt, dit-elle.

Debout tous les trois, on eût dit qu'ils étaient non dans un appartement mais sur un quai de gare. Marianca fut la première à s'en rendre compte. D'un geste vague, elle indiqua le canapé. Emmeline toisa le canapé, dut le trouver suspect et s'assit sur une chaise.

– Alors, racontez.

Eh bien, voici (c'était Marianca qui parlait). Après le passage de la frontière, ils étaient très bien arrivés, un matin, à Madrid. Ne sachant où aller et réfugiés dans un café, ils étaient tombés sur un efflanqué à qui il manquait une dent mais qui s'était révélé fort obligeant. Pour commencer, il leur avait procuré une manière d'hôtel sans enseigne dont la tenancière, une robuste, avait ceci de commun avec

Cédric qu'elle ne voyait pas du tout l'utilité des passeports, pièces d'identité et autres impedimenta. En revanche, personne n'étant parfait, elle pratiquait, pour ses galetas, des prix de Negresco. Le lendemain, l'efflanqué était revenu. Touchés par sa sollicitude, Matt et Marianca lui avaient confié que leur dessein était de gagner Lisbonne et d'y trouver le moyen de s'embarquer pour les États-Unis. L'efflanqué leur assura que rien n'était plus simple. Il leur manquait les passeports, les visas ? L'efflanqué avait dans ses relations un contrefacteur du premier talent. Quelques jours plus tard, il leur apportait deux beaux passeports qui les faisaient mari et femme, et munis d'excellents visas. Hélas, il faut croire que ce contrefacteur avait perdu la main ou que sa réputation était surfaite. A la frontière, ces deux passeports amusèrent beaucoup divers bonshommes en uniformes. Ils se les passaient comme des curiosités, avec des rires de douaniers qui sont ce qui ressemble le plus à des rires d'ogres. S'en était suivi, dans un local annexe, un interrogatoire mené par un policier qui se curait les dents. Lequel policier les avait ramenés à Madrid et conduits à la Seguridad. C'était là que se situait l'entrée en piste de Vaqueiros. Plus rapidement encore qu'Emmeline – et toujours en raison de ce don qu'elle semblait avoir de tout savoir avant les autres – Marianca avait immédiatement percé le caractère de Vaqueiros et décelé, dans son gros regard, les projets que déjà il formait sur elle. Aussi, pour éviter qu'il n'écartât Matt, avait-elle déclaré qu'il était son frère.

– Ce n'est pas ce qu'indiquent vos passeports.

– Bien entendu, avait rétorqué Marianca. Puisqu'ils sont faux.

Ce point n'avait pas eu l'air de préoccuper beaucoup Vaqueiros. En utilisant comme témoins le policier au cure-dents entre les dents et l'huissier encore une fois issu de son sépulcre, il avait dressé ce qu'il appelait deux actes de notoriété, documents dont Marianca pensait qu'ils n'étaient qu'une foutaise, destinés à n'abuser qu'elle et que d'ailleurs Vaqueiros avait gardés par-devers lui. Puis, il les avait emmenés dans cet appartement probablement loué pour ses fredaines mais où, depuis, il habitait avec eux. Avec tout cela, pas méchant homme.

– Vachement mordu surtout, dit Matt dont c'étaient les premiers mots.

Pour les articuler, il avait eu une expression qu'Emmeline ne lui avait jamais vue. Quelque chose comme ces bulles qui émergent à la surface des eaux stagnantes.

– Mais enfin, dit Emmeline, il ne vous garde pas sous clef.

– Non, non, dit Marianca très calmement. C'est même moi, tous les matins, qui fais les courses.

– Alors! Vous pouviez filer.

– Pour aller où? Il nous a prévenus. Il nous mettra toute la police sur le dos et alors ce serait la prison.

Emmeline eut un mouvement de fureur. Qu'étaient-ils devenus, ses deux Dioscures? Par quoi étaient-ils passés? A quoi avaient-ils consenti? Était-ce donc là l'effet de la peur? Cette apathie, cet engourdissement funèbre? Mais, elle le savait maintenant, depuis le début de son voyage, sa décision était prise : elle voulait les ramener. Elle n'allait pas changer d'avis parce qu'ils avaient changé d'âme.

– Bon, dit-elle en se levant. Il n'y a pas une minute à perdre.

Et, à Matt :

– Vite! Allez vous habiller. Nous partons.

– Non, dit Marianca.

– Non, en effet, dit Emmeline. Avec les passe-ports que vous avez, vous ne passerez jamais.

– Surtout que nous ne les avons même pas, dit Matt. Ce salaud les a gardés.

– Et il a certainement assez de pouvoir pour alerter les aéroports et les gares-frontières. Il nous faut d'abord retrouver le passeur, savoir s'il opère toujours. Écoutez, vous allez rester ici. Surtout ne faites semblant de rien. Espérons que le concierge n'aura pas l'idée de parler de ma visite. Sinon, dites que c'était pour une œuvre. Moi, je vais à Port-Vendres, je retrouve le passeur ou j'en recrute un autre et je reviens vous chercher. Ou je vous télé-phone. Vous avez le téléphone? Donnez-moi le numéro. Voici de l'argent.

– Non, j'en ai encore, dit Marianca. J'ai pu le cacher.

Emmeline regagna son hôtel, s'informa auprès du portier des moyens d'arriver à Port-Vendres. Il y avait un train à midi quarante-sept. Cela ne lui laissait que le temps. Elle monta dans sa chambre, passa commande d'un club-sandwich, mit sa valise sur le lit, eut un regard autour d'elle...

Et il se passa quelque chose dont, longtemps plus tard encore, Emmeline devait rester la première étonnée. Elle avait eu ce regard autour d'elle et c'était comme si, dans un mouvement très doux, cette grande chambre s'était refermée sur elle. En un instant, elle revécut la soirée délicieuse qu'elle y avait passée la veille et cette impression de liberté totale qu'elle y avait éprouvée et elle se dit que ce n'était pas assez, qu'elle n'en avait pas eu son content, qu'il lui fallait vérifier si cela pouvait se renouveler, qu'il lui fallait retrouver, au moins pour un soir, ce silence, cette magie, cet agencement parfait, qu'elle en avait besoin comme d'un bain. Elle décommanda son club-sandwich, remit sa valise sur le meuble bas destiné à cet usage, convoqua le maître d'hôtel, convint avec lui d'un déjeuner rare, se mit en robe de chambre et passa tout l'après-midi à ne s'occuper que de babioles. Vers cinq heures, le monde extérieur lui étant revenu sous la forme du garçon d'étage, d'une table roulante et de son thé, elle éprouva un remords, retéléphona au portier. Il y avait un train le lendemain à six heures quatre. Elle le prit, arriva à Port-Vendres où le passeur et sa femme l'accueillirent avec effusion.

– Madame! La bonne surprise! Si on s'attendait!

Il fallut d'abord procéder à l'exhibition d'un nouveau-né qui leur était venu. On bêtifia pendant cinq bonnes minutes.

– Et votre mari? Ah, Madame, si tous les gens à passer avaient été comme lui! Tranquille comme Baptiste. Tu te rappelles, Anita?

C'était le vocable auquel répondait (quand elle le voulait, car elle avait son petit caractère) l'heureuse épouse du passeur.

– Quand il est arrivé ici, un soir, avec une petite fille sur les épaules. Comme Victor Hugo, Madame! Et Monsieur Aramon? Qu'est-ce qu'il est devenu? Le brave homme! Qu'à un vieux monsieur comme ça, on ait cherché des misères, je vous jure, il n'y a pas de quoi être fier.

On en vint enfin à l'objet de la visite.

– Mais comment donc! Avec plaisir!

Ravi, le passeur. Depuis que les passages clandestins avaient diminué, il en était réduit à faire de la contrebande. Et la contrebande, franchement...

– La semaine dernière, savez-vous ce que j'ai dû

passer? Des machines à laver! Il paraît qu'en France, ça manque. Mais des machines à laver... Je vous le dis comme je le pense, moi, je préfère les hommes.

Arrangements convenus, rendez-vous pris à Figueras, Emmeline repartit. Au cours du trajet, elle fut frappée par cette idée que le train présentait quelque péril de contrôle. Aussi, arrivée à Madrid, chargea-t-elle le portier de l'hôtel de lui trouver une voiture avec chauffeur. Deux jours plus tard, ils arrivaient tous les trois à Montpellier où Cédric accueillit Marianca comme si elle était partie depuis huit jours.

– Alors, l'Espagne? Ça vous a plu?

Et à Matt :

– Et vous, mon gaillard? Les belles Espagnoles?

Entre ces deux apostrophes, malgré leur parenté d'inspiration, il y avait eu un léger décalage de ton et Emmeline comprit que, prise tout entière par son action, elle avait négligé d'en prévoir les suites. Pour Marianca, cela ne posait aucun problème. Chez les Saint-Damien, le fait d'être depuis longtemps dans la maison justifiait tout à fait qu'on y restât. Il n'en était pas de même pour Matt que Cédric n'avait jamais fait qu'entrevoir. Emmeline sentait bien que, d'un moment à l'autre, son mari aborderait la question. Heureusement, avec Cédric, le « d'un moment à l'autre » ne présentait, en général, aucun caractère d'urgence. Là où le comte Anthéaume en était resté à l'antique politesse de la réponse par courrier tournant (ce qui était aussi pour lui une manière de se débarrasser des problèmes), Cédric, lui, professait que toute décision pouvait attendre et ne répondait jamais à une lettre sans avoir laissé passer au moins une nuit. « Je la mets sous mon oreiller. C'est lui qui me dicte la réponse », disait-il, se montrant ainsi l'innocent précurseur de quelques procédés que, depuis, des scientifiques ont cru découvrir.

Dès le lendemain, Emmeline put constater qu'au moins cette fois cette méthode avait du bon. Levée très tôt, elle était encore dans sa chambre lorsque Marianca y entra.

– Je viens prendre de l'argent dans le coffre, dit-elle.

– Quoi? Vous partez?

– Non, non, dit Marianca sans autre commentaire.

Emmeline en fut si troublée qu'elle mit quelques secondes à retrouver les chiffres de la combinaison. Marianca prit une assez grosse liasse.

– C'est pour Matt, dit-elle. Il veut monter à Paris. C'est mieux.

– Vous auriez pu demander mon avis, dit Emmeline.

– Sans avis, c'est mieux.

Marianca retourna jusqu'à la porte, l'ouvrit. Dans la lumière vaguement orangée du couloir, il y avait Matt.

– Entre, dit Marianca. Viens dire au revoir à Madame la Comtesse.

Emmeline était debout, devant le coffre ouvert, de l'autre côté du lit. Matt avança.

– Non, dit-elle.

Non à quoi? Une fois encore, tout avait changé. Où était son Dioscure? Où était le gentil amant des Saintes-Maries-de-la-Mer qui retardait si consciencieusement son plaisir? Où était même l'épouvantail épouvanté de l'appartement madrilène? Devant elle, il n'y avait plus qu'un homme dont elle reconnaissait le costume et la cravate parce qu'elle les avait vus portés par Cédric (une initiative de

177

Marianca sans doute – à moins que Cédric ne s'en fût mêlé), dont elle reconnaissait encore, mais déjà moins bien, le visage, dont elle découvrait avec stupeur l'expression. Il n'y avait plus là qu'un inconnu. Un étranger. Ou quelqu'un revenu de très loin. Qui la regardait. Et, dans son regard, elle lut clairement qu'il ne lui pardonnait pas, qu'il ne lui pardonnerait jamais. Qui ne lui pardonnait pas quoi? De le rejeter? De l'avoir oublié? D'avoir été le témoin de sa peur?

XVII

Et un jour, qui vit-on débarquer, palpitante, rouge d'émotion, chargée de paquets-cadeaux, le visage illuminé par un grand rire silencieux, issue d'une petite voiture trapue dans laquelle elle avait fait tout le voyage? Miss Fräulein en personne. Cris, brouha-ha, embrassades.

Dès la fin des hostilités, bien entendu, Cédric s'était préoccupé de lui faire tenir la somme qu'il lui avait empruntée. Sa banque lui ayant opposé ce qu'il appelait « des chinoiseries », c'est-à-dire les interdictions de l'époque, il s'était rendu à Paris tout exprès pour mettre l'affaire entre les mains de Rochecotte. Le gros comte s'en était emparé avec la dernière aisance. Tenant toute réglementation des devises pour abusive, scélérate et généralement imbécile, il considérait que faire passer de l'argent, c'était encore militer fièrement pour la liberté, vue qui, d'ailleurs, mériterait un plus ample développement.

– Ne t'en fais pas, avait-il dit. On va le lui faire avoir, son argent, à cette Bochesse.

Et, empoignant son téléphone, il avait enjoint à son interlocuteur de faire livrer à Frau Donecker, 60 bis Schweinfurthstrasse, dix mille pots de confitures.

– De confitures? avait dit Cédric peu au fait des usages financiers de l'époque.

– Il comprendra, avait rétorqué le gros en lui tendant son coffret à cigares.

Malheureusement, une huitaine de jours plus tard, il avait dû téléphoner à Cédric pour lui dire que la rue en question avait été particulièrement touchée par les bombardements, qu'à l'adresse en question, il n'y avait plus que des ruines et que la personne en question avait disparu sans laisser de traces.

Cependant, dans le grand salon, les embrassades terminées, les paquets-cadeaux distribués, les exclamations éteintes, Miss Fräulein avait entrepris de raconter sa vie. Figurez-vous que le lendemain du départ de Cédric, c'est ça, le mardi, alertés, ils ne l'avaient pas caché, par un voisin de palier, s'étaient présentés deux hommes en manteau de cuir. Miss Fräulein ayant eu l'esprit de faire disparaître toute trace du passage de Cédric, la perquisition n'avait rien donné et l'interrogatoire pas davantage. Furieux de leur déconvenue ou aux fins de ne pas s'être dérangés pour rien, les deux policiers s'étaient rendus chez le voisin de palier et l'avaient assez vivement malmené. Ce juste châtiment du délateur provoqua une acclamation dans le grand salon.

– Attendez. Je ne vous ai pas encore dit le plus beau.

Après ça, soit qu'il eût des remords, soit par crainte de représailles de la part de Miss Fräulein, soit qu'il aimât les coups, allez savoir, voilà-t-il pas que ce voisin s'était constitué son chevalier servant. Il lui faisait ses courses, lui descendait sa poubelle et, une fois même, avait tenté de lui « dérober un baiser ». Ah là là! Il avait été bien reçu. Miss Fräulein en avait encore la lippe retroussée.

Sur quoi, son mari avait été rappelé du front grec où il avait passé de si heureux moments à visiter les sites archéologiques et avait été affecté au front de l'Est. Cela lui avait valu une permission de quatre jours à Berlin. Il en était reparti mélancolique. « De là où je vais, Liebchen, avait-il dit, on ne revient pas. » Et il n'était pas revenu. A ce point de son récit, et malgré toute l'énergie qui émanait d'elle, Miss Fräulein eut un moment de faiblesse. Successivement, Emmeline, Marianca et les enfants se relayèrent pour l'embrasser. Réconfortée, elle reprit son narré. Les bombardements sur Berlin avaient encore augmenté. Un matin, en sortant de l'abri où elle avait passé la nuit, elle n'avait plus retrouvé son immeuble. Rien. Disparu. Un grand trou.

– Tous mes souvenirs! dit-elle avec un regard vers Cédric, regard que, par chance, Emmeline n'aperçut pas.

Il faut dire que, déjà mastoc et encore épaissie par ces quelques années, Miss Fräulein n'évoquait pas précisément l'escapade. Les épouses, comme on sait – et c'est même de leur part un joli sentiment –, les épouses, dis-je, sont souvent si faraudes de leur mari qu'elles ne peuvent imaginer leurs maîtresses que sous les traits de séduisantes sirènes, quitte à les traiter de petites horreurs ou de grosses dondons lorsqu'elles font leur connaissance.

Privée de logement, Miss Fräulein s'était alors réfugiée chez des parents de son mari, dans une ferme, du côté de Potsdam. Cela lui avait permis d'échapper au cauchemar des derniers bombardements et du siège de Berlin. Après cela, elle avait été recrutée pour une équipe de déblaiement, avait vécu elle se demandait encore comment et finalement avait trouvé à se caser comme femme de ménage dans un mess d'officiers français. Là, sa parfaite connaissance de la langue lui avait valu non seulement d'être nommée économe mais aussi les compliments du Général de Lattre, lequel, ayant complété ses félicitations par un vers de Ronsard, avait eu l'heureuse surprise d'entendre Miss Fräulein lui réciter la suite du sonnet. Selon les dires de Miss Fräulein, le futur maréchal en était resté baba.

Enfin, ayant renoué avec quelques fonctionnaires de son ministère, elle avait, avec l'un d'eux – non, non, n'allez pas croire, un ami, rien de plus –, elle avait gagné Bonn où elle était maintenant une des secrétaires particulières du Ministre de l'Industrie.

On était à la fin mai. En l'honneur de Miss Fräulein, on avança de quelques jours l'habituelle transhumance vers la Mahourgue. Le reste de son séjour fut sans histoire.

XVIII

Par un bel après-midi d'avril, avec un soleil qui dessinait un triangle isocèle sur le carrelage rouge et blanc de la cuisine, couché sous un évier dont il réparait le coude, Raoul Lepoutre, plombier, fut soudain frappé par cette idée forte : que, depuis un moment, et plus précisément depuis quatorze heures quarante-cinq, le sens de sa vie lui échappait ou, plus exactement, que la plomberie l'emmerdait. Tous ces éviers... Il en avait encore un autre qu'il avait promis d'aller ausculter à cinq heures. Il décida que cet évier-là pouvait attendre. En matière de rendez-vous, les plombiers, comme on sait, sont fort libéraux. Il rentra chez lui, un quatre-pièces, pas mal, rue du Faubourg-du-Courreau et, dès l'entrée, entendit un murmure qui provenait de la chambre du fond. Il ouvrit la porte et se trouva devant le spectacle suivant : sur le lit, serrés l'un contre l'autre, le lit n'étant qu'à une personne, il y avait Muriel, sa fille, et un jeune homme, au repos d'ailleurs, mais nus, ce qui ne permettait pas une infinité d'hypothèses.

– Nom de Dieu! dit Lepoutre.

Et il s'avança, la main levée. Dans le même moment, sa fille s'était jetée hors du lit et avait couru se réfugier à l'autre extrémité de la chambre, dans l'embrasure de la fenêtre où son gentil corps de blonde se découpait sur un fond mi-partie ciel bleu légèrement pommelé, mi-partie immeuble en face, y compris une ménagère qui, penchée à son balcon, s'entretenait avec un quidam probablement arrêté sur le trottoir.

– Idiote, tire-toi de là, dit Lepoutre. On va te voir de la rue. Ce n'est pas le moment.

Son regard, un instant, s'était détourné du jeune homme. Lorsqu'il y revint, il n'y avait plus de jeune homme. Ou plutôt, recroquevillé sur les genoux, il s'était enveloppé dans le drap de lit et ne se présentait plus que sous l'apparence d'un gros tas blanc.

– Bougre d'âne, dit Lepoutre. Vas-tu sortir de là !

Non. Le tas blanc refusait. Par de brèves saccades du dos, du derrière. Lepoutre voulut arracher le drap. Le jeune homme se cramponnait. Ça devenait bête. Lepoutre l'exprima.

– Ça devient bête.

Il essayait de s'accrocher à sa colère, n'y arrivait pas bien. Devant ce tas blanc, ce n'était pas commode. Et puis quoi ? D'accord, amener ses coquins à la maison, ce n'était pas bien honnête. Mais cela devait bien se passer quelque part. Et Muriel ne lui avait pas caché que, depuis un moment, elle avait sauté le pas. C'est dire la confiance. Et, à part ça, ou même ça compris, brave fille, d'humeur égale, s'occupant très bien du ménage depuis la mort de sa mère. Mais le tas blanc, lui, ne bougeait toujours pas.

– Qui est-ce ? demanda Lepoutre.

– Un des petits Saint-Damien.

– La salope, dit rêveusement Lepoutre, cette appréciation et cette intonation apparemment contradictoires lui étant dictées par deux sentiments qui l'étaient aussi : sa rancune pour la verte diatribe que lui avait un jour adressée Emmeline pour une histoire de plomberie et le léger émoi qu'il avait éprouvé devant ses longs cils et son cou de gazelle.

Ignorant cette péripétie de la biographie de son père, Muriel se méprit.

– Ce n'est pas une salope, dit-elle. C'est un timide.

– Un timide que je retrouve dans ton lit! Je te recommande!

– Ça faisait des semaines qu'il me suivait. Qu'il venait me guetter à la sortie de mon cours.

Muriel suivait des cours d'anglais à l'École Berlitz. Elle voulait devenir hôtesse de l'air.

– Et toujours sans oser me parler. Josyane a fini par aller le chercher par la main.

Une amie à elle, Josyane. Une constructive que ce ralenti dans l'idylle agaçait.

– Alors? dit Lepoutre. Nous n'allons pas rester comme ça jusqu'à Noël. Si tu t'en occupais...

Muriel qui, entre-temps, avait passé son peignoir, en noua résolument la ceinture et s'avança vers le lit.

– Hé! Saint-Damien!

– Dis, on n'est pas au régiment, énonça Lepoutre que cette rudesse dans l'apostrophe avait heurté. Tu pourrais peut-être l'appeler par son prénom.

Mouvement de faiblesse qu'il se reprocha aussitôt et qu'il corrigea en ajoutant sur un ton plus sarcastique :

– Intimes comme vous l'êtes.

Apparemment insensible à ces nuances, Muriel s'était encore rapprochée du tas.

– Allons, mon chou, dit-elle. Montre-toi. On ne va pas te manger.

Il y eut une nouvelle oscillation du tas, plus faible mais toujours négative.

– Tant pis, dit Lepoutre. Mon gars, tu l'auras voulu.

Il empoigna le gros tas blanc à bras-le-corps, enjoignit à Muriel de rassembler ses vêtements, traversa l'autre pièce dont une poupée bretonne, souvenir de Concarneau, constituait la principale curiosité, déposa le tas sur le palier, referma la porte. Il y eut d'abord un long silence. Puis, du drap, émergea une tête. C'était celle de Guillaume, fils aîné d'Emmeline et de Cédric. Il se rhabilla, replia soigneusement le drap et s'en fut.

Or, par une coïncidence à peine croyable et comme on n'oserait pas mettre dans un roman, son frère Rodolphe, quelques semaines plus tôt, avait été le héros d'une aventure, certes assez différente mais qui, jusque dans ses contraires, n'était pas sans présenter quelques analogies. Un soir, dans un café modeste, derrière la Préfecture, il avait retrouvé un de ses camarades de la Faculté de Droit, un certain Tallard, Frédéric, moins déluré que lui mais qui le suivait volontiers dans ses expéditions. Après avoir devisé, ils s'étaient rendus dans une cave où la musique faisait beaucoup de bruit et où ils s'abouchèrent avec deux petites personnes, l'une qui était blonde, fluette et qui rachetait cette fragilité par une articulation excessivement péremptoire; l'autre moins diserte, blonde aussi, les cheveux coiffés en hauteur, ce qui la faisait beaucoup ressembler à la belle caissière du tableau de Manet. La péremptoire était vendeuse dans une ganterie du Cours Gambetta, l'autre se destinait à la carrière de sage-femme, carrière que, ce soir-là, elle préféra dissimuler en se prétendant secrétaire d'un avocat et subterfuge que Rodolphe extermina aussitôt en lui demandant la signification du mot ester. Vers deux heures du matin, restés les derniers clients de l'établissement et décidés pourtant à poursuivre ensemble la nuit, se posa pour eux la question capitale de la jeunesse : où ? Interrogées sur leurs possibilités, les deux petites personnes firent valoir, l'une qu'elle avait des parents vétilleux et que le moindre soupir réveillait, l'autre qu'elle couchait dans la même chambre que sa petite sœur qui, à cinq ans, ne connaissait encore rien de la vie. C'est alors que, soucieux de briller devant son ami et frémissant de son audace, Frédéric dit :

– J'ai une idée.

Cette idée était simple : présentement en voyage à Paris, ses parents ne devaient rentrer que le lendemain par le train du soir.

– Pas un mot de plus, dit Rodolphe. Frédéric, tu es grand comme le pain d'épice.

Propos que je ne reproduis que par fidélité car il me reste impénétrable. Arrivés dans l'appartement des Tallard et après une incursion restée très raisonnable dans la cave à liqueurs, Frédéric installa Rodolphe et Gisèle, la péremptoire, dans la chambre de ses parents et emmena la caissière de Manet dans la sienne. Elle y put admirer sur les murs une collection d'affiches de cinéma, d'objets publicitaires, de plaques de rues et d'enseignes du genre « Entrée interdite » ou « Défense de fumer » qu'au cours de leurs expéditions, Rodolphe et lui avaient dévissés, décloués ou décollés, manière pour eux de violer les lois sans vraiment léser personne, ces diverses œuvres d'art étant, par définition, fournies gratuitement ou payées par l'État.

Le lendemain, en ouvrant les yeux et au moment où, plus classiquement, il aurait dû se demander où il se trouvait, Rodolphe crut avoir une hallucination. Penché sur lui comme pour cueillir son souffle, il y avait un visage. Un visage rose et poupin, surmonté d'un chapeau en feutre beige, fort gaillard et dont la courbure évoquait l'envol de la mouette, tandis que, de l'autre côté du lit, au-dessus de la blonde chevelure de Gisèle encore endormie, se penchait un autre visage, d'un homme celui-là, lui aussi entre deux âges (locution qui dit bien ce qu'elle veut dire mais qui pourtant m'a toujours paru mystérieuse. A quel moment de sa vie peut-on ne pas être entre deux âges?), lui aussi avec un chapeau et, en plus, une moustache et des lunettes. Il ne fallut à Rodolphe que quelques secondes pour retrouver son sang-froid. Braquant son index vers le monsieur – avec exactement le même geste que Cédric à l'ambassade d'Italie –, il dit:

– Monsieur Tallard, je parie!

– Ah! dit le monsieur. Au moins connaissez-vous mon nom.

– Monsieur, je suis chez vous, dit courtoisement Rodolphe.

– Vous êtes même dans mon lit, rétorqua le monsieur avec, il faut bien le dire, une pointe d'aigreur.

– Je sais! Je sais! dit Rodolphe avec un enthousiasme que sa phrase n'appelait pas. Je suis confus.

Sur ce, rejointe dans ses rêves par ce bruit de voix, Gisèle se réveilla, poussa un cri et se tira la couverture jusqu'au menton.

– Mon Dieu! dit-elle.

– C'est le cas de le dire, commenta le monsieur qui décidément s'avérait un humoriste de première bourre.

– Voyez comme je suis confus, reprit Rodolphe. J'en oubliais même de me présenter. Je m'appelle Rodolphe de Saint-Damien, Monsieur.

– Tiens, tiens, dit le monsieur.

– Et Mademoiselle Gisèle...

Le bredouillement final pouvait passer à la rigueur pour un nom de famille insuffisamment articulé.

– Mademoiselle Gisèle comment? insista la dame dont, à mon idée, le visage poupin était trompeur : ce devait être une méticuleuse.

– Dufau, dit Gisèle.

– Ah! Dufau.

Il y avait dans l'air comme un relent de contravention.

– Madame, c'est tout simple, enchaîna Rodolphe qui sentait un danger de ce côté-là. C'est votre fils qui...

– Ah, c'est notre fils, dit le monsieur pour qui, visiblement, ce détail constituait un début d'explication. C'est ton fils, ajouta-t-il à l'intention de la dame.

Elle aurait dû répondre : c'est le tien aussi. Mais on ne peut compter sur personne. Elle ne le dit pas.

– Frédéric, hier soir, nous voyant dans l'embarras... Nous ne vous attendions que ce soir.

– Vous voudrez bien nous excuser, dit le monsieur. A la dernière minute, le portier de l'hôtel nous a trouvé deux sleepings.

– Comme vous avez eu raison! s'exclama Rodolphe. Dans la journée, le trajet est interminable. Mon père, lui aussi, ne voyage jamais qu'en sleeping.

– Je sais, dit le monsieur. Il y a quelques années, j'ai fait le voyage avec lui.

– Monsieur, je suis sûr qu'il en a ressenti tout le plaisir.

Vu le tour pris par la conversation, il ne faut pas s'étonner si, une demi-heure plus tard, ils étaient tous réunis pour le plus cordial des petits déjeuners. Rodolphe avait aidé à le préparer. Gisèle, de son côté, avait désarmé les dernières préventions de Madame Tallard en refaisant le lit et en suggérant de changer les draps, mutation que, par délicatesse, Madame Tallard n'avait pas osé proposer. Monsieur Tallard finit même par déclarer à Rodolphe qu'il serait toujours le bienvenu dans la maison.

– Maintenant que vous la connaissez...

Gisèle et Mary-Lou ne purent s'empêcher de remarquer que, tout en se montrant parfaitement polis avec elles, les Tallard ne leur en proposaient pas autant.

Si j'ai repris ici ces deux épisodes apparemment bénins, c'est parce qu'ils constituent, l'un et l'autre, ou même l'un contre l'autre, un bon portrait, un portrait en situation, des deux frères, l'un, comme on l'a vu, timide, empêtré, comme embarrassé de lui-même et ne sachant où se mettre, l'autre toujours à l'aise et se tirant de n'importe quelle situation.

La vie sentimentale – ou, si on préfère, l'initiation sexuelle – de Guillaume avait été un long calvaire. Pourtant avec son visage un peu gras qu'il avait l'air de porter devant lui comme un ostensoir, avec sa mine froncée qui lui donnait plus que son âge, il aurait dû inspirer confiance. Il faut croire que, dans ce domaine, la confiance n'est pas l'atout principal. Guillaume ne rencontrait que rebuffades. Après avoir, pendant tout un temps, nourri une passion secrète pour Marianca, qui avait toujours feint de ne pas s'en apercevoir, après avoir souvent et sauvagement baisé le fauteuil ou la chaise qu'elle venait de quitter – comme l'avait fait longtemps avant lui le futur roi Louis-Philippe avec sa gouvernante, Madame de Genlis –, il s'était épris d'une des demoiselles

190

d'un bureau de poste auxiliaire, une grande brune, malheureusement fort altière et que Guillaume ne réussissait que rarement à distraire de ses entretiens avec sa collègue du guichet suivant. Pour susciter son attention, il lui apportait des lettres très épaisses en lui demandant de les peser, lettres qu'il envoyait à des adresses imaginaires et qui devaient s'en aller errer Dieu sait où avant de sombrer dans le néant, ce même néant auquel aboutissaient les regards de Guillaume, pourtant aussi chargés que ses lettres. Décidé à l'éblouir définitivement, il lui apporta un jour une lettre adressée à Monsieur le Président de la République et pria la belle préposée de vérifier si, vu le destinataire, la lettre était suffisamment affranchie. C'est avec une très visible et très humiliante commisération que la demoiselle lui fit observer que les lettres au Président de la République pouvaient n'être pas affranchies du tout et qu'il avait bien sottement (pour reprendre ses termes) gaspillé un timbre. Guillaume apprit ainsi tout ensemble ce curieux usage des postes françaises et qu'il s'était sans doute pour toujours ruiné dans l'esprit de la belle postière. Deux ou trois semaines plus tard, remis de sa défaite et ayant avisé dans la rue une superbe blonde, le nez en trompette et qui avait l'air prête à grimper aux arbres, il réussit à la suivre jusque dans son ascenseur, put constater ainsi qu'elle habitait au troisième à droite, apprit son nom par le truchement des boîtes aux lettres dans le hall, s'applaudit de son machiavélisme, se rendit chez un fleuriste et fit envoyer à la dame dix-sept roses, sa mère lui ayant appris qu'en matière de fleurs, le nombre pair était mauvais genre. Dès le lendemain, en allant répondre à un coup de son-nette particulièrement insistant, le toujours moins jeune Eugène se trouva devant un furieux qui ne parlait de rien de moins que d'arracher les oreilles à l'insolent qui se permettait de... Alerté par ces clameurs, Cédric emmena l'individu dans le grand salon, l'appela mon brave, ce qui scia le furieux en deux vu que, chef de bureau à la Préfecture, il se tenait pour quelqu'un, entreprit de le persuader qu'il valait mieux avoir une femme à qui on envoyait des fleurs qu'une femme à qui on n'envoyait rien du tout et conclut par un jovial « Heureux gaillard, va! », appellation qu'il faudrait ici écrire au pluriel car, dans l'esprit de Cédric, elle recouvrait tout ensemble l'heureux mari de cette belle blonde (qu'il avait lui-même repérée) et son non moins heureux amant. Pour Cédric, cela ne faisait pas un pli. Si un garçon posé comme Guillaume s'était « fendu » d'un bouquet de roses, c'était, de toute évidence, après et non avant. Ayant craint jusque-là que Guillaume ne fût encore vierge, il s'en réjouit et, comme le père de saint Augustin en la même circonstance, il loua le Seigneur.

Ce n'était qu'anticiper sur l'événement. Un jour, dans une pâtisserie où, féru des puits d'amour, il se rendait parfois, Guillaume adressa quelques mots aimables à la serveuse, une brune piquante dont les yeux auraient non pas, comme on dit, mis le feu à une botte de paille, exploit assez ordinaire, dont je dirais plutôt qu'ils auraient pu faire fondre un igloo. C'est dire qu'elle s'enflamma aussitôt et elle enjoignit à Guillaume de l'attendre à sept heures au coin du boulevard voisin. A sept heures moins le quart, Guillaume était là. A sept heures moins huit, il se formula que, pour s'être montrée si hardie dans l'initiative, cette serveuse devait arrondir ses feuilles de paie en se livrant à la prostitution et que, dès lors, sa fréquentation devait présenter quelques périls. A sept heures moins une, il se cacha derrière un arbre. A sept heures deux, la serveuse arriva et, comme il pluvinait, elle s'abrita sous un porche d'où, à intervalles réguliers, elle poussait la tête pour voir où était passé le jeune homme. C'était un spectacle curieux, ces deux têtes qui, alternativement, dépassaient, l'une du porche, l'autre de derrière un arbre. Le lendemain, se reprochant sa pusillanimité, Guillaume retourna à la pâtisserie. Avec cet air important que lui donnait son visage gourmé, il assura à la serveuse qu'il avait été retenu à son bureau par un coup de téléphone de Stockholm. Dupe ou pas rancunière, la brune piquante renouvela sa proposition et emmena Guillaume chez elle. Là, dans un grand miroir en face de lui, si tavelé qu'il en était brumeux, il vit surgir, issu de la robe noire de la serveuse, un corps qui, ainsi, à trois mètres, lui apparaissait comme un grand nuage pâle. La minute d'après, abattu sur lui, le chevauchant à la gaillarde, vissé, si j'ose dire, sur son sexe, le nuage pâle poussait un feulement qui emplit Guillaume à la fois d'épouvante et de fierté. Était-ce bien lui qui suscitait ce cyclone ? Ébloui, il voulut profiter de la bonace qui suivit pour jeter les bases d'une liaison plus sérieuse. A son grand étonnement, la brune piquante lui rétorqua qu'une fois, comme ça, en passant, c'était « toujours ça de pris sur l'ennemi » mais que, pour se revoir, « tintin » (tel était son style) car elle était fiancée à un courageux jeune homme présentement occupé à faire son service militaire. Guillaume recueillit ainsi un autre précieux enseignement, à savoir que, dans ce foutu monde, pour trouver une place qui ne fût pas déjà prise, il fallait se lever drôlement tôt.

Si on veut maintenant un signalement, à peu près au même âge, de Rodolphe, c'est tout simple, il suffit de prendre l'envers de tout ce que j'ai raconté à propos de Guillaume. Comme on l'a vu par l'épisode des Tallard, Rodolphe était dans l'imprévu comme un poisson dans l'eau. Décontenancé par rien, à cheval sur la circonstance, il avançait dans la vie avec la même sereine assurance que son père. Sauf que ce n'était pas pour les mêmes raisons. A Rodolphe, il était tout à fait indifférent de s'appeler Saint-Damien. Simplement, devant ce monde décousu, si bousculé par la guerre et ses suites et où, malgré son jeune âge, il voyait bien que les choses changeaient d'un jour à l'autre, il se disait que le plus expédient était de n'en faire qu'à sa tête. Disons, pour résumer, que là où Cédric estimait que tout lui était dû, Rodolphe, lui, considérait que tout était possible. Ou disons, pour simplifier encore, qu'il avait cette vertu si rare : le naturel. Et il allait le long des rues, le nez relevé, toisant les hommes d'un regard qui les bravait, les femmes d'un regard qui les déshabillait, shootant sur les marrons et si, d'aventure, un de ces marrons aboutissait sur quelqu'un, éclatant d'un si bon rire qu'il était difficile de se fâcher. Autre différence avec son frère et qui explique bien des choses : parfaite réplique en masculin de sa mère, il était vraiment joli garçon. Dès sa seizième année, profitant des fréquents voyages de son mari, la toujours délicieuse baronne de Ponteau-Mesure l'avait entraîné dans son grand lit, très beau spécimen du style rocaille, et, folle de lui, avait très sérieusement pensé aux barbituriques lorsque, désireux de voler ailleurs ou plus loin, Rodolphe l'avait délaissée. A la baronne, avait succédé une vendeuse de grande surface jusque-là rétive aux propositions des messieurs. Lui avait succédé... Bon. Assez là-dessus. Je me suis déjà trop attardé à ces gamineries.

XIX

De toutes les péripéties de son voyage en Espagne, Emmeline avait surtout gardé le souvenir de ceci : de cet étrange bonheur, de ce singulier apaisement, de cette impression de totale liberté qu'elle avait éprouvés dans sa chambre de l'Hôtel Emperador de Madrid. Là encore, elle avait franchi une autre porte, gagné une autre rive, rejoint cette autre vie qui, elle le savait maintenant, dormait en elle. Un soir, en se couchant, elle dit à Cédric :

– Je ne sais pas ce que j'ai depuis quelque temps. Je suis nerveuse, agitée. Tout m'exaspère. Je crois que j'ai besoin de solitude. Je vais partir pour quelques jours.

– Je comprends, dit Cédric sur un ton pénétré.

Ce qu'il comprit moins bien, ce fut son choix : elle voulait aller à l'Hôtel de Paris, à Monte-Carlo.

– Je le connais, dit-il. C'est ça que vous appelez la solitude ? Vous allez y rencontrer la terre entière.

– Non, dit Emmeline. Plus un hôtel est grand, moins on en voit les clients.

– Tiens ! dit Cédric avec l'air de dire qu'on en apprend tous les jours.

Le premier après-midi, dans sa grande chambre (en la réservant, elle avait insisté sur la dimension), elle ne fit que traîner, prenant son thé lentement et s'attelant, mais paresseusement, à un livre qu'elle avait eu soin de choisir épais. C'était *La Montagne magique*, de Thomas Mann. Puis, son dîner pris dans sa chambre, elle pénétra dans sa soirée comme on entre dans un palais des mirages.

Le lendemain, non qu'elle en eût envie mais mue par cette idée qu'il n'est pas décent de séjourner dans une ville sans en prendre au moins une vue cavalière, elle sortit, parcourut quelques rues, s'attarda chez un antiquaire, passa devant le Casino et eut l'idée d'y entrer. C'était le premier Casino de sa vie. Elle se dit que cela ne pouvait que compléter son dépaysement. Elle prit sa carte, gagna les salons du fond, se fit donner des jetons. A cette heure-là, quatre heures de l'après-midi, il n'y avait pas beaucoup de monde. Emmeline s'arrêta devant une des tables de roulette.

– Jouez le dix-sept, dit une voix derrière elle. Quand je joue, je perds. Quand je conseille, je fais gagner.

Emmeline joua le trente-deux. Qui ne sortit pas.

– Je le savais, dit la voix derrière elle. Pourquoi ne m'avez-vous pas écouté?

Ce culot! Le dix-sept n'était pas sorti non plus. Elle se retourna. L'homme derrière elle était exactement ce à quoi, dans cet endroit, elle pouvait s'attendre : une publicité pour after-shave. Bronzé, toutes ses dents dans un sourire rectangulaire. Il la prit par le coude.

– Vous permettez? Nous pourrions aller prendre une coupe.

Elle se dégagea, sortit si précipitamment qu'elle en oublia de changer ses jetons, traversa la place. En arrivant à la porte-tambour de l'hôtel, elle regarda derrière elle. L'homme était sur le perron du Casino et, de loin, la saluait. Une demi-heure plus tard, on apportait à Emmeline un massif entier de roses rouges. Furieuse, elle demanda son compte, fit appeler un taxi, alla cantonner au Château de Madrid et là, résolument, en trois jours, pas une fois ne sortit de sa chambre.

C'était ce silence surtout, ce silence particulier aux grands hôtels, ce silence feutré, ouaté, un vague bruit parfois mais qui était encore comme un silence, feutré lui aussi, ouaté lui aussi, à peine un mince frisson sur l'eau, des pas dans le couloir mais aussitôt abolis, une sonnerie mais lointaine, un silence de fin du monde mais sans fin du monde. C'était cette solitude, cette solitude aussi protégée par la pancarte *Don't disturb* que par les plus épais remparts, cette solitude mais sans l'angoisse qu'ailleurs elle peut parfois susciter, une solitude jamais descendue jusque dans les profondeurs, retenue à la surface par ces bouées que sont les trois boutons pour le personnel et le téléphone au bout duquel il y a le portier, l'homme aux clefs d'or, toujours secourable et qu'aucune demande ne déconcerte. Il n'était pas jusqu'au prix de la chambre qui ne la révoltât, Emmeline, mais qui, en la révoltant, achevait de la projeter loin d'elle-même. En le multipliant par trois cent soixante-cinq, elle aboutissait à un loyer si considérable qu'il en devenait irréel et, lui aussi, un des éléments de cette autre vie. Enfin, dernier plaisir, à un étage inférieur mais pas négligeable : le bonheur de n'avoir plus à composer les menus de la journée. Ces menus, c'était son calvaire, à Emmeline (n'exagérons pas, son petit calvaire). Tous les jours, à devoir inventer autre chose, non pour les enfants qui, à part leur allergie pour les épinards, se montraient accommodants mais pour Cédric qui, trop bien élevé pour se plaindre, ne pouvait cependant pas empêcher un voile de tristesse de lui descendre sur le visage lorsque le déjeuner était médiocre ou qu'on lui servait la même chose à moins de huit jours d'intervalle.

Et pourtant, là, à mon sens, Emmeline a commis une erreur, si on peut appeler erreur quelque chose qui fait plaisir. Je ne parle pas spécialement de ce séjour-là. Mais c'est qu'elle avait recommencé. Deux mois après Monte-Carlo, elle était repartie pour Vienne, Vienne en Autriche, toujours dans le plus grand hôtel. Puis, cela avait été Londres. Où elle avait encore amélioré son expérience. A Monte-Carlo, elle avait déjà appris que, pour ces cures (c'était ainsi maintenant qu'elle les qualifiait), il était capital de ne se laisser distraire par personne. A Londres où, prise d'une fringale, elle avait réservé pour cinq jours, elle s'aperçut, le quatrième jour, qu'elle s'ennuyait et en tira la conclusion qu'au bout de trois jours la cure devenait, sinon néfaste, du moins inutile. Erreur cependant, ai-je dit. Ou erreur en tout cas à l'égard de Cédric. Devant ces fréquentes absences de sa femme, il commença à éprouver une certaine nostalgie de ses voyages à Paris. Depuis la fin de la guerre, il n'y était allé qu'une fois. Encore n'était-ce que pour régler le remboursement de Miss Fräulein et était-il rentré aussitôt. Un matin, au petit déjeuner, avec cette voix nuageuse et comme distraite qu'il prenait quand quelque chose lui tenait au cœur, il énonça :

— Cela fait longtemps que je n'ai plus été à Paris. Il doit y avoir du changement. Je devrais y faire un saut. Histoire de me tenir au courant.

En ajoutant que, cette fois, il emmènerait Rodolphe. Il était temps que ce garçon connût la capitale, le Louvre, la Sainte-Chapelle, enfin tout ce qui fait que Paris est Paris. Pour Guillaume, la question ne se posait pas. Aux dernières vacances de Pâques, il était allé passer quinze jours chez la tante Jeanne-Athénaïs et, des principales curiosités de Paris, n'avait apprécié que le Musée des Arts et Métiers.

– Cela vous changera les idées, mon garçon, dit Cédric. Et vous mettra peut-être un peu de raison dans la tête.

En effet, une quinzaine de jours plus tôt, ayant avisé, vers les deux heures du matin, trois hommes qui malmenaient une femme, Rodolphe s'était bravement jeté sur eux. Non seulement, à un contre trois, il en était sorti sérieusement éclopé mais, par-dessus le marché, cela avait valu à Cédric l'irruption dans son bureau, à l'usine, d'un père, flanqué d'un avocat, s'il vous plaît, venus réclamer, on croit rêver, des indemnités pour les ecchymoses d'un des trois aspirants violeurs, altercation dont Cédric n'avait pu se dépêtrer que grâce à l'entrée en force, règle de bureau au poing, de sa dévouée secrétaire. Bref, le lendemain, ils partaient, à deux, en voiture, et déjà sifflotant de plaisir. Il faut dire que, si Cédric aimait beaucoup ses trois enfants, il se sentait une affinité plus étroite avec Rodolphe. « Il m'amuse », disait-il pour voiler le sentiment plus profond qui l'habitait.

« J'ai nommé Aurore Pamina. Je n'en ai pas encore parlé », a écrit Gobineau dans un début de chapitre qui fait passer un frémissement. Je n'espère pas provoquer le même frémissement en écrivant : « J'ai nommé Rochecotte, je n'en ai pas encore parlé. » Je me reproche pourtant de n'avoir pas plus tôt précisé ses contours. Ce comte de Rochecotte (dont on apprendra avec intérêt qu'il descendait en ligne brisée de la fameuse Madame de Soubise. Si Aramon l'avait su !), ce Rochecotte donc était gros, ça, je l'ai déjà indiqué, mais si gros qu'on pouvait borner à cela son signalement. D'une grosseur dont il faut dire tout de suite qu'elle n'avait rien d'agressif ni de repoussant, d'où émanait au contraire une sorte de fraîcheur et même d'innocence. Avec ses yeux très bleus et son petit nez retroussé presque inexistant entre ses grandes joues, Rochecotte évoquait plutôt quelque chose d'intermédiaire entre la poupée gonflable et le cochon fraîchement rincé. Riche de naissance (Saint-Simon parle déjà des Rochecotte comme d'une des plus grosses fortunes de France), homme d'affaires avisé, président ou administrateur de vingt sociétés (voyez le *Who's Who*), membre du Jockey et des Cincinnati, il vivait en bonne intelligence avec son épouse, une petite femme, le visage comme un pruneau, un nez en bec de toucan et la voix du cormoran, bonne intelligence fortement facilitée par le fait qu'ils habitaient, l'une au premier étage, l'autre au deuxième d'un vaste hôtel particulier, entre cour et jardin, rue de l'Université, Rochecotte disposant en outre, pour ses maîtresses, d'une agréable folie, autre hôtel particulier, minuscule celui-ci, enfoui dans un jardin et sis rue de Berri.

Ses maîtresses, ai-je dit. C'est un contresens. Depuis sa vingt-septième année, Rochecotte n'en avait jamais eu qu'une seule : c'était la vedette de la revue des Folies-Caumartin. Quand la direction la changeait, Rochecotte, lui, ne changeait pas. Il se présentait immédiatement pour entretenir la suivante, et si largement qu'aucune ne songeait à refuser. Ah, si, pardon, en 1938, il s'en était trouvé une, « une conne » (pour reprendre la forte expression de Rochecotte), nantie d'un « zigoto », son mari à l'en croire (« son maquereau, oui ») auquel elle prétendait rester fidèle. Cela avait été, pour Rochecotte, une année bien éprouvante et il n'est pas interdit de soupçonner son intervention dans le fait qu'au bout de la saison cette inconsidérée ne vit pas renouveler son contrat. Entre ces vedettes successives, des vétilleux seuls auraient pu remarquer des différences. A ces vétilleux, on pourrait faire remarquer que, si Rochecotte avait continuellement gardé la même, elle aussi, avec l'âge, aurait changé.

Le premier jour, soucieux de ses devoirs de père, Cédric emmena son fils à la Sainte-Chapelle, lui en fit admirer les beautés, y fut sensible lui-même et regretta de n'y être pas venu plus tôt. Puis, ayant dîné et après avoir conduit Rodolphe jusqu'à l'entrée de la Comédie-Française, il se rendit aux Folies-Caumartin. Là, voyez les détours du destin, il retrouva Pomponnette, l'espiègle Pomponnette, un peu alourdie mais toujours son air mutin et devenue dame du vestiaire. Invité par elle dans son habitacle tapissé de manteaux, lui donnant un coup de main à l'occasion, Cédric ne vit rien du spectacle mais passa une excellente soirée à évoquer des souvenirs, apprenant avec intérêt les divers épisodes de la vie aventureuse de Pomponnette, apprenant avec peine le décès de son père, le vieux clown qui, en entrant en piste, disait si bien, avec l'accent de son ami Raimu : Woua, woua, woua, bonjour, les *pétits* enfants.

Le lendemain fut consacré à ce que Cédric appelait les curiosités. Cela allait du Louvre à la place d'Aligre, site urbain où il avait eu jadis une aventure et qu'il tenait à revoir, en passant par le pont Caulaincourt en hommage à Fantômas et par le Musée Carnavalet en hommage à Madame de Sévigné. C'étaient ses deux plus récentes lectures. Après quoi, Cédric ayant eu la faiblesse d'accepter une invitation à dîner chez la tante Jeanne-Athénaïs mais ayant eu l'esprit de ne pas parler de la présence de Rodolphe, de manière à lui épargner « ce furieux coup de barbe », ce fut Rochecotte qui se chargea du jeune homme. Il l'emmena dîner au Jockey-Club (« C'est un endroit qu'il faut avoir vu ») et le présenta à un robuste octogénaire qui sut trouver des accents émouvants pour évoquer le souvenir du comte Anthéaume, les tranchées de l'Argonne et un mémorable tableau de chasse en Sologne. Puis, dans sa voiture de plus de cinq mètres, avec chauffeur et bar incorporé, le gros homme exposa à Rodolphe que le Louvre, la Sainte-Chapelle et même le Jockey, tout ça, c'était très gentil mais que le secret de la vie était ailleurs. Ils arrivèrent ainsi aux Folies-Caumartin, empruntèrent un couloir étroit et encombré où c'était miracle que Rochecotte pût passer et débouchèrent dans la loge de la fameuse Souza Pinta, l'actuelle égérie du gros. Alors, là, Monsieur le Comte, bravo! Elle était superbe, Souza Pinta. Une Cubaine mais très foncée, des yeux d'émeraude, des épaules qui avaient le délié des amphores, une peau qu'on devinait délicieuse au toucher, un cache-sexe en argent et des plumes d'autruche sur la tête. En voyant ce joli jeune homme que lui amenait Rochecotte, elle éprouva une émotion et sut l'exprimer de la manière la plus délicate en exposant que, vraie bête de théâtre, elle tenait à être dans sa loge dès six heures du soir et particulièrement le lendemain, jeudi, jour pour lequel elle nourrissait une superstition. Rodolphe en prit bonne note puis, se rendant compte que, pour le reste de la soirée, il allait devenir un tiers incommode, il prit congé, s'arrêta un moment dans une boîte de nuit, n'y trouva rien d'intéressant et alla se coucher.

En matière d'amour, on a déjà pu le constater, Rodolphe n'était pas, comme on dit, tombé de la dernière averse. C'est avec impatience mais sans aucune timidité que, le lendemain, à l'heure dite, il franchit le couloir étroit. Sans ses plumes d'autruche et en peignoir rouge pelucheux, Souza Pinta était tout aussi belle et, là, sur le divan, heureusement assez large, qui occupait le fond de la loge, pris entre ces longues cuisses si soyeuses, ce ventre si doux, ces seins si fermes et qui sentaient le bois brûlé, Rodolphe sut enfin ce que pouvait être un corps somptueux, sut enfin ce que pouvait être le miracle de la création, put mesurer à quel point ce corps-là pouvait être différent de tous ceux qu'il avait connus jusque-là, corps étroits, corps étriqués, corps pudiques et donc stupides, toujours en deçà, avec des cris de bébé, ou corps vautrés, donnés avant d'être pris, déjà au-delà, étalés comme des mares, corps qui ne savent pas qu'ils sont arbres et fleurs et aussi merveilleux. Le corps de Souza Pinta était celui des premiers jours du monde. Le corps de Souza Pinta était la liberté. On voudra bien m'excuser si, dans ces lignes, par contagion, j'ai, moi aussi, éprouvé une émotion.

Hélas (mais faut-il dire hélas? Cette étreinte n'avait-elle pas été trop sublime pour ne pas rester unique?), le lendemain, Cédric annonça qu'ils repartiraient aussitôt après le déjeuner, qu'il le fallait, qu'Emmeline allait s'inquiéter (il est parfois désarmant, Cédric). Ce fut Rodolphe qui prit le volant. Ils étaient à peine sortis de Paris qu'ils avisèrent, sur le bord de la route, une jeune personne, sac au dos et le pouce renversé vers l'horizon.

– Nous la prenons? dit Rodolphe.

– Vous êtes fou! Pour faire de l'auto-stop, elle doit avoir un drôle de genre.

Rodolphe avait déjà fait reculer la voiture. La jeune personne s'installa à l'arrière et, à la seconde, disposition naturelle ou pensant ainsi payer son écot, elle se mit à jacasser. Agréablement, d'ailleurs. Saluons ce miracle : elle ne disait pas « j'sais pas », elle disait « je ne sais pas ». Elle avait une articulation juste qui passait sur les mots comme l'oiseau de branche en branche. Ajoutons qu'elle n'était pas mal, dans le genre menu, les yeux un peu petits, la bouche un peu grande. Selon ses dires (et je ne vois aucune raison d'en douter) elle allait pour quelques jours chez sa sœur qui était mariée à un quincaillier, à Issoire. Elle, elle était shampouineuse.

– Avec un charme comme le vôtre, les clients doivent affluer, dit Cédric.

Compliment dans lequel, n'en ayant sans doute pas une extrême habitude, la jeune personne crut voir une très nette avance. Impression qui se confirma lorsque, la nuit tombée, comme ils passaient devant un hôtel isolé et de bonne apparence, Cédric décréta qu'ils y passeraient la nuit.

– Bien entendu, vous êtes mon invitée.

Après le dîner pris dans une salle à manger à part eux déserte et meublée façon rustique, la jeune personne monta dans sa chambre et y passa une fort mauvaise nuit, le regard fixé sur la porte dont elle n'avait pas fermé le verrou, partagée entre l'espoir et la crainte, l'espoir que l'un des deux viendrait la rejoindre, peu importait lequel, la courtoise aménité du père l'ayant autant séduite que la joliesse du fils, et la crainte qu'ils ne vinssent tous les deux, ce qui aurait été une entorse à ses principes. Aucun des deux ne vint.

Le lendemain, à l'entrée d'Issoire, au moment de les quitter, elle leur tendit un bout de papier quadrillé sur lequel elle avait écrit son nom et son adresse à Paris. Cédric crut séant de lui remettre, en échange, sa carte de visite.

– Un comte! Tiens! dit-elle. Lui aussi? ajouta-t-elle avec un regard vers Rodolphe.

– Non, dit Cédric. Son frère. Après ma mort.

Il faut reconnaître que, pour quelqu'un de non prévenu, ce propos n'était pas transparent. Cette fois, ce fut entre trois sentiments que la jeune personne eut à se partager : le regret de n'avoir pas pu pousser plus loin l'exploration de ces étranges échantillons d'humanité, le soulagement d'avoir échappé aux abîmes que des gens comme ça devaient « coltiner » et la vague impression qu'on se payait sa physionomie.

Il y eut alors, pour Rodolphe, trois jours pendant lesquels il eut l'air si absent qu'Emmeline finit par s'en inquiéter. Elle en parla à Cédric.

– Que lui avez-vous fait faire à Paris? S'est-il passé quelque chose?

– A Paris? Rien que de très ordinaire, répondit Cédric en toute bonne foi.

Un matin, Rodolphe prit sa bicyclette et pédala jusqu'à la mer. Le ciel était sombre, la mer agitée, avec des vagues furieuses et de larges traînées d'écume. C'était l'exacte image de la tempête qui, en ce moment même, secouait Rodolphe. Tempête sur la mer, tempête dans son âme, tohu-bohu assourdissant dont on eût dit qu'il était lancé à sa poursuite et qui le rejoignait maintenant qu'avec sa bicyclette couchée à côté de lui, il s'était assis sur un vieux tronc d'arbre. Ce tohu-bohu ne suffisait pas à étouffer cette petite voix qui, elle aussi, le poursuivait, cette petite voix dans la pénombre, cette petite voix venue de si loin, de si près, cet appel contre lequel, pour ne pas l'entendre, il avait entassé ses aventures, ses amours, ses petites et grandes personnes, ses virées dans les boîtes de nuit, ses rixes, ses foucades, toutes ces choses qui, maintenant, grâce à Souza Pinta, lui paraissaient dérisoires. Grâce à Souza Pinta, grâce à cette fête qu'elle lui avait permis de vivre, grâce à ce corps somptueux qui, d'un seul mouvement des hanches, avait aboli tous les autres. Il lui semblait que ce corps somptueux avait été comme un dernier cadeau que lui faisait la vie, peut-être même voulu par Dieu, un cadeau dont les plumes d'autruche et le peignoir rouge pelucheux auraient été les rubans. Il reprit sa bicyclette. En rentrant, il trouva Emmeline qui descendait le grand escalier.

– Non, dit-il. Allons dans votre chambre. J'ai à vous parler.

Puis, en la tenant par les poignets, il se mit à rire.

– Rassurez-vous. Ce n'est rien de grave.

Ils remontèrent l'escalier, gagnèrent la chambre d'Emmeline. Il la fit asseoir sur le lit, s'agenouilla devant elle.

– Mère, je le sais maintenant, dit-il. J'ai décidé. Je veux devenir prêtre.

Avec stupeur, Emmeline s'aperçut qu'elle était à peine étonnée. C'était comme si cette nouvelle la rejoignait de très loin.

– Prêtre, dit-elle presque timidement. Moine?

Emmeline était assez pieuse pour accueillir avec bonheur la vocation de son fils. Elle ne l'était pas au point qu'il n'y eût encore en elle un reste de vanité ou de snobisme. Vocation pour vocation, elle aurait préféré moine. Bénédictin par exemple, avec leurs beaux offices. Ou prémontré, ordre plus rare, comme l'excellent Père Viaud avec qui elle avait un jour dîné chez les Raspassens.

– Non, pas moine, dit Rodolphe.

– Prêtre curé?

– Curé le jour où on m'en jugera digne.

L'idée qu'un Saint-Damien pourrait n'être pas digne d'être nommé curé provoqua encore en elle un sursaut. Il fut immédiatement submergé par une houle de tendresse. Doucement, elle caressa les cheveux de son petit garçon, de son grand garçon. Il leva la tête vers elle. Du pouce, sur son front, elle traça la petite croix.

XX

Et Marianca? Je sais, je sais, je devrais parler de
Marianca. Croit-on que je ne m'en rende pas compte? Mais que puis-je dire de Marianca? Je ne peux
pas inventer quand même! Marianca, pour moi,
c'est le mystère. Entre Emmeline et Cédric, si
transparents, elle reste opaque. Elle n'avait pourtant
que quinze ou seize ans lorsque, le fameux soir, sur
l'esplanade, de son pas glissé, elle était entrée dans
la famille. Se peut-il que déjà à cet âge, et en vivant
sous nos yeux, quelqu'un puisse rester cet inconnu,
cet atoll, cette île inabordable dont on peut encore
s'approcher et faire le tour mais dont on ne peut
plus pénétrer le secret? Je l'aimais bien pourtant.
Emmeline me téléphonait:

– Pour le dîner de ce soir, à côté de qui veux-tu
que je te mette?

– Pourquoi me le demandes-tu? Comme toujours. A côté de Marianca.

Emmeline, ça la faisait rire. Et à Marianca:

– Bien entendu, je vous ai mis votre soupirant. Il
m'arracherait les yeux si je le plaçais ailleurs.

Sur le large visage de Marianca, ne passait qu'une
expression amusée. Amusée mais amicale. Après ces
dîners, c'était presque toujours avec moi qu'elle
s'isolait sur un des canapés du salon ou, à la

Mahourgue, sur une des balancelles de l'esplanade. De loin, je voyais, posé sur nous, le regard bénisseur d'Emmeline. Qui, en l'occurrence, ne bénissait rien. Nous ne parlions que de choses indifférentes.

– Tu devrais l'épouser, me disait Emmeline. Je t'assure!

Quand, comme je l'ai déjà raconté, elle était venue me voir un jour pour me parler de la somme léguée par le comte Anthéaume, ce n'était, selon elle, que pour me demander un renseignement d'ordre juridique. Je n'ai pas encore eu l'occasion de le dire : je suis avocat. Plaidant rarement d'ailleurs, vu que mon père m'a laissé quelques rentes, pas grand-chose, et que je suis peu porté au labeur. Maintenant, en écrivant, le soupçon me vient que peut-être le dessein principal d'Emmeline était non certes de m'allécher (le trésor de Marianca n'était pas considérable à ce point-là) mais au moins de me rassurer, de m'indiquer qu'en épousant Marianca, je n'assumerais pas une charge incompatible avec la minceur de mes revenus.

– Quand vas-tu te décider? Je ne veux pas te voir finir en vieux garçon, comme Aramon.

Parole qui, comme il arrive souvent, devait, tel un exorcisme, voler à travers l'espace et s'en aller jusqu'en Espagne chercher son démenti : trois semaines plus tard, Emmeline recevait une lettre d'Aramon lui annonçant son mariage avec une demoiselle-archiviste du Ministère des Affaires étrangères. Il l'avait, selon ses termes, adroitement « tonnelée » bien qu'elle eût commencé par lui « chanter pouilles » sur son âge.

Dix fois, j'ai cru que Marianca avait un amant tant je la voyais apaisée. Dix fois, j'ai cru qu'elle n'en avait pas tant je la voyais sereine. Lors des soirées dans le grand salon ou l'après-midi à la Mahourgue, je ne me lassais pas de scruter ce beau visage large, ces pommettes hautes, ces yeux verts, ce sourire qui lui était particulier et que je ne sais comment définir, un sourire qui lui abaissait les deux coins de la bouche et qui lui amenait, de chaque côté, deux fossettes. Un jour, il y avait si longtemps maintenant, avec cette voix d'oiseau qu'il prenait lorsqu'il s'aventurait dans la galanterie, Aramon lui avait dit :

– Ma chère enfant, savez-vous que votre sourire est comme une citation? Il est entre guillemets.

Phrase qui nous avait fait beaucoup rire et qui était même devenue un des lieux communs de la famille mais qui, à sa manière (et peut-être sans qu'Aramon eût vu si loin), rendait assez bien compte de ce que ce sourire avait à la fois de lumineux et de secret, comme si, en effet, telle une citation, il fût venu d'ailleurs ou qu'il constituât une référence à autre chose.

Elle était devenue fort élégante aussi. D'une élégance réservée, toujours un peu en retrait d'Emmeline qui, elle, sur ce point, donnait volontiers dans le téméraire. Son rôle dans la maison n'avait pas cessé de grandir. C'était elle maintenant qui, au grand soulagement d'Emmeline, décidait des menus et se chargeait des instructions à la cuisinière. En ville, au début, cette intimité avait fait jaser. Une rumeur avait même couru qui incriminait les mœurs d'Emmeline. Le duc d'Aspre, toujours chevaleresque, avait dû, un jour, en public, rabrouer sèchement une de ces clabaudeuses. Heureusement, trois mots lui avaient suffi. Depuis, la rumeur avait disparu. On croit intéresser les autres. On ne les intéresse jamais longtemps.

Un jour, à la Mahourgue, en rentrant d'une promenade avec elle, tant cette constante sérénité m'enrageait et persuadé, en brave imbécile, que faire l'amour et faire connaissance, c'était tout un, je bafouillai une phrase dans laquelle, en prêtant bien l'oreille, Marianca aurait pu déceler que, ce soir-là, je l'attendrais dans ma chambre. Sur le large visage de Marianca, rien n'a passé. C'était minable. J'aurais volontiers, comme Guillaume, cherché un drap blanc pour me cacher dessous. C'est sans y croire que j'ai laissé ma porte ouverte. Marianca n'est pas venue.

Puisque j'en suis aux aveux, autant confesser cet autre trait dont je suis encore moins fier. L'ayant un jour vue de loin, dans la rue, en ville cette fois, je l'ai suivie. Après un arrêt dans un négoce, puis dans un autre, elle est entrée, rue du Carré-du-Roi, dans une maison à un étage, un peu en retrait et précédée d'un jardinet. Là, j'ai été troublé. A peine huit jours plus tôt, comme j'étais sorti du Palais de Justice en compagnie du commissaire Lambertini, celui-ci, en passant devant cette maison, me l'avait désignée d'un mouvement de menton, en ajoutant qu'elle lui donnait bien du tintouin, pas la maison, mais ses occupants.

– De drôles de paroissiens.

– Qu'entendez-vous par là?

– Si je le savais! Des Espagnols, ça, au moins, j'en suis sûr. Papiers en règle. Mais pour le reste, profession, ressources, raisons de ce séjour, l'obscurité totale. Des antifranquistes, certainement. Qui doivent machiner quelque chose. Ça, j'en mettrais la main au feu. Ou alors une planque pour des séparatistes.

– Nous ne sommes pas si près de la frontière.

– Précisément, avait conclu Lambertini avec cet air sagace que peuvent prendre les commissaires. Allez, à la revoyure, Maître. Je vous en ai déjà trop dit.

212

Au premier dîner qui suivit, j'en touchai un mot à Marianca. Sans la moindre trace d'embarras, elle m'expliqua que, sur les conseils d'Emmeline, elle avait acheté cette maison comme placement et pour en retirer un loyer. Elle l'avait, en effet, louée à deux couples d'Espagnols qui lui avaient paru très convenables et qui, en tout cas, lui payaient très régulièrement leurs loyers. Sous le calme regard de ses yeux verts, mon mouvement de méfiance ou d'inquiétude disparut. Il devait me revenir à propos d'un autre incident dont on conviendra, je pense, qu'il était plus troublant. Un après-midi, Marianca rentra, le visage pour une fois très animé et, avec une expression de joie presque enfantine, elle exhiba le passeport qu'elle venait d'obtenir. (Il va sans dire que, depuis longtemps, Cédric s'était occupé de régulariser sa situation.) Ce passeport, elle déclara aussitôt qu'elle voulait l'étrenner et que, si Emmeline n'y voyait pas d'inconvénient, elle allait faire un petit voyage.

– Bien sûr, dit Emmeline. Nous avons tous besoin parfois de solitude. Où comptez-vous aller?

– En Espagne.

– En Espagne? dit Emmeline étonnée. Tiens, pourquoi? Vous connaissez déjà.

– Non, dit Marianca. Je n'ai presque rien vu.

Elle partit. Revint. Assez vite, au bout d'une huitaine de jours.

– Déjà? dit Cédric. L'Espagne ne vous a pas intéressée?

– Si, si. Beaucoup.

Il ne me resta qu'à sursauter à peu près jusqu'à mon lustre en lisant dans le journal, un matin, à mon petit déjeuner, qu'un policier nommé Vaqueiros avait été retrouvé assassiné dans son appartement. Le sort des policiers espagnols n'intéressant pas énormément les lecteurs de l'Hérault, l'article était court. Il précisait cependant que Vaqueiros ayant été mêlé récemment à l'arrestation d'un membre important du parti communiste clandestin, et bien que l'action n'eût pas été revendiquée, il s'agissait de toute évidence d'un attentat politique. Je courus chez Emmeline. Je la trouvai en tablier rose, les cheveux dans la figure, occupée à coller sur un cadre de minces feuilles d'or.

– Tu as lu le journal?

– Attends, me dit-elle. Ne bouge pas surtout. Ces feuilles d'or sont si légères qu'un souffle les fait s'envoler. Sais-tu avec quoi j'opère? De la colle au fiel de bœuf. Il paraît que c'est une recette du Moyen Âge. Tu sais, pour les psautiers.

Mon journal à la main, je trépignais.

– Écoute, lis ce journal.

Elle le prit, lut l'article.

– Tiens! dit-elle.

Puis :

– Un salaud de moins, c'est ça qui t'agite?

– Mais Marianca...

– Quoi, Marianca?

– Regarde la date. Marianca était en Espagne.

– Et alors? Il y a des tas de gens qui vont en Espagne. S'ils tuaient tous des policiers, ça se saurait.

Elle eut ce joli rire rauque devant lequel je succombais toujours.

– Allons, mon chou, dit-elle. Tu lis trop de romans policiers.

A part que je n'en lis jamais, c'est, comme on sait, la réponse qu'on réserve généralement aux gens qui frôlent la vérité.

XXI

Parce qu'il avait fait son service militaire dans l'artillerie, arme réputée réfléchie et, plus encore, parce qu'il était le seul dans la famille à savoir réparer les plombs, Guillaume passait pour un garçon avisé. Aussi suscita-t-il de l'intérêt lorsque, au cours d'un dîner auquel assistaient les grands-parents Ricou, il déclara que lui était venue l'idée d'une brillante affaire. Étant allé passer quelques jours à Antibes avec des amis, il y avait remarqué, dans une boutique du port, de grands mouchoirs, fort bariolés, en provenance de Taiwan, ce qui expliquait leur prix assez bas. Eh bien, à son idée, à Guillaume, cousus deux par deux, ces mouchoirs devaient faire de très bons shorts que leur pittoresque promettait à un immédiat succès.

– Tope là, mon garçon, dit Ricou enchanté de voir un membre de la famille s'intéresser enfin aux affaires. Mets-moi ça sur pied. Je finance l'opération.

En foi de quoi, Guillaume passa commande de vingt mille mouchoirs, loua un atelier dans une des petites maisons sises en contrebas de la Promenade du Peyrou, engagea quatre couseuses, apprit avec stupeur l'existence de la Sécurité sociale et se trouva bientôt à la tête de dix mille paires de shorts.

Grâce à sa mère, cliente respectée – et en attendant les résultats d'une correspondance déjà engagée avec divers négoces de la Côte et même avec le Marché Saint-Pierre à Paris – il put en mettre un certain nombre en dépôt-vente dans quelques magasins de la ville. Malheureusement, il apparut assez vite que ces shorts présentaient un inconvénient sérieux : mis par des femmes, ils laissaient voir leur sexe ; mis par des hommes, ils le laissaient pendre à l'air. Au bout d'un mois, il ne s'en était vendu que huit. Encore fallut-il en rembourser six, les deux derniers ayant été acquis, selon toute probabilité, par un exhibitionniste. A ces deux exceptions près, les dix mille shorts furent entreposés dans le grenier où, de temps en temps, Eugène allait en prélever quelques-uns pour les reconvertir en serpillières. Même en serpillières, ils ne convenaient pas tellement.

Ce fut le moment que choisit Ricou pour mettre au jour un projet sur lequel, depuis quelque temps, il avait déjà consulté sa femme. Au cours d'un autre dîner en famille, chez lui cette fois, après avoir frappé son verre de son couteau pour réclamer l'attention, il prit la parole pour déclarer qu'il avait maintenant son âge (ce propos pourtant évident provoqua un chœur de protestations affectueuses), qu'il lui fallait songer à assurer sa succession à la tête de l'usine, que Cédric, il le voyait bien, malgré ses hautes qualités et son intelligence hors pair (il osa le dire), n'avait pas la passion qu'il fallait – il ne le lui reprochait pas, d'ailleurs, on est ce qu'on est et chacun fait son lit comme il se couche – et que, dans ces conditions, il proposait de prendre Guillaume à ses côtés et de l'initier à la direction de l'entreprise. Guillaume aussitôt protesta. Ce qui l'intéressait, lui, il l'avait compris maintenant, l'expérience des shorts l'ayant éclairé, c'était l'agriculture. L'agriculture! Autour de la table, il y eut un hourvari. Emmeline invoqua l'antique adage selon lequel, des trois manières de se ruiner, le jeu, les femmes, l'agriculture, c'était l'agriculture la plus expéditive. Guillaume rétorqua qu'il reconnaissait bien là les vieux tabous et les encroûtements de l'âge (c'est agréable à s'entendre dire, ces choses-là), que, bien au contraire, grâce à la mécanisation, l'agriculture allait connaître un renouveau prodigieux et, comme son père lui faisait remarquer que partout les paysans « foutaient le camp », il énonça avec feu que c'était tant mieux, que cela laissait le champ libre tant à la modernisation qu'à la concurrence. Enfin! poursuivait-il, n'était-il pas dommage, n'était-il pas criminel de posséder un domaine comme la Mahourgue et d'en laisser l'exploitation à un régisseur, honnête homme mais forcément sans initiative, sans idées? Des idées, il en avait, lui, Guillaume, et à revendre. Précisément, dans un journal spécialisé, il avait lu un article sur les remarquables saillies d'un certain taureau présentement domicilié dans un ranch de l'Oregon. Transplanté en France, ce taureau rapporterait de l'argent gros comme lui. Bref, il fut décidé que, malgré les mécomptes de Guillaume en matière de shorts, il fallait lui donner cette nouvelle chance.

Il partit pour les États-Unis, le sentiment d'importance qu'il en tirait ayant au moins l'avantage de lui faire oublier l'anxiété que d'aucuns éprouvent en prenant l'avion pour la première fois. Atterri à New York, il en repartit pour l'Oregon. Dans cet autre avion, il eut le plaisir de voir s'asseoir à côté de lui une fort jolie fille, les deux dents de devant très écartées et que sa qualité de Français intriguait. En complétant le quart de français qu'elle connaissait par le tiers d'anglais que pratiquait Guillaume, ils purent avoir une conversation très animée. Arrivés à Portland, la jolie Orégonaise invita Guillaume à passer quelques jours chez ses parents qui habitaient un ranch à deux pas, c'est-à-dire à trois cents kilomètres. Là, mis en présence d'un père en chemise à carreaux et d'une mère qui confectionnait elle-même ses crêpes, Guillaume se crut en plein cœur de la plus modeste paysannerie américaine, en éprouva un vif plaisir et, sans du tout s'en rendre compte, adopta le ton de condescendante bienveillance du châtelain en visite chez ses métayers. C'était, de sa part, dans la meilleure des intentions. Très séduit par la jeune Orégonaise, voyant dans ses dents écartées un présage de bonheur (ce préjugé est assez répandu) et visiblement payé de retour, il en était déjà à envisager le mariage mais se demandait avec anxiété comment faire accepter à ses parents une union si inégale. Un autre aurait remarqué que, des deux tableaux accrochés dans le living, le premier était de Manet, le second d'Utrillo. Un autre n'aurait pas manqué de noter que, lors des promenades à cheval auxquelles l'entraînait la jeune Orégonaise, ils pouvaient chevaucher trois heures sans franchir les limites du domaine. Un autre enfin, en entendant la ménagère aux crêpes dire à son mari : « Quand tu seras gouverneur de cet État », n'y aurait pas vu un simple échantillon de l'humour orégonais. (En effet, deux ans plus tard, le père de l'Orégonaise devait accéder à cette haute charge et même envisager de se présenter à la prochaine convention républicaine comme candidat à la présidence.) Malheureusement pour lui, Guillaume n'était pas un autre. Il décida que, tel Horace avec les Curiaces, il ne fallait pas affronter tous les problèmes en même temps, qu'il devait d'abord régler cette affaire de taureau. Après quoi, fort du triomphe que lui apporterait cet animal, il pourrait plus facilement faire accepter ce mariage avec la fille d'un fermier. Il prit donc congé, jura qu'il reviendrait, gagna le ranch où gîtait le taureau, tourna autour d'un air de connaisseur, en fit l'emplette, à un prix considérable, le baptisa Du Guesclin et, dans son impatience, le fit embarquer à bord d'un avion. Personne n'avait songé à lui dire qu'à partir de sept ou huit mille mètres d'altitude, certains taureaux sont pris d'une langueur dont ils ne se relèvent pas. Installé à la Mahourgue, confronté avec les plus séduisantes vaches du département, Du Guesclin ne souleva même pas les paupières. Consultés, trois vétérinaires, successivement, se déclarèrent, eux aussi, impuissants. Il fallut revendre Du Guesclin au prix de la viande sur pied.

Guillaume en fut très accablé et, par un phénomène d'osmose que toutes les âmes sensibles comprendront, cet accablement entraîna avec lui le cher projet concernant la jeune Orégonaise. Guillaume ne répondit même pas aux deux lettres pourtant touchantes qu'elle lui écrivit. En revanche, un mois plus tard, ayant repris du poil de la bête, il voulut se lancer dans une nouvelle entreprise : l'élevage des poulets, animal qui lui paraissait d'un maniement plus commode que le taureau. Il commença par déshonorer un bout du parc de la Mahourgue en y faisant construire un long baraquement de fibrociment et de tôle ondulée et y installa trois mille poulets. On n'a jamais su ce qu'ils avaient, ces poulets. Au début de l'hiver, il n'en restait plus que quatre cents et encore n'avaient-ils pas bonne mine.

Cette fois, le père Ricou se fâcha. C'est en plein après-midi, ce qui indiquait assez la gravité de la situation, qu'il fit irruption chez les Saint-Damien. Avec ces trois expériences qui lui avaient coûté « la peau du dos », pour reprendre cette savoureuse expression de chez nous, il s'estimait maintenant en droit d'exiger que Guillaume vînt enfin le rejoindre à l'usine. Mandé dans le grand salon, Guillaume s'obstina. Non, il n'irait pas à l'usine. Il avait des idées. Il voulait les mener à bien. Ses mécomptes ne signifiaient rien. Ils étaient le sort ordinaire des grands inventeurs. Le père Ricou en perdit son sang-froid.

– C'est quand même malheureux! alla-t-il jusqu'à dire. Pour une fois que j'ai besoin de la famille, je n'y trouve qu'un cureton et un crétin.

Le mot cureton était de trop. Emmeline le releva sur un ton glacial et Cédric eut un moment le haussement de sourcils du comte Anthéaume pour déclarer qu'il valait mieux briser là. Ils se quittèrent brouillés. Dans la semaine qui suivit, et sans en souffler mot à sa femme, le père Ricou se fit recevoir dans la loge locale.

XXII

Au cours de la discussion à laquelle nous venons d'assister, on n'aura peut-être pas remarqué un mot qui a échappé à Ricou et qui, à mon sens, donne à la scène un éclairage particulier. C'est lorsqu'il a dit : pour une fois que j'ai besoin de la famille. Besoin, ce n'était pas un mot à lui, ça. Ricou professait volontiers que, s'étant fait de ses mains, il n'avait jamais eu besoin de personne.

C'est sur ce point-là que quelque chose s'était modifié. Dans la première proposition de Ricou, celle d'avant le taureau, il n'y avait encore que le désir d'assurer la pérennité de son entreprise. Dans la seconde, il y avait de la détresse ou, au moins, un appel au secours et, s'il n'y avait pas eu ce mot de « cureton » sur lequel tout le monde s'était buté, les Saint-Damien, je pense, ou au moins Emmeline, s'en seraient rendu compte. Ricou avait toujours eu ce qu'on appelle une mauvaise santé de fer en ce sens que, en soixante-dix ans ne s'étant pas alité un seul jour, il était continuellement parcouru de maux variés contre lesquels, ne croyant pas aux médecins, il avait pris comme seul remède un régime alimentaire calculé avec la précision d'un géomètre. Mais, dernièrement, s'étant réveillé avec une forte douleur dans le bras et cette douleur persistant, il s'était décidé enfin à consulter un médecin. Celui-ci, après examen, lui apprit que, sans le savoir, il avait eu un petit infarctus et que, sous peine de redoutables conséquences, il lui fallait, sinon renoncer à son labeur, au moins s'y faire sérieusement seconder. C'était cette aide-là, ce soulagement-là que, sans vouloir l'avouer, Ricou était venu demander à Guillaume. Ne pouvant compter sur lui, et moins encore sur Cédric, il partit pour Paris, y déjeuna huit jours d'affilée avec divers correspondants, tempéra ces excès en se couchant à neuf heures et demie et revint en ramenant avec lui un certain Monsieur Fleurquin, un homme d'une quarantaine d'années mais sur lequel on avait l'impression qu'il avait beaucoup plu, assez grand quand il était assis, assez petit quand il était debout, tant il avait les jambes courtes et le torse long, la poitrine en bréchet, le tout complété par un regard qui, si j'ose dire, faisait eau de toutes parts et dont la mission principale semblait être non de se fixer sur un interlocuteur mais d'aller traquer la poussière dans les coins ou sous les fauteuils. Cette curiosité anatomique fut élevée par Ricou aux grades et dignités de Sous-directeur général adjoint, nomination qui laissa Cédric impavide alors qu'Emmeline en éprouva un long frémissement. Cet étranger dans l'usine, et à ce poste-là, lui paraissait de triste augure.

Souci dont elle fut momentanément distraite par une autre péripétie : une lettre de la tante Jeanne-Athénaïs portant en tête la mention « Importante. R.S.V.P. », ce qui semblait indiquer que la bonne tante ne nourrissait guère d'illusions sur l'intérêt de ses lettres habituelles. Par cette lettre, elle invitait Cédric, « la chère Emmeline si elle veut bien se déranger » et surtout Guillaume à venir prendre le thé chez elle le jeudi 26 octobre suivant (c'était à

quinze jours de là) pour une affaire dont les conséquences pouvaient être capitales, le mot étant souligné.

Bien qu'Emmeline eût tout de go déclaré que,
d'après les termes mêmes de sa lettre, la tante
Jeanne-Athénaïs ne tenait pas du tout à la voir et
que donc elle n'irait pas (entre elles, pour reprendre son expression, cela n'avait jamais tout à fait
cordé), bien que Guillaume y eût ajouté quelques
commentaires désobligeants sur l'état mental de sa
grand-tante, cette lettre ne pouvait pas être prise à
la légère. Outre que la tante Jeanne-Athénaïs était
née Saint-Damien et donc sacrée, elle disposait
d'une grosse fortune (rien que sa maison de Saint-
Cloud déjà, avec ses dix mille mètres de terrain,
plus une douzaine d'appartements dans Paris, plus
un portefeuille qu'elle gérait avec une rare compétence). Cette fortune, elle avait déjà annoncé qu'elle
la léguerait entièrement à Guillaume, non qu'elle
l'estimât particulièrement (dans ses lettres, elle
disait : que devient notre bricoleur?) mais parce
que, selon elle, le partage des patrimoines était la
cause principale de la décadence de l'Occident.

– Ma chère amie, trancha Cédric, vous ferez ce
que vous voudrez. Comme toujours, d'ailleurs. Mais
Guillaume et moi, nous devons y aller.

A son avis, cette invitation ne pouvait avoir
qu'une explication : soucieuse d'éviter à son petit-
neveu les frais de succession, la bonne tante devait
avoir envisagé une donation entre vifs d'au moins
une partie de sa fortune.

Il s'agissait bien de cela! A leur arrivée à Saint-
Cloud, Cédric et Guillaume se virent confrontés
avec une famille composée d'un père qui, bien
qu'habillé très strictement, fleurait le tweed du
gentilhomme campagnard, d'une mère qui avait

certainement plus de dents que la moyenne des gens et qui donnait l'impression de mordre ses mots au passage, d'une grand-mère sourde comme une lanterne et enfin d'une très jeune fille, brune, coiffée à la chien fou et le regard fort éveillé. En y ajoutant, bien entendu, la tante Jeanne-Athénaïs elle-même, sa carrure de grenadier, ses yeux d'un gris acier et son sourire mince de femme prête à affronter un interrogatoire au quatrième degré.

Restée veuve après quarante-deux ans d'une vie conjugale passée tantôt dans des villes de garnison, tantôt à Vienne et à Ankara où son mari avait été attaché militaire, la tante Jeanne-Athénaïs s'était découvert sur le tard une vocation de marieuse. Son renom dans ce domaine s'était si bien établi que, pas plus tard que l'année dernière, un grand hebdomadaire féminin lui avait dépêché une de ses collaboratrices pour l'interviewer. Dans l'esprit tant de la rédactrice en chef que de la jeune intervieweuse, une nabote à queue-de-cheval et une verrue sur la joue, il s'agissait, à propos de cette marieuse, comtesse de surcroît, veuve de général par-dessus le marché, il s'agissait, dis-je, d'aboutir à un « billet d'humeur » destiné à faire se plier en quatre les six cent mille lectrices dudit hebdomadaire. C'était compter sans la tante Jeanne-Athénaïs. Parfaitement consciente des intentions malicieuses de la nabote, elle commença par lui offrir un whisky-sour, ce qui déjà la décontenança. Puis, témoignant de la sûre maîtrise des hommes politiques et des romanciers consacrés qui ont souvent soin de donner les réponses avant les questions, elle attaqua.

– Ma petite, vous croyez peut-être que je leur fais faire des mariages de raison...

– Bin, dit bêtement la nabote.

– Fi donc, quelle horreur! Est-ce que j'ai fait un

mariage de raison, moi? J'en étais folle, de mon beau lieutenant.

– Et s'il n'avait été que simple soldat? dit la nabote cette fois avec plus d'à-propos.

– Je n'avais aucune raison de rencontrer un simple soldat, rétorqua la tante Jeanne. Ma petite, le secret de ma méthode est simple : je déplace le coup de foudre.

– Expliquez-moi ça, dit la nabote en enclenchant son magnétophone.

– Vous, dans votre fichu monde moderne, qu'est-ce que vous faites? Vous voyez un bonhomme. Il vous plaît. Vous avez le coup de foudre. Vous l'emmenez dans votre lit...

– Jamais le premier soir, dit la nabote avec décision.

– Ou vous ne l'emmenez pas. Cela ne change rien à l'affaire. Votre erreur, c'est que vous commencez par le coup de foudre. Et c'est alors seulement, déjà éprise, déjà mordue, que vous partez à la découverte de l'individu. Vous vous apercevez alors que vous n'avez rien de commun, que vous aimez les boîtes de nuit et que, lui, il déteste. Qu'il est mal élevé alors que vous êtes plutôt du genre chochotte. Qu'il est bête alors que vous êtes fine comme un cheveu...

– Que je suis riche et qu'il est pauvre, dit la queue-de-cheval dans une intention polémique.

– Mais oui, ça aussi. Je connais deux sortes d'imbéciles, ceux pour qui l'argent est tout et ceux pour qui il n'est rien. Et alors qu'est-ce qui se passe? Ou bien l'un entreprend de convertir l'autre et ça rate. On ne convertit jamais personne. Ou alors il y faut vingt ans. Et ce sont, tous les jours, des discussions, des disputes, des scènes, des sanglots...

– N'en jetez plus, dit la queue-de-cheval.

– Tandis que, moi, ma petite, je ne mets en présence que des gens qui, à part l'amour, sont déjà d'accord sur tout. Goûts, milieu, éducation, vie à Paris ou à la campagne. Revenus aussi, parfaitement. Mais des gens qui ne s'aiment pas, voilà le point capital. Qui ne s'aiment pas encore. Forcément, puisqu'ils ne se sont jamais vus. Des gens d'avant le coup de foudre. Intacts. Après cela, si le coup de foudre se produit, bravo, alléluia, c'est la dernière pièce du puzzle et il n'y a plus qu'à rédiger les lettres de faire-part. Et s'il ne se produit pas, eh bien, tant pis. On se dit au revoir. Enchantés de vous avoir connus. Pas de regrets, pas de déchirement. Ou même le soulagement de l'avoir échappé belle. Mademoiselle, j'ai actuellement à mon tableau de chasse dix-huit mariages. Tous heureux. Je peux vous montrer des lettres. Et un seul divorce. Un sur dix-huit. C'est très inférieur à la moyenne nationale.

– Et si un des deux a le coup de foudre et l'autre pas ?

– Ça, ma chère, dit la tante Jeanne. Ce sont les risques de parcours.

On comprendra et on excusera le sentiment qui lui fit ne pas évoquer une autre de ces entrevues à la suite de laquelle le futur fiancé s'était enfui avec son aspirante belle-mère et s'était réfugié avec elle dans l'île de Spetsai où, depuis, ils vivaient parfaitement heureux en tenant, à quelques pas du port, un restaurant voué aux spécialités du Quercy, ce qui fait que, même cette affaire-là, on pouvait encore la présenter non certes comme une réussite matrimoniale mais au moins comme un joli triomphe de l'amour.

Cependant, autour des tasses de thé, la conversation avait fait de sérieux progrès. Les Saint-Damien avaient ainsi appris que leurs interlocuteurs, dont le nom était excellent, possédaient, dans le Bourbonnais, des biens tout à fait comparables aux leurs. Appris aussi que la jeune demoiselle s'intéressait beaucoup à l'agriculture, qu'elle montait comme feu Franconi, qu'elle savait conduire un tracteur et, sur une allusion taquine de la tante Jeanne-Athénaïs, elle fit remarquer, avec un joli rire frais, qu'avec elle les trois mille poulets n'auraient pas connu un si funeste destin. Sur quoi, conformément à l'usage, la tante Jeanne envoya « ces chers enfants » visiter le jardin. La grand-mère sourde en profita pour entrer au petit trot dans la conversation. Elle égrena quelques souvenirs, racontés brillamment, avec ce léger inconvénient pourtant que, depuis une attaque qui lui était survenue en 1938, elle avait tendance à intervertir les syllabes. Elle raconta notamment que, pendant l'Occupation et comme un régiment allemand avait causé quelques dommages dans ses prés, elle en avait interpellé le colonel en ces termes : « Loconel, vos hommes se conduisent comme des falpreniers. » Tout cela ne s'annonçait pas mal et, en prenant congé, Cédric eut un propos amène pour évoquer un prompt revoir, avec Emmeline cette fois.

À ce détail près qu'à peine sorti de chez la tante Jeanne, Guillaume exhala sa mauvaise humeur. De quoi se mêlait-on? N'était-il pas assez grand pour choisir sa femme tout seul? Il n'en voulait pas, de cette pimbêche! « Même pas bien coiffée. » En réalité, avec plus d'esprit qu'on n'aurait pu s'y attendre de sa part, il avait aussitôt entrevu qu'avec cette fille-là et son petit air volontaire, il lui faudrait « se gêner », se raser dès le matin, ne pas traîner en robe de chambre, ne pas fumer de cigares dans son

227

lit, toutes choses qui, à ses yeux, constituaient l'essentiel de sa personnalité.

Rentré dans ses foyers, soit qu'il se sentît traqué, soit par simple esprit de contradiction, soit même amour véritable et revenu à la surface, ayant définitivement rangé dans le tiroir aux souvenirs le projet concernant la jolie Orégonaise, il entreprit de se rabibocher et sait-on avec qui? Avec cette Muriel Lepoutre dont on n'a pas oublié, j'espère, la brève apparition. Entre-temps, Muriel était devenue hôtesse de l'air et s'en revenait régulièrement de Caracas ou de Mogadiscio comme d'autres rentrent de Levallois-Perret. Guillaume l'emmena trois fois prendre des alexandras au bar de l'Hôtel Métropole ou dans le petit jardin annexe, endroits très convenables, demanda à être présenté à son père, sut trouver des accents émouvants pour se faire pardonner l'incident du tas blanc, témoigna d'un vif intérêt pour la plomberie (qui l'intéressait vraiment) et, un soir, à table, en famille, la mine butée, la tête dans les épaules, il annonça que c'était tout réfléchi, qu'il allait se marier, qu'il avait trouvé la femme qui...

– Le nom de cette pétasse? dit Isabelle qui, du haut de ses seize ans, donnait assez dans l'impertinent.

Ce propos suscita diverses réactions : un sec rappel à l'ordre d'Emmeline, un sourire aussitôt réprimé de Cédric, un tapotement de la main de Marianca sur celle d'Isabelle.

– Eh bien, dites-nous son nom, enchaîna Cédric.

– Muriel Lepoutre.

– Lepoutre? dit Emmeline avec un regard ailé autour d'elle comme pour feuilleter en pensée son carnet d'adresses. Quels Lepoutre?

– La fille du plombier, dit Guillaume.

– Du plombier !

– C'est un gag, dit Isabelle.

Emmeline et Cédric avaient sursauté mais moins qu'on n'aurait pu le penser. Depuis un certain temps, et particulièrement depuis l'affaire du taureau, ils en avaient pris leur parti : Guillaume était « imprévisible » et, par-dessus le marché, c'était « une vraie bourrique ». Le heurter de front ne servirait qu'à le faire s'obstiner.

– Mon cher enfant, dit Emmeline, croyez bien que nous respecterons toujours les choix de votre cœur. Même si vous veniez nous parler d'une... d'une Chinoise, par exemple. A fortiori, la fille de ce Lepoutre, poursuivit-elle plus rapidement. Que je connais. Qui est un homme excellent. Mais, y avez-vous songé, les mariages de ce genre...

S'ensuivirent divers arguments trop rituels pour que j'en alourdisse mon récit.

– Ne croyez-vous pas ?

– Non, dit Guillaume.

Non, il ne croyait pas.

Cela finit par ce que Aramon aurait appelé un mezzo termine et que Cédric qualifia plutôt de gentlemens' agreement. On était à la fin mai. L'été s'annonçait et, avec lui, l'habituel départ pour le domaine. Cela donncrait à Guillaume le temps de réfléchir. La chose en valait la peine.

– Après tout, on ne se marie que trois ou quatre fois, dit Isabelle qui fut immédiatement priée de se taire.

Si, en septembre, Guillaume persistait dans son dessein, ses chers parents, promis, juré, s'incline-raient. Emmeline avait déjà son idée : elle tablait sur sa garden-party du mois d'août. Garden-party qui, cette année-là, fut particulièrement brillante, Emmeline ayant pris soin d'inviter toutes les jolies filles qu'on avait pu lui signaler. Pour le plus grand plaisir de Cédric qui papillonna avec entrain. En pure perte pour Guillaume. Furieux qu'on n'eût pas invité Muriel (je l'avais dit que c'était l'erreur à ne pas commettre. On ne m'avait pas écouté), il ne dansa qu'une fois, et avec sa mère, ce qui n'était pas exactement le but recherché. Ce devoir accompli, il avait été pèleriner dans ce qui restait de son baraquement à poulets et avait encore accru son acrimonie en constatant que le jardinier s'en servait maintenant pour ranger ses instruments.

Septembre survenu, Guillaume déclara que ses sentiments n'avaient pas changé. Se posa alors la question de savoir qui allait rendre visite à qui et qui le premier. Normalement, cette première démarche aurait dû incomber aux Saint-Damien. Cédric ayant su prendre sa voix nuageuse pour se faire donner quelques détails sur le logement de Lepoutre, il en avait conclu que, vu l'exiguïté de cet appartement, cet homme excellent serait peut-être gêné d'avoir à les recevoir, qu'il fallait lui épargner cet embarras et que la solution la plus heureuse était que ce fût lui, Lepoutre, à se rendre chez les Saint-Damien.

Lepoutre fut parfait. A peine franchi le seuil du grand salon, le chapeau encore à la main tant il était passé rapidement devant Eugène qui avait en vain cherché à l'en débarrasser, et comme s'il était pressé de délivrer un message essentiel, il déclara ne pas ignorer que, dans le milieu où il avait l'honneur de pénétrer, il était généralement question de dot mais que, lui, à sa fille, il ne pouvait presque rien donner. Les Saint-Damien qui s'attendaient à rien du tout et qui en avaient très bien pris leur parti, furent agréablement surpris par ce presque, et plus agréablement encore en apprenant que ce presque recouvrait un bel appartement dont, à part le sien, Lepoutre était propriétaire, appartement présentement loué mais qu'il allait libérer pour l'offrir aux jeunes mariés. Emmeline se récria, loua la beauté du geste et, un bras autour de la taille de Guillaume, l'autre sur les épaules de Muriel, elle ajouta :

– Pensez-vous! Mon cher fils et ma chère bru, je veux les garder près de moi.

Déjà, elle imaginait le bonheur qu'elle prendrait à réaménager de fond en comble l'appartement jadis dévolu au comte Anthéaume et qui, depuis sa mort, servait de chambre d'amis. Lepoutre convint que cette solution-là était heureuse aussi mais ce qui était dit était dit et, dans ces conditions, le bel appartement restant loué, ce seraient les jeunes époux qui en toucheraient le loyer. Tout le monde était content. Il faut ajouter que, dans sa robe blanche à larges fleurs bleues, parfaitement accordée tant à la saison qu'à la circonstance, Muriel avait fait une excellente impression.

– La mâtine, elle est bien faite, avait même rêveusement murmuré Cédric.

Bien que cette confidence ne lui fût pas destinée, Isabelle l'avait entendue et elle eut la bonté d'ajouter que, tout compte fait, Muriel avait l'air beaucoup moins « boudin » qu'elle ne l'aurait cru. La conversation était devenue si cordiale qu'Emmeline prit sur elle de prier les Lepoutre de rester dîner « en famille et à la fortune du pot ». Le mariage eut lieu deux mois plus tard.

Quant à la carrière de Guillaume, Emmeline était arrivée à la conclusion que son fils lui coûterait moins cher en ne faisant rien qu'en faisant quelque chose. Elle lui fit aménager un atelier sous les combles en ne résistant pas au plaisir d'y insérer quelques beaux meubles et en priant Guillaume d'y inventer n'importe quoi, de préférence, ajoutait-elle in petto, quelque chose qui ne fût pas d'une application immédiate. Guillaume avait son idée : il voulait découvrir, pour les voitures automobiles, le moyen de les faire rouler latéralement aussi, ce qui, dans son projet, devait beaucoup faciliter leur rangement le long des trottoirs et permettre de ne garder entre elles qu'un espacement infime. Accessoirement, il voulait inventer également un procédé pour supprimer, dans les films, cette impression déplorable qu'on y a de voir, à partir d'une certaine vitesse, les roues tourner à l'envers. Ayant vu, depuis, un film où cet inconvénient avait disparu, j'ai l'impression qu'on a trouvé le procédé sans lui.

XXIII

A six ans, Isabelle était, au moins pour nous, la plus jolie petite fille du monde. Je la revois dans sa robe de chambre molletonnée, blanche à fleurettes roses, lorsqu'elle venait nous dire bonsoir après le dîner. Bien que le terme puisse paraître étrange appliqué à une si petite personne, elle donnait déjà, même à cet âge, une impression de majesté, combinaison sans doute chez elle de la sereine assurance de son père et du rare toupet de sa mère. Revers de cette médaille : un caractère difficile. Capricieuse, désordonnée, se roulant par terre dès qu'on lui résistait. Aussi, malgré ses préventions contre l'internat, Emmeline s'était-elle résignée à la mettre en pension, dans une institution religieuse évidemment. Nous en était revenue une grosse fille, les traits empâtés et comme restés pris dans la glaise, les hanches déjà lourdes, courtaude pour son âge, ce qui l'empotait encore. Ne restait pour la sauver que son nez, qui était parfait, un nez court et droit qui évoquait les statues grecques. Apparemment matée, elle était devenue sinon aimable, du moins polie, faisant très bien la révérence mais la faisant, si j'ose dire, sans conviction, comme quelque chose de mécanique. Peu parlante par-dessus le marché, souvent l'air grognon. Emmeline disait : on

233

ne sait jamais ce qu'elle veut. Elle, elle le savait. Elle n'avait pas tout à fait treize ans lorsqu'un matin, au retour de la distribution des prix où elle n'avait recueilli que des succès inégaux, elle pénétra dans la chambre de ses parents et, fort posément, leur déclara que décidément les bonnes sœurs ne lui convenaient pas et qu'elle estimait préférable (ce furent exactement ses termes : j'estime préférable) de poursuivre ses études au lycée. La fermeté de son ton fit une forte impression. Emmeline en était déjà à peser le pour et le contre. Avec Cédric, ce fut plus dur. Depuis les Croisades, les filles Saint-Damien avaient toujours été élevées par des religieuses.

– Au lycée! Non mais vous rêvez! Avec les professeurs qu'il y a là-dedans! Qui ont de ces théories!

Pour Cédric, il n'y avait pas de bonnes et de mauvaises théories. Il y avait des théories, c'était tout. Mauvaises par définition. Emmeline lui objecta que, têtue comme elle l'était, Isabelle ne risquait pas de se laisser contaminer par des doctrines néfastes et qu'ils seraient toujours là, eux, pour lui redresser les idées. Cédric finit par céder, non sans avoir fait jurer à sa fille qu'elle lui rapporterait les propos incongrus que pourraient lui tenir « ces jean-foutre ».

Sans entrer ici dans un débat entre l'école privée et l'école publique (on aura compris, je pense, où allaient mes préférences), je dois reconnaître que ce changement eut d'heureux résultats. A moins que ce ne fût une évolution qui se serait produite de toute façon. Quoi qu'il en soit, le caractère d'Isabelle prit des couleurs plus enjouées. D'humeur plus rieuse, elle devint rapidement une petite personne fort délurée et même, à l'occasion, assez insolente. S'intéressant davantage à ses études, elle fut l'objet, à la fin de l'année, de mentions flatteusés. Comme il arrive souvent, ces progrès intellectuels se traduisirent par des progrès physiques. A quinze ans, sa silhouette s'étant dégagée, elle était sans conteste la plus jolie fille du lycée et les garçons se battaient pour l'escorter, ce qui augmenta encore à la fois son expression majestueuse et la fermeté de son caractère. D'elle, je citerai ce trait qui la définit très bien. En deuxième année, elle était tombée sur un professeur de mathématiques qui se prit pour elle d'une passion tout à fait déraisonnable. Il la retenait après les cours, s'efforçait de mettre la conversation sur autre chose que les mathématiques. Imperturbable, Isabelle l'y ramenait et, pas gaspilleuse, en profitait pour se faire donner la solution des problèmes. Il lui rendait ses cahiers en y insérant des lettres excessivement enflammées où il allait jusqu'à la traiter d'ange descendu du ciel, ce qui, chez un enseignant laïque, donne la mesure de son égarement. De tempérament moins porté vers le sérieux, Isabelle n'aurait pas manqué de montrer ces lettres aux autres élèves, n'aurait pas perdu cette occasion de ridiculiser cet ennemi de classe (c'est le cas de le dire) qu'est un professeur. Surtout celui-là qui, avec les autres élèves, était rosse comme il n'est pas permis. Isabelle n'en fit rien. Elle lisait les lettres, les rangeait dans un tiroir et, pas une fois, n'y répondit. Cela finit par l'entrée en force, un jour, chez Emmeline, de l'épouse de ce professeur, une grande femme, le teint beige, avec des yeux exorbités qui permettaient de lui prédire un goitre à plus ou moins longue échéance. A un pas de la crise de nerfs, secouée par de brefs sanglots, elle exposa que ce n'était plus une vie, que son mari avait perdu la tête pour « cette gamine » qui ne répondait même pas à ses lettres, qu'il lui en avait fait l'aveu, qu'il en était réduit, la nuit, à mordre son oreiller. Emmeline répandit sur elle quelques propos apaisants, lui tapota les genoux, lui mit entre les mains un numéro de *Vogue* et monta chez sa fille.

– J'aimerais voir ces lettres.

– Mère, lui répondit Isabelle avec un parfait sang-froid, ces lettres sont d'un con *(sic)*. Mais j'estime que, même dans ce cas-là, des lettres ne doivent être lues que par leur destinataire.

– Ah bon! dit Emmeline assez heureuse, au fond, de retrouver chez sa fille un peu du rugueux de son propre caractère.

Elle redescendit, exposa à l'hystérique que tout ça n'était rien du tout, qu'il n'y avait même pas de quoi « fouetter un cannibale » (je n'ai jamais su d'où Emmeline tenait cette expression bizarre. Était-ce encore, indirectement, un reliquat des Folies-Caumartin?) et lui suggéra d'emporter le numéro de *Vogue*. Elle y trouverait sûrement des idées de toilettes qui lui ramèneraient un mari plus attaché à elle qu'elle ne le croyait.

Et cependant c'est à cette jeune personne si avisée que devait survenir l'aventure la plus banale de tout mon récit, une aventure si ordinaire, j'allais dire si vulgaire que, si j'en parle, c'est vraiment par pur souci de la vérité historique. Qu'Isabelle eût pu être séduite un jour par un individu que, de toute façon, nous aurions jugé indigne d'elle, passe. Mais qu'elle l'eût été, ou même qu'elle eût été simplement intéressée par un producteur de cinéma, ça, franchement, d'elle, je ne m'y serais pas attendu.

C'était, par une journée pluvieuse d'avril, à l'Olympic, un bar où les plus grands élèves du lycée avaient coutume de tenir leurs assises. Attablée avec quelques-uns d'entre eux, Isabelle finit par remarquer un homme qui, à quelques pas d'elle, la regardait avec une attention soutenue. C'était un regard qui lui arrivait par intervalles, souvent coupé par le va-et-vient des autres clients, mais qui revenait, qui insistait. Encore, jusque-là, tout cela était-il assez ordinaire. Mais ce qui troublait Isabelle, c'était que cet homme, elle avait l'impression, très vaguement, de l'avoir déjà vu quelque part et même, dans sa pensée, elle l'associait, mais toujours vaguement, à une vision de veste blanche et de plateau tenu à bout de bras. Était-ce quelqu'un qu'elle aurait rencontré comme garçon de café ou de restaurant? Il n'en avait pas l'air. Il portait un assez éclatant veston pied-de-poule et, même à trois tables de distance, il apparaissait que sa cravate n'était pas de celles qu'on achète dans un parapluie. Elle finit par se dire que cette réminiscence, restée d'ailleurs nuageuse, lui était dictée par les fréquents passages, entre elle et cet homme, du vrai garçon de l'Olympic, l'excellent Hector avec sa veste blanche et son plateau en surimpression sur le veston pied-de-poule de l'individu.

Qu'Isabelle retrouva en sortant, qui l'attendait. Elle s'apprêtait déjà à le rembarrer avec hauteur. L'homme ne lui en laissa pas le temps. Négligeant les propos pâteux par lesquels se distinguent généralement les abordeurs de jeunes filles, il assura aussitôt Isabelle que le cinéma n'attendait qu'elle, qu'avec un visage comme le sien elle pouvait jouer n'importe quoi, qu'en un film, ou en deux dans la pire des hypothèses, elle serait non une star mais la reine des stars et que, si elle voulait bien lui faire confiance, elle partirait avec lui pour Paris sur-le-champ et sans désemparer. La dernière phrase était de trop. Isabelle était encore assez jeune pour être éblouie par les miroitements de la gloire cinématographique. Elle ne l'était pas au point de ne pas savoir que le numéro du producteur faisait partie de la panoplie des hommes animés par de luxurieux desseins. Encore heureux que celui-là ne lui eût pas fait le coup du cadrage des deux mains. En termes acérés, elle émit des doutes sur la profession de son interlocuteur. Piqué, il l'emmena jusqu'à sa voiture, une belle voiture rouge, décapotable et, en effet, immatriculée à Paris. Il en tira une revue intitulée *Le Film français*, mit sous les yeux d'Isabelle une page où il était fait mention d'un film en préparation et de son nom en tant que producteur-délégué. Isabelle redescendit un peu de son altitude et poussa la condescendance jusqu'à dire que c'était une jolie voiture.

– Voulez-vous que nous poursuivions la conversation en faisant un tour?

– Non, dit-elle. Mais vous pouvez me déposer chez moi.

Malgré la fréquentation des comédiens que supposait sa profession, l'homme au veston pied-de-poule n'avait pas encore appris à bien jouer. C'est sur le ton le plus faux, en poussant la convention jusqu'à se frapper le front, geste qu'on ne fait même plus dans les troupes d'amateurs, qu'il s'exclama :

– Ah non, pardon! J'oubliais que j'attends un coup de téléphone capital. Je suis à l'Hôtel Métropole. Appelez-moi. Je suis encore là pour deux jours. Ou à Paris, quand vous vous serez décidée. Je vous laisse *Le Film français*. Il y a l'adresse de mon bureau, et le téléphone. Une minute! J'y ajoute mon numéro personnel. Mademoiselle, c'est votre chance qui passe. Je vous attends.

Puis, le visage à la Greco :

– Le cinéma vous attend.

– Je verrai, dit Isabelle.

Trois pas plus loin, elle rencontra une camarade de lycée qui avait des soucis sentimentaux et qui les lui confia. Dommage. Si Isabelle n'avait pas été distraite par les déboires de sa camarade, elle se serait peut-être demandé pourquoi, après l'avoir invitée à faire un tour, l'individu avait décliné la proposition de la reconduire jusque chez elle. Ou, en s'aventurant plus avant dans le labyrinthe de sa mémoire, elle aurait peut-être revu les brillantes garden-parties de la Mahourgue auxquelles, à trois ou quatre ans, elle avait assisté et où elle errait, pataude, entre les danseurs, elle aurait peut-être reconnu le garçon en veste blanche, avec son plateau, et qui lui présentait une orangeade. Car l'homme au veston pied-de-poule et à l'automobile rouge, c'était Matt.

XXIV

Lorsque Matt avait débarqué à Paris, quelques années plus tôt, il s'était précipité dans le premier hôtel en face de la gare, sans même en toiser la façade. C'est que, toutes griffes dehors, la peur lui était retombée dessus, sa peur espagnole qui, depuis l'incident de la gare-frontière, ne l'avait plus vraiment quitté. Cette peur n'avait plus aucun sens mais allez raisonner. Réfugié dans sa chambre, il n'osa pas en sortir pour aller s'acheter un sandwich, ne pensa pas davantage à s'en faire monter un, se jeta sur son lit, pleura un peu, finit par s'endormir, transpira comme un secret et se réveilla en bien meilleur état. C'était comme si, avec cette sueur, sa peur était sortie de lui. Il avait dormi d'une traite jusqu'à onze heures. Il alla déjeuner dans un restaurant voisin. Ensuite, ayant réintégré son hôtel, à la lumière de son addition et du tarif affiché à la porte de sa chambre, il établit son budget. Avec ce que lui avait remis Marianca, il pouvait tenir deux mois et demi, trois en faisant attention. Il s'agissait de trouver un labeur. Il redescendit, fit l'emplette de trois journaux, s'attabla dans un café, cocha quatre annonces et alla téléphoner dans une cabine abondamment ornée d'inscriptions votives et d'œuvres d'art ayant trait, en général, aux anxiétés sexuelles des téléphoneurs. Il apprit ainsi que, lorsqu'on répond à une annonce, quatre heures de l'après-midi représentent trois trains de retard et qu'il faut s'y prendre dès l'aurore. C'est ce qu'il fit pendant six jours entiers. D'où des péripéties dont le narré serait oiseux. Sauf peut-être celle-ci : un vieux monsieur très distingué, dans un bureau à peine plus grand que le cagibi du téléphone et qui lui déclara que, moyennant un apport de deux millions dans sa société, il pouvait lui offrir un emploi d'avenir à cent mille francs par mois. Matt, qui avait pris de l'assurance, s'amusa à faire le jobard. Il assura que l'offre lui paraissait intéressante, qu'il allait y réfléchir et s'en alla en riant tout seul.

C'est dans cette heureuse disposition d'esprit qu'au coin de la rue Froidevaux il avisa un attroupement. C'était une équipe de cinéma qui filmait une séquence. Matt se mêla aux badauds, finit par avancer de trois pas, se trouva au milieu de l'équipe, engagea la conversation avec un rouquin chargé de gouverner une boîte carrée avec des fils électriques et aboutit à la conclusion qu'il y avait là une certaine confusion : à son sens, un garçon avisé devait pouvoir en tirer parti. S'étant informé auprès d'un marchand de journaux, il acquit l'organe corporatif *Le Film français* que nous avons déjà rencontré dans le précédent chapitre. Il y avait plein d'adresses là-dedans. Il les épuisa l'une après l'autre. Il finit par être engagé comme figurant dans un film sur la Comtesse de Castiglione. Il se retrouva le lendemain, Cours la Reine, habillé en prolo Second Empire, avec quatre-vingts autres figurants chargés d'acclamer le passage de Napoléon III. Très excité, il ne put s'empêcher, en voyant la calèche à l'horizon, de s'exclamer :

– Hé! Le voilà, le Napo!

– Silence! beugla l'espèce de sergent-major en civil chargé de manipuler les figurants.

– Ah non! dit le metteur en scène.

Il s'était retourné et dardait sur Matt le regard halluciné des grands créateurs.

– Non, dit-il. C'est bon, cette réplique. J'achète.

Tout naturellement, ce fut à Matt qu'on confia le soin de la crier, sa réplique. Il ne la dit pas très bien mais, comme le fit très judicieusement remarquer le metteur en scène, pour une réplique, on n'allait pas « en faire un fromage ».

Passé du grade de figurant muet à celui de figurant parlant, Matt se crut tout à fait en droit de se rendre le lendemain au studio où se poursuivait le tournage. A neuf heures, il fut repoussé par un cerbère. A dix heures et demie, le même cerbère, se disant probablement qu'il avait déjà vu cette tête-là quelque part, le laissa passer. Comme quoi tout est une question d'habitude. Et autant pour les jours suivants. Matt restait là, dans son coin, ne se faisant pas remarquer mais, à l'occasion, aidant à déplacer un meuble. Ou s'il voyait quelqu'un tâter son blouson en quête de ses cigarettes, il présentait son paquet. A la fin d'une séquence qui avait donné du tintouin, il s'enhardit jusqu'à dédier au metteur en scène un regard affectueux et le geste du pouce levé comme pour dire que c'était costaud. Le metteur en scène eut l'air étonné mais prit le compliment pour du bon pain. Le lendemain, vers midi, il y eut tout un brouhaha : on avait oublié de convoquer la pâle adolescente qui, dans une scène entre la Castiglione et Napoléon III, devait apporter une note profondément humaine.

– Qu'on aille la chercher! tonna le metteur en scène.

– J'y vais, dit Matt.

Puis, à la cantonade :

– C'est quoi déjà, son adresse? Rue de Lesseps?

– Mais non, connard, dit un obligeant. C'est quatorze rue de la Tombe-Issoire.

Matt prit un taxi, trouva la pâle adolescente occupée à déjeuner d'une omelette au lard avec son fils, un grand garçon dans les vingt ans, de sa profession supporter du Paris-Saint-Germain. Spécialisée dans les rôles de Lolitas et redoutant qu'on ne les lui enlevât si on découvrait l'existence de ce grand fils, elle avait réussi jusqu'ici à en dissimuler l'existence. Empoignant Matt par ses revers, elle l'adjura de garder le secret. Il le promit. Reconnaissante, elle l'embrassa. Il revint au studio avec la Lolita et une trace de rouge sur la joue, ce qui amusa.

Et qui lui donna une idée. Le soir, il reconduisit la pâle adolescente chez elle, y passa la nuit, se fit donner ce qu'il appelait des tuyaux et convint qu'il viendrait la chercher vers huit heures pour l'accompagner à la première d'un film. A l'issue de la projection, comme cinquante personnes se pressaient autour du metteur en scène pour l'écraser sous divers compliments dont « divin » était le plus tempéré et « chef-d'œuvre du siècle » le plus modéré, Matt, exaspéré, se contenta d'un balancement de la main : lui, voyez-vous ça, il était sceptique. Or, huit jours plus tard, ce film tant attendu se révélait un flop total. Une rumeur courut :

– Schmalzi l'avait prévu.

J'ai oublié de dire que, trouvant son vrai nom trop français et insuffisamment frappant, Matt s'était rebaptisé Schmalzigaug, ce qui, dans les studios, était rapidement devenu Schmalzi.

– Alors, Schmalzi? lui dit le metteur en scène du film sur la Castiglione. Il paraît que tu l'avais prévu, le flop de ce con. Moi aussi, remarque.

Ce n'était pas tout à fait exact : il s'était contenté de l'espérer.

– Bravo ! Tu as l'œil, mon petit.

Cela fit à Matt une sorte d'état civil : il était l'homme qui avait prévu « le flop de ce con ». Une nouvelle scène avec figurants était prévue, cette fois boulevard des Italiens. On chargea Matt de mener la troupe. Il s'en acquitta avec une férocité qui fut appréciée. Vint enfin son jour de gloire. Cela se passait au bar des studios du Point du Jour. Affalé dans un fauteuil d'osier qui tanguait sous ses cent vingt kilos, entouré de sept ou huit respectueux penchés sur lui comme des lampes de bureau, Justin Boulloche barrissait. Justin Boulloche en personne, l'illustre réalisateur d'une bonne douzaine de films réputés hilarants et dont, régulièrement, les recettes, comme on dit, crevaient le plafond. Et pourquoi donc barrissait-il, Justin Boulloche ? Parce qu'il n'arrivait pas à trouver la vedette féminine pour son prochain film. A chaque nom que suggéraient les respectueux, il barrissait de plus belle.

– Une comique, nom de Dieu ! C'est une comique qu'il me faut. Une comique à faire péter les murs. A faire pisser les vaches !

L'historien est parfois bien gêné d'avoir à reproduire de si déplorables propos.

C'est à ce moment-là qu'à six pas des respectueux, Matt s'entendit articuler :

– Et Marfa Kokoschka ?

Sept paires d'yeux se tournèrent vers lui. Marfa Kokoschka, à cette époque, était déjà assez connue. Mais connue pour avoir joué dans des films très résolument engagés, ouvrages où, avec talent d'ailleurs, elle avait su imposer sa diction désarticulée et ce qu'un critique, un jour où il devait être soûl, avait appelé « son regard tourné vers l'intérieur » (en version sous-titrée : son léger strabisme). C'est dire qu'a priori rien ne l'indiquait pour le film de Justin Boulloche où l'essentiel de son rôle consistait à rechercher dans tout Paris, et jusqu'à l'Élysée, son slip perdu lors d'un enterrement à la suite d'un aparté avec le gendre du défunt, de son état Ministre du Développement industriel (cyclone de fous rires garanti). D'où le silence consterné qui avait suivi la proposition de Matt. Mais Justin Boulloche, lui, après un moment de contention, avait soulevé ses paupières d'éléphant et il braqua sur Matt un index aussi épais que le plus gros cigare du monde.

— La voilà, l'idée ! Schmalzi, tu as du génie. Kokoschka avec Fernandel, mes enfants, je vous jure, ça va en jeter.

Comme il arrive assez souvent aux réalisateurs des films dits hilarants, Justin Boulloche souffrait intérieurement du silence que gardaient sur ses films les hebdomadaires dits d'avant-garde. Avec Kokoschka dans sa distribution, cela devait pouvoir s'arranger. Puis il se rembrunit.

— Elle ne voudra jamais. Et, dans ma situation, un refus, je ne peux pas me permettre. Qui est son agent ?

— Laissez tomber l'agent. Moi, elle m'écoute, dit Matt qui n'avait jamais rencontré Marfa Kokoschka que sur ses affiches.

— Va, mon fils, dit Justin Boulloche. Va, cours, vole et me la mange, ajouta-t-il car il avait des lettres.

Puis, comme Matt était déjà près de la porte :

— Et prends une voiture de la production !

A ce trait, on peut mesurer la considération que, d'un moment à l'autre, Schmalzi venait d'acquérir.

Il se précipita dans la voiture de la production, la fit arrêter au premier café-tabac, fit le vœu de ne plus fumer une seule cigarette pendant au moins trois jours si la salope avait son nom et son adresse dans l'annuaire des téléphones, les y trouva, arriva chez Marfa Kokoschka, près du Parc Montsouris, dans un vaste studio qu'elle avait loué tout meublé pour la raison que les quatre parois en étaient tapissées de livres même si l'idée d'en ouvrir un ne lui était jamais passée par la tête. En réalité, avec sa réputation d'actrice intellectuelle, Kokoschka était une franche luronne que commençaient à lasser ses rôles de citoyenne du monde. Exactement comme Justin Boulloche brûlait du désir de voir son nom enfin cité dans les hebdomadaires dits d'avant-garde, elle brûlait, elle, du désir de voir le sien en lettres de feu aux Champs-Élysées et de déployer les autres facettes de son talent. Matt n'avait pas fini sa phrase sur la force proprement révolutionnaire du comique que, déjà, elle s'enquérait des dates du tournage. Le film fit un triomphe. Onze cent mille entrées rien que sur Paris et la région parisienne. Pour le film suivant, Justin Boulloche prit Matt comme producteur-délégué.

XXV

Mais rien n'arrête le destin des hommes. A l'intérieur de nous, et souvent à notre insu, des mécanis-
mes s'enclenchent, prolifèrent et, un jour, nous
rattrapent, tel le réveille-matin dont on n'entend pas
le grignotement dans la nuit (du moins quand il est
de bonne fabrication) mais qui, à son heure, devient
trompette de Jéricho, disperse nos songes et nous
jette péremptoirement dans ce qu'on appelle la
réalité. Pour se rendre compte de l'évolution qui
s'était produite en lui – et dont on peut penser, il est
vrai, qu'elle ne touchait pas à l'essentiel –, Cédric
avait mis presque deux ans. A sa décharge, ajoutons
que ces presque deux ans avaient été particulièrement chargés. D'abord, il y avait eu la vocation
sacerdotale de Rodolphe et son départ pour le
séminaire après les six mois de réflexion que lui
avait imposés le directeur de cet établissement. A
cette occasion, Cédric avait cru convenable d'aller
rendre visite à Monseigneur l'évêque et il était resté
exténué de stupeur en entendant cet éminent prélat
(qui avait un peu le profil du tamanoir) lui déclarer
que, s'il était très honoré par sa visite, il tenait
cependant à préciser que, contrairement à ce que
semblait penser Monsieur le Comte, la vocation
religieuse d'un Saint-Damien n'était pas *in se* un

événement plus considérable que la vocation de n'importe qui. « Pauvre con ! » s'était formulé Cédric en sortant, opinion qu'il avait communiquée à Emmeline sous cette forme plus nuancée :

– Ah, ma pauvre amie ! L'Église de France est bien contaminée.

Après quoi, il y avait eu la garden-party, tout un tracas. Puis le mariage de Guillaume et de Muriel, les invitations, leur voyage de noces à organiser, en Italie bien entendu, les lettres aux cousins pour les en aviser, les lettres d'excuses ensuite, Guillaume s'étant résolument abstenu d'aller les voir. De plus en plus tête de cochon, ce garçon-là ! Sans compter qu'il avait voulu revenir par la Yougoslavie, autre idée qui avait encore fait « bisquer » Cédric, la Yougoslavie ne figurant pas dans sa géographie personnelle. Enfin, dernier aria : une menace d'expropriation d'un bout de la Mahourgue sous un futile prétexte de travaux d'utilité publique. Là, les Saint-Damien avaient eu recours à une procédure extrême : ils avaient invité le préfet à dîner. Depuis le départ en exil de Charles X, c'était la première fois que, tenu pour illégitime, un préfet était prié à la table des Saint-Damien. Dans leur milieu, il se trouva encore quelques pointus pour s'en offusquer. « Alors, mon cher, on collabore ? » avait même lancé le comte de Raspassens. Il pouvait parler, Raspassens ! Tout ce qu'il avait à sauver, lui, c'était son jardin de quatre cents mètres carrés. En tout cas, pour discutable qu'elle pût être, cette compromission politique avait eu un heureux résultat : le projet d'expropriation avait été amputé d'un bon tiers.

Ces remous apaisés qui l'avaient, en quelque sorte, maintenu à sa surface, Cédric se retrouva replongé en lui-même. Un soir, dans le grand salon, tandis qu'Emmeline, sa jeune bru et Marianca disputaient une partie de scrabble, Cédric, lui, à l'autre bout, comme isolé par la lumière jaune de la lampe au-dessus de lui, son journal sur les genoux, s'aperçut de deux choses. La première était que, pendant ces presque deux ans, pas une fois il n'était allé à Paris et que, symptôme plus surprenant, cela ne lui avait même pas manqué. La seconde, c'était qu'au milieu de tout ça, au milieu de ces soucis qui lui avaient mangé l'esprit, quelque chose avait surnagé ou, plus exactement, disparu sous les vagues, maintenant en émergeait, et ce quelque chose, ce n'étaient pas les coulisses des Folies-Caumartin et leurs créatures froufroutantes, ce quelque chose, c'était le souvenir de la jeune auto-stoppeuse que Rodolphe et lui avaient recueillie sur la route. Dieu sait pourtant si, sur le moment, Cédric ne lui avait prêté qu'une attention distraite. Voici maintenant que, dans la zone d'ombre entre lui et la table de scrabble, elle lui apparaissait avec une netteté singulière, qu'il revoyait ses yeux si bleus et sa bouche un peu grande, qu'il entendait son articulation si juste. Notez qu'à part les agréments que je viens d'énumérer, la jeune auto-stoppeuse n'avait rien de si remarquable. Mais c'est le propre des souvenirs, et plus encore des regrets, d'embellir. Car il regrettait. Quel imbécile il avait été! Il la revoyait dans la salle à manger de l'hôtel, au milieu des meubles suédois-bretons. Comment n'avait-il pas compris ces regards coulés, ces battements de cils? En réalité, comme on s'en souviendra, lors de ce dîner, partagée comme elle l'était entre le père et le fils, la jeune personne avait eu un maintien des plus réservés. Mais les hommes à femmes ont ceci de particulier que, s'ils sont d'une rare perspicacité en ce qui concerne les avances qui leur sont faites, ils ont aussi tendance à en voir là où il n'y en a pas. Chateaubriand, en quittant Waldmünchen où il vient de passer quelques jours, aperçoit sur le seuil de l'auberge «une jeune Waldmünchenienne à visage de vierge» qui le regarde passer et, écrit-il, «je voulais croire en sa pensée à quelques vagues regrets» alors que, selon toute probabilité, devant ce vieux monsieur, cette jeune Waldmünchenienne ne devait penser à rien du tout. Ainsi de Cédric et de son auto-stoppeuse. Mais comment la retrouver? Elle lui avait bien donné, on s'en souvient, un papier avec son nom et son adresse. Ce papier, où avait-il pu passer? A tout hasard et sans y croire, Cédric monta dans sa chambre et fouilla ses vestons. En vain. S'en informer auprès de Rodolphe? Outre que Rodolphe avait certainement tout oublié de cet épisode, était-ce bien un renseignement à demander à un séminariste? Ah! voici qu'au moins son prénom lui revenait : Denise. Et qu'elle se rendait à Issoire chez son beau-frère qui y gérait un magasin de... Un magasin de quoi? Voilà le détail dont Cédric n'arrivait pas à se souvenir. Nous qui savons que c'était une quincaillerie, nous sommes là à le regarder se débattre avec sa mémoire sans pouvoir rien faire pour l'aider.

Pourtant, malgré le vague de ces indications, malgré le peu d'espoir qu'elles lui laissaient, malgré le temps écoulé qui les rendait encore plus précaires, Cédric, dès le lendemain, arguant d'un voyage à Paris, prit la route. Il n'avait pas fait vingt kilomètres lorsque, à quelque deux cents mètres devant lui, au bas d'un talus, il vit une silhouette dont tout indiquait qu'il s'agissait d'une personne en quête d'une voiture. Il y a des moments, comme on sait, où la pensée peut fonctionner à une vitesse inouïe. A l'instant, comme visité par un ange ou par une illumination, Cédric comprit que ce qu'il cherchait, ce n'était pas Denise, que c'était une auto-stoppeuse. N'importe laquelle.

Attention, je m'aventure là dans les méandres les plus touffus du cœur humain, tâche d'autant plus ardue que, pendant ce temps, la voiture avance. Mais quoi? Sans même remonter jusqu'aux maniaques qui font se déguiser leurs partenaires en écolières et dont l'existence avait jadis si fort étonné Emmeline, n'est-il pas constant que, pour pas mal de gens, l'élan sentimental ou l'impulsion érotique sont étroitement liés à certaines circonstances, certaines situations, voire certaines professions? Tel qu'émeuvent successivement toutes ses secrétaires n'a pas un regard pour les gardiennes d'immeubles (il en est pourtant de bien tournées). Tel qui, pendant toute l'année, se tient coi, au mois d'août se déchaîne et s'envoie une tripotée de vacancières. Cédric lui-même n'en était-il pas l'exemple? Pendant longtemps, ses écarts s'étaient strictement bornés aux petites danseuses des Folies-Caumartin – et c'était même probablement ce qui expliquait son indifférence pour Denise lors de leur rencontre : il était encore dans sa phase-danseuses des Folies-Caumartin. Ce mythe aboli, il était naturel, sans doute, que s'y substituât un autre. D'ailleurs plus riche de possibilités, plus riche de liberté. Les petites danseuses des Folies-Caumartin appartenaient encore à un système de références. Et même Denise, avec son prénom, sa profession, son beau-frère. Ce que Cédric cherchait maintenant, il venait de le comprendre, c'était l'anonymat entier, c'était l'inconnu total, c'était l'être dont, en le recueillant dans sa voiture, il ne saurait rien, venu d'ailleurs, issu d'une autre planète.

Il freina, s'arrêta devant la jeune fille que, dans

son ébriété mentale, il comparait déjà au Printemps de Botticelli. Malheureusement si, de l'auto-stoppeuse, elle présentait toutes les apparences, y compris le blouson de daim, elle n'en était pas vraiment une. Tout ce qu'elle demandait, c'était d'être ramenée au château de ses parents, à quelque huit kilomètres, sa voiture étant tombée en panne et ayant été confiée à un garage voisin. Cédric accepta volontiers de faire ce léger détour. Elle lui plaisait bien, la délicieuse enfant. Il émanait d'elle une de ces fraîcheurs que je qualifierais de corsées. Mais s'il y avait une chose sur laquelle Cédric n'errait jamais, c'était l'appartenance sociale des gens. Cette fille-là, se formula-t-il, est fille de château comme moi je suis acuponcteur. Loin de l'inquiéter, ce détail l'amusa. Le mensonge ajoute à l'inconnu. Il faut dire aussi, ce qui diminue un peu sa perspicacité, qu'il connaissait très bien les propriétaires dudit château, les Talbouette du Cri, de ces Talbouette dont Tallemant des Réaux dit... Mais passons. C'est probablement la fille du gardien, se disait-il. Les Talbouette ne doivent pas être là. Elle va me faire les honneurs du château comme si c'était le sien. Avec un peu de chance, cela finira dans le lit de la mère Talbouette, perspective qui déjà l'égayait, cette Talbouette étant une de ces cruches dont il avait peine à supporter l'anse.

Comme ils arrivaient en vue de la haute grille du château, la jeune fille dit :

– Voilà! Nous sommes arrivés.

Il y avait là une large étendue herbeuse et, à demi cachée par un boqueteau, une caravane d'un beau jaune clair.

– Pour le château, j'ai blagué, dit la jeune fille. C'est là-dedans que j'habite.

– Eh bien, c'est charmant, dit Cédric en allant lui ouvrir la portière.

– Vous entrez un moment? dit la délicieuse enfant avec un de ces regards qui font le tour d'un homme et le laissent comme démailloté.

– Avec plaisir, dit Cédric.

Qui, la minute d'après, dans la caravane, se trouva en présence de deux hommes, assez jeunes, un grand maigre, de forte ossature, le menton en sabot, et un autre, de bonne taille lui aussi mais plus enveloppé. Le détail ennuyeux, c'était que l'un, l'enveloppé, tenait un revolver et l'autre une clef anglaise de bien trente centimètres. Quant à la délicieuse enfant, elle avait refermé la porte à clef et s'y était adossée avec le visage fermé de la laitière qui vient de livrer son lait à la Coopé et qui s'apprête à devoir repousser les avances du réceptionniste.

Il en fallait davantage pour décontenancer Cédric. Tu ne l'as pas volé, bonhomme, se dit-il. Du bout du pied – geste dont intérieurement il applaudit la désinvolture – il attira vers lui un tabouret, s'y assit et dit :

– Alors, Messieurs? Par où commençons-nous?

Pourtant articulée sur le ton le plus uni, cette réplique fit tressaillir les deux hommes. Sans doute étaient-ils en proie à ce sentiment souvent défini par les psychologues, à savoir l'espèce de torpeur qui peut s'emparer des gens lorsque, engagés dans une action difficile, ils en ont franchi le premier stade. Comme un acteur qui, après un trou de mémoire, retrouve son texte, l'homme à forte ossature dit :

– Alors, pépère, comme ça on s'intéresse aux mineures?

– Mademoiselle est mineure comme moi, rétorqua Cédric à tout hasard.

– On discutera ça un autre jour, tu veux? Ton portefeuille!

Cédric le lui tendit.

– Il n'y a pas lourd, dit l'ossu en manipulant une liasse qui, en effet, sans être mince, n'était pas non plus épaisse.

Puis, l'air perspicace :

– Toi, je suis sûr que tu as un carnet de chèques.

Cédric en convint, le tira de sa poche. Mais, entre-temps, ayant poursuivi l'inventaire du portefeuille, sa clef anglaise provisoirement remisée sous son bras, l'ossu venait de tomber sur une carte de visite.

– Un comte, dit-il. C'est un comte, précisa-t-il à l'intention de son acolyte. Ça doit être bon, ça, non?

L'acolyte ne devait pas avoir d'opinion sur la question. Il se contenta d'une moue dont la signification ne m'apparaît pas clairement.

– Merde, dit l'ossu en feuilletant le carnet de chèques. Il n'y a pas le compte.

– Quel compte? dit l'enveloppé qui devait s'y perdre.

S'il y avait un soin que Cédric ne prenait jamais, c'était bien celui d'inscrire ses dépenses sur les talons de ses chèques et moins encore d'y noter l'état de son compte. Une fois de plus, il vérifia avec plaisir un de ses axiomes : que l'insouciance généralement ne gêne que les autres, rarement l'insouciant.

– Eh bien, c'est tout simple, reprit l'homme à la forte ossature. Tu me signes un chèque, je prends ta bagnole, je vais encaisser, je reviens, on te laisse aller et Madame ne saura jamais rien. Ce n'est pas plus gentil comme ça?

– Mes pauvres amis! dit Cédric.

Son air peiné inquiéta.

– Qu'est-ce qu'il y a qui ne va pas?

– Ne savez-vous pas qu'il y a eu la Révolution française?

L'irruption de cet événement historique laissa les deux hommes hagards.

– Qu'est-ce que ça vient foutre?

– Depuis la Révolution, plus aucun comte ne laisse son argent dans une banque française. Tiens! Pour que la République nous le confisque! Nous mettons tout en Suisse. Ou ailleurs.

– En Suisse? dit l'ossu au comble de la stupeur. En Suisse? ajouta-t-il vers l'enveloppé qui, lui, cette fois, avait une opinion. Son air signifiait qu'avec les riches il fallait s'attendre à tout et même, s'il faut aller jusqu'au bout de sa pensée, que désormais il aurait soin de ne plus s'attaquer qu'à des représentants de commerce.

Mais l'ossu, lui, ne désespérait pas encore.

– Et ce carnet de chèques alors?

– Oh ça, dit Cédric avec détachement. C'est pour les petites dépenses de tous les jours. Sur ce compte-là, je n'ai presque rien. Pour les gros débours, je vais en Suisse deux fois par an et je paie de là. Ce qui me fait même gagner l'agio, ajouta-t-il en homme qui n'en est plus à ça près.

– Alors tu nous fais un chèque sur la Suisse.

– Impossible. Les coffres ne peuvent être ouverts que par leurs titulaires.

– Il faut pourtant en sortir.

– Je ne vois pas comment, dit Cédric. Non, votre coup est manqué. Prenez-en votre parti. Laissez-moi m'en aller. Je promets de ne pas vous dénoncer.

– Tiens! dit l'enveloppé. Et qui va payer les traites de la caravane?

Il en parlait comme d'une obligation tombée du ciel et dont il n'était en rien responsable. Il y avait là un mécanisme mental sur lequel il serait intéressant de s'attarder. En pleine action comme nous sommes, c'est difficile.

– Bon, dit l'homme à la forte ossature. On repart à zéro. Tu vas écrire à ta femme. Elle doit bien pouvoir se faire prêter vingt petits millions, je pense.

– Vous rêvez, dit Cédric.

– Huit.

– Et sinon?

– Sinon on va devenir très méchant, dit l'ossu dont le menton en sabot devint brusquement assez sinistre.

– Vous voulez rire, dit Cédric qui pourtant n'en avait plus tellement envie. Vous n'avez sans doute jamais vu la couleur d'une comtesse. Toutes des garces. Prêtes à tout pour être débarrassées de leurs maris.

– Cette blague! dit l'ossu visiblement stupéfié. Et pourquoi?

– Tiens! Elles gardent l'argent. Elles gardent le titre. Réfléchissez. C'est tout bénéfice.

Au passage, il eut une pensée émue pour sa chère Emmeline. Puis, avec l'expression d'un homme très éprouvé par le destin :

– Il n'y a qu'une seule personne à qui je puisse me fier. C'est mon fils. Écoutez! Je la tiens, la solution. A la banque, j'ai un coffre...

– Eh bien, voilà! dit l'ossu avec la voix encourageante de l'accoucheur. On y arrive.

– Vous allez me chercher mon fils. Je lui dis où j'ai caché ma clef. Je lui indique la combinaison. Vous l'accompagnez à la banque. Vous videz mon coffre...

– Je peux aussi bien faire ça tout seul, dit le menton en sabot.

– Parce que vous croyez qu'on va vous laisser accéder à mon coffre? Mon fils, lui, on le connaît.

– On peut aussi lui dire tout ça au téléphone.

– Vous avez le téléphone? dit Cédric sans même un regard pour la caravane où, il est vrai, l'existence d'un téléphone était hautement improbable.

– Il y a un café sur la route.

– Et les écoutes?

– Les écoutes?

– Tous les séminaires sont sur écoutes. Vous serez repérés.

– Les séminaires maintenant! dit l'ossu avec accablement. Qu'est-ce que c'est que ça, d'abord?

– C'est un endroit où on forme les prêtres.

– Votre fils est prêtre? dit l'ossu qui, inconsciemment sans doute, était passé au vouvoiement. Un prêtre? reprit-il à l'intention de l'enveloppé. C'est plutôt bon, ça, non?

L'enveloppé, cette fois encore, avait une opinion. Il l'énonça.

– C'est bon. A ce qu'il paraît, ils ont le secret professionnel.

– Très bien, dit l'ossu. J'y vais.

Il se passa là près d'une heure pendant laquelle la conversation fut parfaitement dénuée d'intérêt. A la cinquantième minute, Rodolphe arriva. Les séminaristes alors portaient encore la soutane. Cela permit à Rodolphe de faire une entrée de théâtre. Les mains jointes, il marmonna une oraison jaculatoire puis il eut un sourire câlin pour la jeune personne qui, devant ce joli garçon et ce teint doré, battit des cils.

– Mon fils, dit Cédric, ces messieurs veulent de l'argent.

– C'est tout naturel, dit Rodolphe.

– L'un des deux va vous accompagner à la banque, à mon coffre. Je vous donne la combinaison.

– Une minute, dit Rodolphe. Distrait comme je suis, je risque de l'oublier. Je vais la noter. Monsieur, poursuivit-il à l'adresse de l'ossu, auriez-vous de quoi écrire?

Obligeamment et d'ailleurs charmé par le tour que prenait la conversation, l'homme à la forte ossature mit la main sous son blouson. Il n'avait pas atteint sa poche intérieure que ses parties, elles, étaient rejointes par le gros brodequin de Rodolphe (les séminaires, comme on sait, prisent peu l'escarpin) tandis que, très étonné, l'enveloppé se voyait assener un coup de boule qui fit de son nez un proche parent de la tomate écrasée. Il y eut alors quelques instants d'un spectacle superbe et d'une rare animation. Dans l'envol de sa soutane, toute son humeur bagarreuse retrouvée, Rodolphe tournoyait comme une trombe marine. Cédric, de son côté, avait attrapé au vol le revolver et s'en servait de la manière la plus affectueuse pour assommer l'homme à la forte ossature. Des deux, c'était le plus coriace. D'abord figée par la stupeur (ce n'était pas l'idée qu'elle se faisait d'un prêtre) la jeune personne avait empoigné un poêlon. D'un coup sec sur ce que, chez un homme, on appellerait la pomme d'Adam, Rodolphe avait freiné son élan. La minute d'après, les deux Saint-Damien sortaient de la caravane, en refermaient la porte à clef, déposaient la clef dans l'herbe et regagnaient la voiture.

– Oh, père, dit Rodolphe. Laissez-moi le volant. Cela fait longtemps que je n'ai plus conduit. Vous voulez passer par la gendarmerie?

– Mais non, dit Cédric. Pourquoi?

Arrivés devant la haute porte du séminaire,

Rodolphe fit le tour de la voiture, se pencha à la portière.

– Père, dit-il, vous devriez vous confesser.

– Comment! Je n'y ai même pas touché, à cette petite.

– Vous en avez eu l'intention. Moi, en tout cas, je vais me confesser. Cette algarade m'a trop fait plaisir. Merci, papa, ajouta-t-il gentiment.

– Loyola, va, murmura Cédric, ému jusque tout près des larmes.

Pas du tout découragé, son aventure lui ayant même fouetté le sang, il repartit pour Paris, y arriva trop tard pour se présenter chez les Rochecotte, alla coucher dans un hôtel très convenable de la rue de l'Université où, en raison de ses préjugés, il fut tout étonné de ne rencontrer ni cafards dans la salle de bains, ni hétaïres dans les couloirs, s'invita à déjeuner le lendemain chez les Rochecotte et y trouva un climat singulièrement modifié. La comtesse semblait avoir rajeuni de dix ans tandis que, visiblement, le gros comte avait quelque souci rentré. Au dessert, qui était une charlotte aux poires, la comtesse se leva et, en désignant son mari d'un regard qui oscillait entre le féroce et l'amusé, elle dit à Cédric :

– Je vous le laisse. Tâchez de lui remonter le moral.

Dans le fumoir, Rochecotte exhala sa peine. Non seulement la superbe Souza Pinta s'était envolée pour Las Vegas où elle avait décroché un contrat mais, malheur extrême, définitivement écrasées par la rude concurrence des Folies-Bergère, les Folies-Caumartin mettaient la clef sous le paillasson, les Folies-Caumartin fermaient leurs portes. C'était en vain que, désespéré, Rochecotte avait proposé un apport de fonds à la directrice, une fort vieille dame à visage de bouledogue, ex-catcheuse à l'Élysée-Montmartre, depuis mariée à un mandataire aux Halles, maintenant décédé. La vieille dame n'avait rien voulu entendre. Elle estimait qu'à son âge, « quatre-vingt-quatre ans, mon loulou », elle avait le droit de se retirer sous sa tente, en l'occurrence un ravissant manoir Louis XIII aux environs de Dourdan – et où, dans la foulée, elle avait invité Rochecotte *et sa dame* à venir passer un week-end.

– J'ai un Watteau qui devrait vous intéresser.

Arrivé à ce point de son récit, Rochecotte s'aperçut qu'il avait oublié de passer les cigares, s'en excusa sur son désarroi, se leva pour aller les chercher. Cédric en profita pour faire dévier la conversation sur un sujet qui l'intéressait autrement que les Folies-Caumartin, à savoir l'auto-stop. En enveloppant son propos dans le geste large qu'il avait eu pour éteindre son allumette, il en parla comme d'un phénomène social qui l'avait frappé pendant son voyage. Rochecotte se lança aussitôt dans une diatribe extrêmement appuyée contre cet usage qui, louable dans son principe et lorsqu'il s'agissait de « dépanner un malheureux », devenait insupportable par l'abus qu'en faisaient des individus uniquement soucieux de voyager « sans bourse délier ». Il eut cette parole de riche :

– Sacredieu, quand on n'a pas de quoi payer le train, on reste chez soi.

Il trouva des accents éloquents pour souligner les dangers qu'on courait en recueillant ainsi des inconnus (Cédric eut un frémissement), des gens « qu'on ne connaît ni des lèvres ni des dents », effleura, à mon sens trop rapidement, la question de l'assurance en cas d'accident et conclut par une évocation saisissante de la Porte d'Orléans par où il devait parfois passer et où là...

– Là, mon cher, c'est à n'y pas croire. Ils ne sont pas deux ou trois. Ils sont quinze. Ils sont vingt. Pas gênés. Avec des bardas de quoi remplir ta voiture. Et des pancartes pour indiquer où ils veulent aller. Comme un droit. Je te jure, maintenant quand je dois y passer, je recommande à Joseph de verrouiller les portières. A ce propos...

Sur son gros visage, l'indignation avait fait place à une expression de gaieté attendrie.

– A ce propos, sais-tu ce qu'il m'a dit, Joseph? Ah, Monsieur le Comte n'est pas con. C'est le plus beau compliment de ma vie.

Muni de ces renseignements mais estimant que le meilleur moment pour s'en servir était le lendemain matin, Cédric s'en alla flâner rue de Rivoli, y acheta divers cadeaux pour les siens, et particulièrement pour Muriel qui lui plaisait de plus en plus, dîna chez Maxim où le regard appuyé d'une dame en lilas et son expédition vers les toilettes dans le but évident de faciliter la prise de contact le laissèrent impassible (en pensée, il était déjà Porte d'Orléans, lieu de délices), se coucha à onze heures, se leva à sept, gagna la Porte d'Orléans et eut la bonne fortune d'y cueillir une grande fille qui, dix fois plus que celle de la veille, méritait d'être comparée au Printemps de Botticelli. Une Danoise, des yeux de Danoise, des cheveux blonds, des pommettes roses comme des radis. Un peu trop érudite seulement, posant sans arrêt des questions auxquelles Cédric était bien incapable de répondre. A part une inversion presque systématique des genres, elle parlait très agréablement le français.

– Pourquoi cette lieu s'appelle La Croix-de-Berny? Existe-t-elle encore, la chêne de Saint Louis?

Elle aurait bien voulu visiter Vézelay si ce n'était pas « un trop grand dérive ». Mais non, ce n'était qu'un petit détour. Ils visitèrent Vézelay dans le détail, finirent par s'y attarder. Au déjeuner, elle réclama du lapin à la moutarde. Elle avait entendu dire que c'était une des grandes spécialités de l'Île-de-France. Une chance, il y en avait. Au dîner, en rosissant beaucoup, elle demanda la permission de prendre une langouste. Cédric la lui consentit volontiers mais sans la suivre, son antipathie pour la langouste étant entière. « Autant mâcher du pneu », disait-il. Ce qui lui avait valu, un jour, cette étincelante réplique d'Hermangard : « Le pneu est l'ennemi du bien. » Pauvre Hermangard, maintenant paralysé et aphasique. Que de bons mots perdus! Sur quoi Ingrid parla longuement de Oehlenschläger, un poète et auteur dramatique de son pays, dont elle s'étonnait, se scandalisait qu'il fût si peu connu en France. Cédric promit qu'il en parlerait autour de lui. Ils firent encore quelques pas dans Vézelay endormi puis, tout naturellement, presque conjugalement, ils se retrouvèrent dans la chambre de Cédric.

Et cette nuit-là, Cédric découvrit ou plutôt redécouvrit ce que, depuis ses premières années avec Emmeline, il avait oublié. Ce quelque chose, c'était la jeunesse. C'était cette chose étrange, secrète, plus étrange encore d'être si provisoire et qui s'appelle la jeunesse. Ses petites danseuses et ses figurantes des Folies-Caumartin étaient pourtant jeunes, elles aussi. Trois ou quatre ans de plus faisaient peut-être toute la différence. Ou cela pouvait tenir à la jovialité avec laquelle lesdites petites danseuses pratiquaient leurs ébats comme dans le prolongement de leurs jetés battus. Ingrid, elle, n'était pas joviale. Dans l'étreinte, elle gardait ce visage grave, non, grave, c'est trop dire, ce visage sérieux, comme une eau entre les arbres. C'était cela sans doute, sa

264

jeunesse. Les petites danseuses avaient le naturel de l'habitude. Ingrid avait le sérieux de la fraîcheur. Dans ces bras, ces jambes, si tendres, qui se disloquaient sous lui, Cédric reconnaissait la grâce du chevreau, du poulain, retrouvait la tendresse qu'ils inspirent. L'ombre d'étonnement qu'il déchiffrait dans le regard d'Ingrid ou qu'il décelait dans ses rares interjections témoignait aussi que si, de toute évidence, elle avait déjà eu un amant, l'étreinte de Cédric avait encore pour elle quelque chose d'inédit. Cédric était de ces hommes, moins fréquents qu'on ne le croit, qui véritablement adorent le corps des femmes, qui l'adorent, si j'ose dire, des pieds à la tête (on m'entend, je pense) et pour qui, au moins à ce moment-là, il est l'univers entier. Ce léger étonnement d'Ingrid le fortifiait dans une réflexion qu'il s'était souvent formulée, à savoir que les trois quarts des hommes (je lui laisse la responsabilité de cette estimation), que les trois quarts des hommes font l'amour comme des agriculteurs ou disons, pour ne froisser personne, de la manière la plus ordinaire, sans la moindre invention et que, dès lors, par voie de conséquence, les trois quarts des femmes, même après quatre ou cinq enfants, sont encore plus vierges qu'elles ne le pensent.

Or qui découvre la jeunesse, c'est que la sienne commence à le fuir. Pour la première fois de sa vie, Cédric prit conscience de son âge. Cela ne lui était jamais arrivé. Bien sûr, c'était d'abord parce que, à cinquante-cinq ans, il se portait comme un érable. C'était aussi, à mon sens, parce qu'il n'avait jamais dû se soucier de gagner sa vie. Nos professions, notre avancement, nos réussites et nos échecs (et aussi, il est vrai, nos maladies et nos deuils), ce sont là nos repères et nos plus sûrs moyens de nous rendre compte que le temps est là, qu'il nous rattrape, que nous avons son souffle dans la nuque. De tempérament peu tourmenté, Cédric rêvait peu. Un rêve pourtant lui revenait assez souvent. Dans ce rêve, il avait dix-huit ans, il était convoqué à un examen, il était déjà en retard et tout se liguait contre lui, sa chemise n'avait pas de boutons, il ne retrouvait pas sa cravate, elle était dans une valise, il n'arrivait pas à l'ouvrir. Dans une revue, il avait lu que, selon les psychanalystes, ce rassemblement d'obstacles signifiait généralement un état de manque sexuel. Cela l'avait fait rire. Pour lui, la psychanalyse, et tout ce qu'il y rattachait, horoscopes, interprétation des songes et caetera, c'étaient encore de ces foutaises inventées par des gens uniquement soucieux de gagner des sous. Ce qu'il retenait, lui, de ce rêve, c'était cette persistance de ses dix-huit ans. Il lui semblait parfois n'en avoir jamais bougé.

Le matin, pour le petit déjeuner, Ingrid réclama des « briochins », autre spécialité qu'elle tenait pour typiquement française. Comme Cédric lui assurait que ça n'existait pas, elle insista. Une amie de Copenhague lui en avait parlé.

– Elle m'a bien dit : ma plus belle souvenir de Paris, c'est d'avoir mangé des briochins place du Contrescarpe.

Conciliant, Cédric prit le téléphone, commanda des briochins et, telle est l'obligeance des hôteliers français, on ne lui fit aucune objection. Sauf que, finalement, lorsque le plateau arriva, n'y figuraient que d'honnêtes croissants.

– Oh, dit Ingrid déçue. C'est ça, les briochins ? Je connais déjà.

Ils étaient encore couchés. En buvant son thé, Cédric, brusquement, éprouva comme un vertige ou, plus exactement, il se sentit traversé par une houle qui était à la fois puissante et douce. Dans cette chambre, avec son papier peint à fleurettes, son armoire de pitchpin, ses deux gravures anglaises représentant des cavaliers en habit rouge, il lui semblait qu'une autre vérité était tapie. Ou la vérité tout court. Qui était à sa portée. Pour laquelle il n'était pas trop tard. Tout était encore possible. Il pouvait le poursuivre, ce voyage, avec cette Danoise si fraîche et qui beurrait ses briochins avec une expression si appliquée, il pouvait, avec elle, gagner l'Italie, la Grèce, les Caraïbes, en passant par Saint-Martin où, il y a quelques années, sur les conseils de Rochecotte, il avait placé un peu d'argent (et pas du tout en Suisse, comme il l'avait dit à l'ossu et à l'enveloppé).

Pris de panique, comme le jour où, au large dans la mer, repoussé par un courant, il avait pensé ne plus pouvoir rejoindre la rive, il se leva mais précautionneusement, les gestes au ralenti, comme un convalescent. Lui qui occupait toujours si entièrement l'espace où il se trouvait, il avait l'impression, ici, d'avancer dans le vide, d'être campé au sommet d'une montagne où, dans cet air plus vif, il était totalement libre de redescendre d'un côté ou de l'autre. Il gagna la salle de bains. Là, pendant quelques instants, entre lui et lui, il y eut le ronronnement du rasoir électrique. L'onde de douceur avait disparu. Puis elle revint. Il se mit à chanter *La petite Tonkinoise*. C'était son cataplasme habituel quand quelque souci le tourmentait. De loin, il entendit Ingrid qui, de son lit, lui criait bravo! De loin, de l'autre côté de la terre, il entendit Emmeline qui, de son lit, lui criait : bravo, j'aime vous voir de cette belle humeur. Mais l'onde de douceur était toujours là. Passant à un étage plus relevé, il se mit à chanter *L'amour est enfant de Bohème* et il découvrit que, lorsqu'on est dans cet état-là, lorsque l'onde de douceur nous traverse, lorsque le destin bascule ou pourrait basculer, toute musique, et même *La petite Tonkinoise*, devient déchirante, qu'elle n'est plus que la longue plainte de nos âmes défaites.

Il s'habilla. Au fur et à mesure, l'onde de douceur refluait. Avec ses chaussures, il eut un peu de peine et il se dit que, désormais, dans sa valise, il aurait soin d'emporter un chausse-pied. Qu'il fût encore capable de penser à un détail si platement pratique, cela le rassura. Il prit sa cravate. La cravate, comme on sait, est d'origine militaire et, si Aramon des Contours avait été là, il n'aurait pas manqué de rappeler les fastes du régiment Royal-Cravate. Elle est ce qui nous reste de l'armure et souvent c'est la première chose dont l'homme se débarrasse en rentrant chez lui comme jadis ses ancêtres l'épée. La cravate est un principe et elle en a la rigueur. La sienne nouée et qu'il serra particulièrement, Cédric était retombé en lui-même.

Il rentra dans la chambre. D'énormes lunettes sur son nez minuscule, Ingrid lisait le journal qu'on lui avait apporté avec le petit déjeuner. Cédric eut un coup au cœur : avec ses lunettes, elle était encore plus émouvante.

– Déjà habillé ? dit-elle.

– Je dois partir, dit Cédric.

Il allait ajouter : les affaires. Il eut honte. Il ne le dit pas. Ingrid lui prit le poignet. Cédric, à ce moment-là, aurait encore voulu lui donner n'importe quoi, y compris sa vie.

– Quelle heure est-il ? demanda-t-elle en renversant la tête pour voir l'heure à son bracelet-montre.

C'était une jolie montre, rectangulaire, très plate,

qui pouvait convenir à une femme comme à un homme. Cédric en dénoua le bracelet.

– Si, si, dit-il. Prenez-la.

Et il partit. La journée était radieuse. Cédric roulait vite. Trop vite. Dans un virage, il y eut un long gémissement des pneus, il y eut le choc contre un platane, il y eut un fracas puis le silence. Dieu, je suis sûr, a dû sourire en recevant cette âme-là. A sa manière, n'ayant jamais pesé sur la terre, elle était innocente.

Le jour de son enterrement, dans le petit cimetière attenant à la Mahourgue, sous un ciel qui roulait de gros nuages blancs, j'ai entendu derrière moi quelqu'un qui disait : « Au fond, c'était un inutile. » Je les ai regardés, ces notables, ces importants, hommes à projets, hommes à desseins, hommes à calculs, hommes à rosettes, rassemblés là pour enterrer celui qui leur avait le moins ressemblé. Et c'était à Cédric que j'aurais voulu voir ériger une statue. Un inutile... Et eux? Eux, à quoi servaient-ils? Toutes ces petites choses... Et où est-il écrit que l'homme soit sur la terre pour être utile?

XXVI

Pendant plus d'un an après la mort de Cédric, la maison fut comme éteinte. Alors que tant de gens dits utiles ou réputés irremplaçables ne suscitent, par leur décès, qu'une agitation bientôt retombée, cet inutile laissait derrière lui un vide immense. Il n'était pas jusqu'au petit garçon de Guillaume qui ne s'en rendît compte. Il errait de pièce en pièce et il disait Fedi! Fedi! avec une voix qui tenait du miaulement de petit chat. (Cédric avait fermement refusé l'appellation de bon-papa, suggérée par Muriel, et réservé pour plus tard celle de grand-père.) Prise d'une obscure panique dont, d'ailleurs, elle ne voulait pas convenir, Emmeline, cette année-là, retarda tant qu'elle le put le départ pour la Mahourgue. Lorsque enfin elle y arriva, elle crut, pendant quelques instants, ne rien reconnaître. Il lui semblait qu'un grand suaire s'était abattu sur le château, sur le parc, sur la campagne. Ce soir-là, dans sa chambre si vaste, les fenêtres ouvertes sur la nuit, elle pleura longtemps.

La première à réagir fut Isabelle. Un matin, qui était un matin de septembre, après une nuit où elle avait rêvé des chutes du Niagara, ce qui lui avait paru une incitation à l'action, elle se dit qu'il était temps pour elle d'empoigner son destin. C'est que cela avait continué à lui trotter dans la tête, cette idée de cinéma. Au petit trot, d'ailleurs, comme l'étaient toutes les démarches d'Isabelle. Cette idée, c'était comme si elle l'avait rangée dans un tiroir. De temps en temps, elle l'en retirait, l'époussetait, la remettait dans le tiroir et n'y pensait plus. Ou, quand elle allait au cinéma et qu'elle voyait, sur l'écran, ces visages de trois mètres sur quatre, elle se demandait s'il était possible, s'il était imaginable qu'un jour un de ces grands visages fût le sien. Un jour, dans une librairie du centre où un célèbre romancier était venu signer son dernier ouvrage en compagnie d'une vedette, Isabelle avait été frappée par ceci : qu'en défilant devant le comptoir où officiaient l'illustre écrivain et la vedette, les gens parlaient d'elle comme si elle n'eût pas été là, comme si cette tête d'affiche n'eût été que son affiche, disant, à un pas d'elle, des choses comme : « Tiens, je la croyais plus jeune » ou « Tu as vu, ce qu'elle tient comme valoches sous les yeux. » Cela avait achevé d'éblouir Isabelle. Se pouvait-il qu'elle aussi, elle devînt cette icône, cette statue à laquelle tout ensemble on vouait un culte et on refusait l'existence?

Le soir même – je veux dire le soir de ce matin de septembre – elle entra dans le petit salon où, sur un fond de musique qu'elles n'écoutaient pas, Emmeline et Marianca étaient occupées à apurer des comptes. Depuis la mort de Cédric, le grand salon n'était plus que rarement utilisé. Fort posément, en usant beaucoup de son expression favorite : j'estime préférable, Isabelle leur exposa son dessein : elle voulait s'orienter vers le cinéma. Emmeline aussitôt se crêta.

– Il n'en est pas question, dit-elle sèchement, croyant ainsi couper court.

Elle était loin du compte. Toujours aussi posément, Isabelle développa ses arguments. Marianca s'en mêla. Il y avait toujours, dans ce que disait Marianca, quelque chose de profondément apaisant. Elle posait ses phrases devant elle comme on étend une nappe, avec, de temps en temps, une incidente pour effacer les derniers plis, les dernières objections. A son sens, de deux choses l'une : ou il s'agissait d'une vocation véritable et il ne servait à rien de la contrarier ou elle ne l'était pas et le seul moyen pour Isabelle de s'en convaincre était de la laisser essayer. De toute façon, après une année si triste, il n'était pas mauvais qu'elle pût se changer les idées.

— J'espère au moins que vous prendrez un autre nom, dit Emmeline.

C'était déjà capituler. La discussion rebondit pourtant sur une conséquence à laquelle Emmeline n'avait pas pensé, à savoir que cela impliquait qu'Isabelle allât habiter à Paris. Vers une heure du matin, tant la question avait été retournée dans tous les sens, on en était arrivé aux conclusions suivantes : d'abord Emmeline allait immédiatement écrire à la tante Jeanne-Athénaïs pour lui demander si elle acceptait d'héberger Isabelle.

— Vous pensez bien qu'à votre âge, je ne vais pas vous lâcher dans Paris.

Isabelle qui, en pensée, s'était déjà aménagé une chambre de bonne, sous les combles, avec vue sur les Tuileries, fut un peu déçue. Elle fit contre mauvaise fortune bon visage.

Ensuite on irait consulter le cousin Rochecotte, dont la compétence en matière de show-business était notoire. Dans la famille, on lui croyait une liaison avec une sociétaire de la Comédie-Française. Comme quoi tout se sait mais généralement se sait un peu de travers.

On aura remarqué comme moi qu'au cours de cette scène, Isabelle, pas une fois, n'a fait allusion à l'homme au veston pied-de-poule. Ces petites filles sont parfois bien déconcertantes. Ou un très sûr instinct peut-être.

Une dizaine de jours plus tard, Emmeline et sa fille arrivaient à Paris. Leurs valises déposées chez la tante Jeanne-Athénaïs qui, par retour du courrier, avait accueilli avec enthousiasme l'idée de loger chez elle sa petite-nièce, elles se rendirent chez Rochecotte. Celui-ci les écouta avec la dernière attention, déclara que tout ça n'était pas si simple, qu'il allait y penser, « donner quelques coups de fil » et qu'il ne manquerait pas d'aller leur porter le fruit tout ensemble de sa méditation et de ses consultations. Le soir même, il s'en fut retrouver son égérie du moment, la nommée Patsy O'Troweghan que ses affiches présentaient comme l'impératrice du striptease et dont le numéro (un déshabillage très calculé sous une douche irisée de mille feux) passait une fois à vingt-deux heures quinze, une fois à vingt-trois heures quarante-cinq, dans un établissement de la rue Guénégaud. C'était une robuste Américaine, issue d'une maman Cherokee et d'un fermier de l'Ohio, lui-même en provenance du Connemara, des yeux anthracite, des cheveux couleur meuble, des épaules à supporter la chute du dollar mais les hanches étroites du cow-boy, le tout évoquant à la fois la grâce sauvage du mustang et le confort rustique d'un cosy-corner mexicain. Elle commença par faire à Rochecotte une scène fort flatteuse pour un homme de son âge et concernant son subit intérêt pour les starlettes.

– Petite-cousine, petite-cousine, c'est vite dit. Nous sommes tous cousins si on va par là.

Que Rochecotte ait accepté sans ciller de voir sa

parentèle étendue jusqu'à un fermier de l'Ohio, cela montre assez son attachement. Probablement touchée par son bon regard de cochon battu (je dis cela sans la moindre intention péjorative, le regard du cochon étant, de tout le règne animal, celui qui se rapproche le plus du regard de l'homme), Patsy O'Troweghan prit un ton plus câlin pour assurer à son gros éléphant qu'elle n'avait voulu que le taquiner, puis un ton plus compétent pour lui donner quelques conseils sur la carrière artistique de la petite-cousine, puisque petite-cousine il y avait.

Conseils dont, le lendemain, Rochecotte alla apporter le suc à Emmeline et Isabelle, dans le chalet à clochetons de la tante Jeanne-Athénaïs. A la grande déception d'Isabelle, Rochecotte, en ce qui concernait le cinéma, était résolument contre.

– Un métier de chien! dit-il avec l'assurance de quelqu'un qui est passé par là. En admettant même, ma chère enfant, que vous trouviez un engagement sans avoir à transiter par le lit d'un assistant-metteur en scène, eh oui, c'est comme ça, on va vous cantonner dans des rôles de ravissantes idiotes qui n'ont que deux répliques. Et après, vous serez prisonnière d'une étiquette dont vous ne pourrez plus vous dépêtrer.

– A moi, c'est ce qui est arrivé, lui avait expliqué la robuste Patsy en termes plus directs. A partir du moment où j'ai montré mon cul, on n'a plus vu que lui. Alors que j'étais faite pour jouer Desdémone.

C'est ici que j'admire définitivement la sagesse dont fait preuve Isabelle en continuant à ne pas dire un mot de l'homme au veston pied-de-poule. Il me paraît évident que, telle que se présente la situation, son évocation n'aurait pu que susciter un fort mouvement de méfiance.

– L'étiquette, c'est là le danger du métier, poursuivait Rochecotte toujours sur le ton du monsieur à qui on ne la fait pas. Aussi mon conseil est-il formel : le théâtre! Orientez-vous plutôt vers le théâtre. Le milieu est beaucoup plus sérieux. Au théâtre, on joue; au cinéma, on a joué, ajouta-t-il en se souvenant avec à-propos de ce fier aphorisme dont la veille l'avait régalé Patsy. Et commencez d'abord par un cours d'art dramatique. Je peux vous en signaler un excellent. Ah, ce sera dur! Je préfère vous prévenir. Ce sera dur. On n'a rien sans rien. J'ai eu l'occasion dernièrement de croiser une de nos grandes vedettes...

On admirera la décence du verbe croiser appliqué à Patsy O'Troweghan avec qui, depuis un an et demi, Rochecotte couchait très régulièrement, un jour oui, un jour non.

– Elle m'a confié qu'avant de se hasarder sur les planches, elle avait fait deux ans à la barre fixe et autant à l'Actor's Studio. Que cela ne vous décourage pas. Je loue tout à fait votre idée. Il est temps que nos familles sortent de cette inactivité dans laquelle elles s'enlisent. Un métier, il n'y a que ça de vrai.

Sur quoi, estimant avoir suffisamment marqué sa personnalité, il poussa sa pointe jusqu'à déclarer qu'il n'aimait pas le thé et qu'il aurait préféré un scotch (non sans avoir jeté un coup d'œil à sa montre. Il était cinq heures quarante : il pouvait).

– Tu n'avais qu'à le dire, mon garçon, dit la tante Jeanne qui lui en versa de quoi enivrer un sansonnet.

Isabelle fut donc installée dans une grande chambre au deuxième étage, meublée haute époque, avec une armoire à cacher trois amants et vue sur les frondaisons du parc de Saint-Cloud. Elle s'inscrivit au cours René Simon, se rebaptisa Isabelle Damien, se fit de nombreux amis et eut bientôt l'impression qu'elle vivait deux existences, l'une au cours Simon, l'autre à Saint-Cloud, l'une dans le siècle, l'autre en marge, la suture entre les deux n'étant pas toujours commode. La tante Jeanne-Athénaïs avait un travers – que d'aucuns, il est vrai, tiennent pour une vertu : l'exactitude. Le dîner, chez elle, n'était pas à huit heures cinq, il était à huit heures. Pour y arriver, Isabelle devait prendre, à la gare Saint-Lazare, le train de sept heures vingt. C'était tôt pour s'arracher à ses nouveaux amis qui, après les cours, restaient volontiers ensemble. Elle connut alors cette forme d'enfer qu'est le métro aux heures de pointe, connut l'exaspération des slaloms le long des couloirs, à travers les gens qui n'avancent pas, connut le désespoir des portillons qui se ferment sous votre nez. Un jour où elle n'avait pu attraper que le train suivant, la mine revêche de sa tante lui fit comprendre qu'il ne s'agissait pas de recommencer.

Se présenta bientôt une autre complication. Au cours, on conseillait beaucoup aux élèves d'aller souvent au théâtre. Or, dans le manoir de Saint-Cloud, dès neuf heures du soir, il y avait le couvre-feu et le verrouillage général des issues.

– Je peux prendre la clef, avait dit Isabelle.

Ma chère enfant, vous n'y pensez pas. Pour qu'on vous la vole dans le métro.

Ne voulant faire veiller ni son chauffeur qui avait soixante-dix-huit ans, ni sa cuisinière qui était acariâtre (sans quoi elle n'aurait pas été cuisinière), ni sa femme de chambre qui, plus jeune et encore taraudée par la chair, s'esquivait tous les soirs pour aller rejoindre son mari rue Tahère (chose que la tante Jeanne savait très bien tout en étant censée l'ignorer), l'excellente femme se résigna à veiller elle-même. Malgré cette précaution, craignant encore, en ouvrant à des minuit passé, de se trouver devant des cambrioleurs, elle convint avec Isabelle qu'à travers la porte elle lui demanderait quelques détails de la généalogie familiale, détails qu'elles seules étaient supposées connaître – et qu'Isabelle ne connaissait pas toujours. Au bout de deux mois de ce régime, lassée de ces veilles après lesquelles elle avait de la peine à trouver le sommeil, la tante Jeanne finit par rire elle-même de ses appréhensions et remit enfin à Isabelle une clef de la maison.

Un jour aussi, un après-midi où Isabelle n'était pas descendue à Paris, dans la véranda qui donnait sur le jardin, la tante mit la conversation sur le mariage. Isabelle ne désirait-elle pas se marier? Dans cette hypothèse, elle n'avait qu'un mot à dire : la tante Jeanne-Athénaïs tenait à sa disposition trois ou quatre partis tout à fait convenables. Isabelle rétorqua que, primo, elle tenait à faire son choix elle-même (« C'est le meilleur moyen de faire son malheur », commenta la tante) et, secundo, que, pour le moment, elle ne voulait penser qu'au théâtre et, accessoirement, plus tard, au cinéma.

– Oh, le cinéma! dit la tante sans s'arrêter de tricoter. Tu as entendu ce qu'en pense Rochecotte.

C'est alors qu'Isabelle se décida enfin à parler des flatteuses propositions de Schmalzigaug, l'homme au veston pied-de-poule. La tante monta aussitôt dans sa chambre, empoigna son téléphone et enjoignit à son notaire de prendre ses informations sur ce monsieur Schmalzigaug. Le notaire fit diligence. Deux heures plus tard, il était en mesure d'informer la tante Jeanne-Athénaïs que, compte tenu du caractère spécial de l'industrie cinématographique...

– Vous imaginez sans peine...

– J'imagine, dit la tante Jeanne qui n'imaginait rien du tout.

... Ce monsieur Schmalzigaug, dont les bureaux étaient situés au 24 bis de la rue de Presbourg, passait pour un producteur sérieux. La tante Jeanne prit note de ce qu'elle appelait ses coordonnées, ce qui montre que, même à Saint-Cloud, on n'ignore rien du langage contemporain et, quelques jours plus tard, aventurée dans Paris pour aller rendre visite à sa vieille amie, Gudrun de Bauern-Nassau, duchesse en Bavière, elle recommanda à son chauffeur de s'arrêter devant le 24 bis de la rue de Presbourg. Du fond de sa voiture, elle considéra attentivement l'immeuble : il avait bonne apparence. Elle se dit que, le jour venu, elle inviterait ce monsieur à prendre le thé. Il y serait sensible.

Or, un matin, la femme de chambre fit irruption dans la chambre de la tante Jeanne sans avoir été sonnée et la figure à l'envers.

– Mademoiselle n'est pas rentrée!

– Quoi?

– Comme je vous le dis.

Sautée de son lit, Jeanne-Athénaïs monta dans la chambre d'Isabelle. Il n'y avait pas d'erreur. Le lit était intact. Isabelle n'avait pas couché là. Jusque vers onze heures, l'excellente femme se fit un sang d'encre. Dans son égarement, elle parcourait la maison, ouvrait des portes, les refermait. A tout hasard, elle envoya son chauffeur et le jardinier fouiller le jardin. En vain. Elle téléphona au cours Simon : Isabelle n'y était pas et déjà, la veille, n'était pas venue. Elle appela Rochecotte, ne le trouva qu'à l'heure du déjeuner. Une demi-heure plus tard, il arrivait. Sa conclusion était formelle : il allait téléphoner au Préfet de police, qui était de ses amis mais, d'abord, il fallait prévenir Emmeline.

279

– Mais elle va me la retirer, dit la vieille dame atterrée.

– Tant pis, dit Rochecotte.

Qui, homme de décision, avait déjà la main sur le téléphone. Il tomba sur le toujours moins jeune Eugène. Lequel lui répondit que Madame la Comtesse était sortie. Qui lui passa Marianca. Marianca dit sobrement :

– Surtout ne faites rien. N'alertez personne. J'arrive.

Plutôt que d'inquiéter Emmeline, qui déjeunait chez les Raspassens, elle lui laissa un mot pour lui dire qu'elle était obligée de s'absenter pour deux ou trois jours, prit sa voiture (depuis longtemps, elle en avait une à elle), roula d'une traite et arriva à Saint-Cloud pour y trouver la tante Jeanne qui égrenait son chapelet après avoir fait un vœu à saint Antoine, un autre à sainte Jeanne, sa patronne et un troisième à sainte Isabelle. Un accident? Impossible! Vous auriez été prévenue. Un enlèvement? Les ravisseurs auraient déjà appelé. Une fugue? Mais avec qui? Après un quart d'heure de brouhaha, surgit le nom de Schmalzigaug.

– Schmalzigaug? dit Marianca un moment égayée malgré son angoisse. Il y a des gens qui s'appellent Schmalzigaug?

– Pourquoi pas? dit la tante Jeanne.

Dans la vision extravagante qu'elle se faisait du monde cinématographique, elle aurait été étonnée plutôt d'y rencontrer un Dupont.

Dès neuf heures, le lendemain, Marianca arrivait rue de Presbourg. Au quatrième étage, les bureaux de Schmalzigaug occupaient trois vastes pièces, assez bien, de grandes baies, une moquette gris souris, ensemble présentement occupé par une seule demoiselle-dactylographe, une blondinette pas plus mal qu'une autre et qui mangeait un sandwich au beurre de cacahouettes, originalité surprenante qu'elle se promettait de souligner à la première occasion.

– Monsieur Schmalzigaug?

– Il n'est pas là.

– Quand sera-t-il là?

– Il est en voyage.

– Mademoiselle de Saint-Damien, vous connaissez?

– Je n'ai pas cet avantage, dit la blondinette qui se révélait coriace.

Au-delà d'elle, la cloison était ornée d'une dizaine de photos, assez grandes, qui représentaient des scènes de tournage ou des premières de films. Marianca s'en était approchée. Brusquement, il y eut, dans son corps, c'était visible même de dos, un raidissement.

– Qui est-ce, celui-là?

– Vous me le demandez? dit la blondinette. C'est Jean Gabin.

– Non, à côté.

– C'est Monsieur Schmalzi, tiens! Je pensais que vous le connaissiez.

Marianca s'était retournée. Vu son habituelle impassibilité, je n'étonnerai personne en disant que pas un trait de son visage n'avait bougé. Mais je n'aurais pas voulu me trouver dans son regard.

– Et il est en voyage?

– Je vous l'ai déjà dit.

– Où ça, en voyage?

– Ça, je ne suis pas payée pour vous le...

Je n'avais pas tort de pressentir que, sous ce visage et cette voix restés inaltérés, couvait une tempête. En témoigne la redoutable torgnole qui arriva sur ce que, dans le feu de l'action, j'appellerai le tarin de la blondinette. Elle en était retombée sur sa chaise. Une deuxième torgnole qui, elle, tenait plutôt de la charge de la cavalerie légère, expédia le tout, chaise et blondinette, sur la moquette gris souris. Et, à trois centimètres au-dessus du visage de la demoiselle, le talon aiguille de Marianca.

– Dis-le ou je t'écrase!

– Marrakech, dit la blondinette dans un souffle. Puis :

– Il m'a fait prendre deux billets pour Marrakech.

– Bon, dit Marianca. Si tu as le malheur de lui téléphoner, je reviens te mettre en morceaux. Compris ?

– Compris, dit la blondinette.

A mon avis, mais ce n'est qu'une impression, elle ne devait pas l'adorer, son employeur.

Marianca reprit sa voiture, s'arrêta deux cents mètres plus loin devant un café, y prit des jetons de téléphone, trouva la cabine occupée, piétina pendant quarante-cinq secondes, ouvrit la porte de la cabine, signifia au téléphoneur qu'elle attendait depuis un quart d'heure. Terrorisé, l'individu s'esquiva, à reculons, le dos contre le mur de céramique violâtre. Marianca appela Air France. L'avion pour Marrakech venait de partir mais il y en avait un autre dans deux heures, avec escale à Tanger. Puis elle appela la tante Jeanne-Athénaïs.

– Je suis sur sa trace. Mais il me faut de l'argent. Je n'en ai pas assez sur moi. Pouvez-vous m'en apporter à l'aéroport ?

– Affirmatif, dit la tante Jeanne qui, elle aussi sans doute empoignée par l'action, en avait modifié son vocabulaire.

Elle y était déjà, à l'aéroport, lorsque Marianca y arriva, postée sur le trottoir des départs, à côté de son antique voiture dont son antique chauffeur lui tenait la portière, elle et lui parfaitement inattentifs aux adjurations d'un agent de police qui, après leur avoir enjoint sèchement d'aller se ranger ailleurs, en était maintenant à les supplier, des larmes dans la voix.

— Voici. J'ai ramassé tout ce qu'il y avait à la maison. Plus mon collier d'émeraudes qu'on peut toujours négocier. Alors? Où est-elle?

— A Marrakech.

— Très bien. Allons-y.

— Vous? Mais, Madame... Je vous assure... Tout ce voyage. Je n'ai même pas une certitude.

— Ma petite, quand j'aurai besoin de votre avis, je vous le demanderai. J'ai ma part de responsabilité. J'irai jusqu'au bout. Joseph!

— Madame la Comtesse...

— Vous pouvez rentrer. Alors, mon garçon, vous êtes content? ajouta-t-elle à l'intention de l'agent de police et en lui donnant un amical coup de canne sur la jambe.

Il y avait à peu près une heure à attendre. Jeanne-Athénaïs la meubla par divers propos où on pouvait retrouver le sûr génie de la légèreté des Saint-Damien.

— Vous verrez, Marrakech, en cette saison, est très agréable. L'hôtel est parfait. Je le connais. J'y ai été, avec mon mari, à l'heureuse époque. J'y ai même un cousin...

Tiens! C'est le contraire qui m'aurait étonné.

— Qui s'est acheté une maison par là. Un gentil garçon, un peu...

Au moment d'ajouter que ce gentil garçon était « un peu spécial » (traduisez : une folle tordue), elle se tut, préférant garder pour elle ce secret de famille. Dans l'avion, très animée, elle commanda

283

un scotch, en précisa la marque. Elle en prit un deuxième à l'escale de Tanger. Du bout de sa canne, elle écartait les passagers qui, à son sens, ne réembarquaient pas assez vite. A Marrakech, à l'hôtel de la Mamounia, comme elle se dirigeait déjà vers la réception avec l'assurance d'une vieille habituée, Marianca la retint par le bras.

– Non, dit-elle. Il nous faut les surprendre.

Elles prirent l'ascenseur, en sortirent au premier. Marianca interpella une femme de chambre qui passait, mignonne, le visage un peu trop rassemblé mais avec de beaux yeux d'almée.

– Monsieur Schmalzigaug, s'il vous plaît.

L'odalisque ne savait pas. D'Emmeline, Marianca avait retenu la grande leçon : que, lorsqu'on a recours à autrui, il faut toujours montrer un billet. Elle le montra.

– Un Français. Qui est arrivé hier ou avant-hier. Avec une jeune fille.

– Ah! C'est le cinquante-trois.

– Conduisez-nous.

Arrivées devant le cinquante-trois :

– Ouvrez.

– Mais, Madame...

Un deuxième billet extermina ce beau sursaut. L'odalisque prit son passe, ouvrit et, à la seconde, disparut.

– Oh! dit la tante Jeanne en ponctuant son exclamation par un coup sec de sa canne sur le carrelage.

Sur quoi, il y eut un silence. Un silence immobile. Tout était figé, y compris les regards. Couchée sur le lit, il y avait Isabelle, nue comme un visage. En face, debout, en pantalon bleu lin et le torse nu, devant la porte-fenêtre grande ouverte, sur fond de palmiers, il y avait Matt. Puis, mais lentement, Isabelle tira vers elle un pan du drap de lit. C'était comme un film qui, un moment arrêté, se serait remis en marche. Dans le mouvement, Marianca fit un pas vers le lit.

– Ça suffit. Habille-toi et viens.

– Et pourquoi? dit Isabelle.

– Faut-il que je te le dise?

Puis, vers Matt :

– Dis-le, toi.

Mais, du côté de Matt, il se passait cette chose surprenante – ou peut-être pas si surprenante. Ce Matt devenu Schmalzi, ce Schmalzi que, dans les milieux du cinéma, on appelait le négrier tant il était rogue avec les figurantes et le petit personnel, tant il mettait de férocité à rogner sur les cachets et les défraiements, ce Schmalzi, qu'on appelait aussi Divan le Terrible, tant il se montrait véloce à expédier sur ce meuble les ingénues si brûlantes du désir de voir leur nom en lettres de feu au fronton du cinéma Normandie, ce Matt était supprimé. Supprimé ou tout comme. Paralysé, pétrifié. Pétrifié par cette peur qui, depuis qu'il l'avait éprouvée pour la première fois, là-bas en Espagne, lui revenait à intervalles irréguliers sans qu'il pût rien faire pour la prévoir ou la commander, comme une infirmité intermittente, comme un trait de caractère qui n'apparaît que dans certaines circonstances, comme une rage de dents atroce à cinq heures du matin et disparue avec le petit déjeuner. Cette peur avec ses effets physiques que les médecins connaissent bien : la gorge nouée, le larynx étranglé, la plaque de plomb à la base du cou, l'incapacité d'articuler un seul mot. Cette scène pourtant, il s'y attendait. En persuadant Isabelle, dès leur troisième rendez-vous, qu'il lui fallait rompre les ponts et marquer cette rupture en partant avec lui, il savait bien qu'un jour quelqu'un les rattraperait. Cela faisait partie de ce que, par déformation professionnelle, il appelait son scénario. C'en était même l'aboutissement indispensable. Mais, dans sa pensée, dans son projet, ce quelqu'un ne pouvait être qu'Emmeline. Avec Emmeline, il aurait su quoi dire. Avec Emmeline, il se serait montré hautain, sarcastique, vengeur, sa vengeance enfin devant lui. « Parfaitement, Comtesse ! » Cent fois, il s'était entendu le lui dire. Avec Marianca, c'était impossible. Avec cette vieille dame, c'était impossible. Avec cette vieille dame qui s'énervait :

– Lui dire quoi, à la fin ?

Marianca eut pour elle un regard de côté.

– Je le savais bien, que vous me gêneriez, dit-elle entre haut et bas.

Elle avança encore vers le lit, empoigna Isabelle par le bras. Isabelle recula. Mais la poigne de Marianca n'était pas de celles auxquelles on pût se dérober. Elle emmena Isabelle dans la salle de bains, referma la porte.

– D'abord, mets ce peignoir. Tu es ridicule.

Le tutoiement aussi était nouveau.

– Sais-tu qui est cet homme ?

– Cette question ! dit Isabelle hargneusement.

– Non, je suis sûre que tu ne le sais pas. Cet homme, c'est Matt.

– Matt ?

Comme on s'en souvient, lors des garden-parties, de l'autre côté de la guerre, ou lorsque Matt venait jouer avec ses frères à la Mahourgue, Isabelle était trop petite pour qu'elle pût s'en souvenir. Et lorsque, au retour d'Espagne, Matt avait passé vingt-quatre heures dans la maison, elle était dans son pensionnat. Mais elle en avait entendu parler. Elle savait. Elle savait sans savoir. Plus exactement, elle savait qu'il y avait quelque chose à savoir mais sans savoir quoi.

– Matt, dit-elle. Mais alors...

Il ne fallait pas être sorcier pour deviner ce qu'elle pensait. Qu'au bar de l'Olympic, ce n'était pas son visage qui avait séduit Matt, ni sa beauté, ni sa photogénie. Il savait déjà qui elle était. Et c'était pour cela que... Dans son peignoir éponge, qui était celui de l'hôtel, elle eut pour un moment, malgré son profil de statue grecque, l'air d'une très petite fille. Puis, relevant brusquement le menton :

– Qu'est-ce que cela change? Il m'aime.

– Tu parles! dit grossièrement Marianca. Il ne t'a prise que pour se venger de ta mère.

Isabelle hésita quelques secondes.

– Pourquoi de ma mère?

Là, pour mon goût, Marianca aurait aussi bien fait de se taire. Mais, depuis Paris, sa fureur la portait.

– Parce qu'il a été son amant.

Il faut croire que deux coups en quelques secondes, c'est trop et qu'ils s'annulent. Ou peut-être aussi, allez savoir, que, pour Isabelle, ce détail n'avait pas l'importance que semblait lui prêter Marianca.

– Et alors? dit-elle rageusement.

Houle d'un moment qui fut presque aussitôt recouverte par une autre.

– Bon! dit-elle.

Elle regagna la chambre. Posément, les mouvements à peine accélérés, elle se rhabilla. Dans le silence. Sous le regard de la tante Jeanne-Athénaïs restée devant la porte. Sous le regard de Marianca immobile sur le seuil de la salle de bains. Sous le regard de Matt devant la porte-fenêtre, sur fond de palmiers.

En bas, tandis que la tante Jeanne emmenait Isabelle au bar de l'hôtel, y reculait devant un troisième scotch, demandait un thé au citron puis se ravisait pour un thé au jasmin, plus couleur locale, Marianca entamait un conciliabule serré, billets à la main, avec le portier. Pour ce soir, il n'y avait plus d'avion. D'autre part, dans l'ignorance où on était des intentions de Matt, il n'était pas question de rester dans le même hôtel que lui, ni à proximité. Le portier finit par proposer une voiture pour les conduire à Casablanca. Va pour la voiture. Mais vite.

– Le temps de téléphoner, Madame.

C'est exaspérant parfois, ces trucs qui piétinent, ces obstacles qui n'en sont pas mais qui vous font traîner, ces additions, la monnaie qu'on attend, toutes ces choses que le cinéma, vous avez remarqué? escamote mais qui, dans la vie, sont là et vous courent entre les jambes. Au bout d'un quart d'heure, la voiture arriva, avec son chauffeur, un petit homme rieur, flanqué d'un autre individu, plus long, en djellaba, muni d'un fusil qui devait avoir fait ses débuts vers 1870.

– La nuit, il vaut mieux, dit le portier.

A ce moment-là, le Maroc connaissait des heures troubles et les routes passaient pour peu sûres. La tante Jeanne était enchantée. L'homme au fusil lui plaisait particulièrement.

– Quand je raconterai ça à Gudrun. Elle qui dit toujours que je deviens popote.

Pendant tout le parcours, Isabelle ne dit pas un mot. Dans l'avion qui les ramenait à Paris, assise entre la tante et Marianca, elle émergea de son silence.

– Je ne veux pas rentrer à la maison, dit-elle. Je ne veux pas revoir Maman. Je veux rester chez ma tante.

– Aussi longtemps que tu voudras, ma chérie, dit la tante Jeanne-Athénaïs de plus en plus enchantée.

XXVII

Il y eut alors, pour Isabelle, un moment difficile. Encore y a-t-il dans le mot difficile un principe d'activité. Chez Isabelle, il n'y en avait plus. On eût dit qu'elle était absente. Elle avait renoncé au cours Simon. Il faut bien dire que son seul essai, dans une scène de Giraudoux, n'y avait suscité que des compliments modérés et des critiques qui l'étaient moins. « Trop posé, mon petit, lui avait dit le Maître. Trop réfléchi. Il te manque la folie. » (C'était même ce qui l'avait poussée à aller voir Schmalzigaug, avec les conséquences que l'on sait.) Réfugiée dans sa chambre du deuxième étage, elle n'en descendait que pour les repas et, pendant ces repas, tombait dans des silences d'un quart d'heure ou tenait des propos qui témoignaient d'une singulière distraction, allant jusqu'à dire : « Dommage qu'il pleuve » alors que le temps était radieux. Ou parfois elle allait faire deux heures de marche dans le parc de Saint-Cloud, mais sans un regard pour les grands arbres, pour les fontaines, pour les belles allées. Ou, si elle les regardait, elle les trouvait funèbres. Elle qui, à la Mahourgue, s'intéressait au moindre bourgeon, elle passait sans les voir devant les superbes parterres. Le printemps était venu. Apparemment pas pour elle. Pour la sortir de cet engourdissement, la tante Jeanne prenait un ton enjoué, poussait des exclamations hors de propos, émettait l'idée qu'elles pourraient aller au théâtre (cela faisait dix ans qu'elle n'était plus sortie le soir) ou au cinéma (qu'elle méprisait, le tenant pour un divertissement de petites gens qui, d'ailleurs, dans son idée, n'y allaient que pour « se peloter »). Enfin, un jour, à son grand soulagement, elle entendit Isabelle qui, dans la pièce à côté, téléphonait, sans qu'elle pût comprendre à qui, et qui convenait d'un rendez-vous. Du coup, elle lui offrit sa voiture et son chauffeur, ce qu'Isabelle accepta, visiblement avec plaisir, alors qu'elle l'avait toujours refusé pour aller à ses cours. L'antique voiture, il est vrai, aurait fait rigoler tout le cours Simon. Lorsqu'elle revint :

– Marraine, dit-elle. (Bien que la tante Jeanne-Athénaïs ne fût en aucune façon sa marraine, elle avait adopté ce vocable.) Marraine, je suis enceinte.

Je voudrais ici faire encadrer et pendre au mur la réplique de la tante Jeanne-Athénaïs, tant elle m'enchante, tant elle me console des quelques laideurs que m'a apportées la vie, tant aussi elle complète le signalement de la famille Saint-Damien.

– Bravo! dit-elle. Cela mettra de la gaieté dans la maison.

Tel était leur bonheur que, pendant plus de quinze jours, elles ne songèrent même pas à en aviser Emmeline. Elles le gardaient pour elles, ce bébé à venir, déjà le mitonnaient, le cajolaient, formaient des projets. Finalement, la tante Jeanne se décida à téléphoner. Emmeline et Marianca accoururent aussitôt. J'étais précisément ces jours-là à Paris, pour une affaire à plaider. J'allai les rejoindre chez la tante Jeanne-Athénaïs dont, depuis ce que m'en avait raconté Marianca, j'étais curieux de faire la connaissance. Je les trouvai toutes les trois, qu'est-ce que je dis, toutes les cinq, Isabelle, Emmeline, Marianca, la tante Jeanne et sa vieille amie, la princesse de Bauern-Nassau, plus un canari dans sa cage, les deux fenêtres du salon ouvertes sur ce qu'il y a de plus gai au monde : un jardin au printemps, jardin dont, dans sa cage au soleil, le canari semblait être le délégué ou l'ange annonciateur. Et ça jacassait, ça riait, ça parlait bébé, ça parlait layette, ça proposait des prénoms. De loin, la tante Jeanne, avec un geste de vainqueur sur le podium, me montrait la brassière qu'elle tricotait. Bleue, bien entendu. Ce serait un garçon. Ce ne pouvait être qu'un garçon. Et il s'appellerait Saint-Damien ! Au milieu de ce brouhaha, de ces pépiements dont on ne savait plus s'ils étaient d'elles ou du canari, je finis par entrevoir, ou ai-je cru entrevoir que finalement l'idée que, de cet enfant, Matt fût le père, leur plaisait. Leur plaisait infiniment. Bon, il était ce qu'il était...

— Un dégueulasse, dit sobrement Gudrun de Bauern-Nassau, duchesse en Bavière.

Mais il avait été pour Marianca quelque chose comme un frère, il avait été pour Emmeline quelque chose comme un amant : il était des leurs. J'en eus si nettement l'impression que je dis :

— Il faudrait peut-être l'avertir.

— Qui ?

— Matt.

Jeanne-Athénaïs laissa tomber son tricot sur ses genoux et, en me regardant par-dessus ses lunettes :

– Tiens, pourquoi? dit-elle.

Et Emmeline eut ce joli rire rauque qui, à travers les vagues du temps, continuait à me bercer le cœur.

– Mon pauvre vieux, dit-elle. Voilà bien une idée d'homme.

XXVIII

A ma connaissance, on n'a jamais dressé une statistique sérieuse sur le nombre de gens qui sont morts des suites d'un enterrement. Par un matin de janvier où la radio avait annoncé un froid plus jamais vu depuis le rude hiver de 1944-45, le père Ricou se crut obligé d'aller aux obsèques de ce Guinard qui, au temps où il était député, lui avait rendu quelques services. Au cimetière, il y eut trois discours. Vu le temps, c'était quatre de trop. Ricou rentra chez lui glacé jusqu'aux os. Ces dernières années, sa santé s'était encore détériorée. Quatre marches maintenant suffisaient à l'essouffler. Il avait des absences aussi, donnait deux fois le même coup de téléphone ou interpellait des gens en leur disant : « Que devenez-vous ? Ça fait des siècles » alors qu'il les avait vus la veille. Il mourut au bout de la semaine.

D'abord murée dans son chagrin et ne voulant, à part Emmeline, voir personne, Madame Ricou finit par convoquer ce Fleurquin dont, on s'en souvient, Ricou avait fait son bras droit.

– Monsieur Fleurquin, dit-elle, je voudrais...

– Ah, Madame, dit Fleurquin sans lui laisser le temps de poursuivre. Ah, Madame !

Et, d'une voix aussi blême que son visage, si on

veut bien me passer cette métaphore, avec pourtant ce léger frémissement du plongeur au moment de sauter de son tremplin, il se lança dans un exposé fort émaillé de chiffres. Il en résultait que la situation de l'usine était déplorable; que, notamment à cause de ses trous de mémoire, le regretté Monsieur Ricou s'était souvent lancé dans des opérations hasardeuses; qu'à diverses reprises, il s'était trouvé embarrassé pour ses échéances; que lui, Fleurquin, avait cru pouvoir l'aider en lui prêtant des sommes de plus en plus considérables, bref qu'en vertu de ces reconnaissances de dettes, il pouvait, lui, Fleurquin, que dis-je, il devait se considérer maintenant comme le propriétaire de soixante pour cent de l'entreprise.

– Allons, Fleurquin, dit Madame Ricou avec sa double autorité de fille de braconnier et de haute bourgeoise. Vous n'allez pas me dire que vous étiez en mesure de consentir de telles avances.

Si, au début de l'entretien, Fleurquin avait encore eu un zeste d'appréhension, il semblait maintenant décidé à ne plus y aller par quatre chemins.

– Mettons que j'agissais pour un groupe, dit-il.

– Quel groupe?

Eh bien, ce groupe, c'était Matt. Ou, plus probablement un groupe animé par lui car, malgré les bénéfices des deux derniers films de la Schmalbou (Schmalzigaug et Boulloche), je doute que Matt ait pu disposer personnellement de fonds suffisants. Dès le lendemain, il arrivait, débarqué non de sa voiture rouge mais d'une autre, d'un beau bleu nuit et où on s'étonnait de ne pas voir une cocarde. Après un conciliabule avec Fleurquin dans le bar de l'hôtel, il se rendit chez Emmeline, la trouva avec Marianca dans le petit salon, émit le vœu de parler à Emmeline seule.

– Il n'en est pas question, dit Emmeline sèchement.

Elle ne lui avait même pas proposé de s'asseoir.

– Qu'à cela ne tienne, dit Matt en s'asseyant et en faisant sortir les manchettes de sa chemise.

Geste qui inspira aussitôt à Emmeline la plus vive répulsion. A l'instant, elle décida qu'avec Matt ce serait la guerre.

– Voilà, dit-il. Vous connaissez la situation. Mes conditions sont simples : je veux mon fils.

– Votre fils?

– Quel fils? dirent à peu près en même temps Emmeline et Marianca en réussissant à simuler la plus totale stupéfaction.

– Ma bonne amie, dit Matt à l'intention de Marianca, ma chère Comtesse, ajouta-t-il vers Emmeline (appellations qui les firent tressaillir toutes les deux. C'était nouveau, ce style-là), ne commençons pas à chipoter là-dessus. Isabelle a un fils. Tout me donne à penser qu'il est de moi. Et quand je dis que tout me donne à penser... Je le sais, c'est tout.

Il aurait pu s'arrêter là. Sans doute ne résista-t-il pas au plaisir de faire admirer la finesse de ses procédés.

– Il m'a suffi de téléphoner chez la bonne tante sous couleur d'une affaire d'assurances. La femme de chambre m'a rembarré mais ses réponses m'ont assez éclairé. Et il m'a suffi d'aller trois jours de suite dans le parc de Saint-Cloud. Je l'ai vu, mon fils. Toujours avec la femme de chambre. Ne la grondez pas. Elle ne croyait pas mal faire.

Était-ce ce souci humanitaire ou l'évocation de son fils? Pendant un moment, il avait eu une expression à peu près humaine. Puis, il fit encore une fois sortir ses manchettes, l'expression humaine avait disparu et la répulsion d'Emmeline monta encore d'un cran.

– Si Isabelle veut m'épouser...

– Vous rêvez! dit Emmeline.

– Je disais ça pour simplifier. Ce n'est pas là l'essentiel. L'essentiel, c'est que je veux mon fils. Je le veux quatre mois par an. Le partage est honnête, je pense. Bien entendu, je veux aussi le reconnaître.

– Et sinon?

– Sinon, je prends l'usine. Non, non, ne me répondez rien. Vous céderiez à un mouvement d'humeur. Ce voyage m'a fatigué. Je vais me reposer à mon hôtel. Nous en reparlerons demain.

Puis, en se levant :

– Je vous donne vingt-quatre heures.

Entretien qu'Emmeline me rapporta aussitôt au téléphone, très minutieusement, sans même oublier le détail des manchettes qui l'avait si particulièrement irritée.

– Tout cela me paraît bien confus, lui dis-je. Des reconnaissances de dettes ne constituent en aucune façon un titre de propriété. A mon avis, si Matt t'a parlé avec cette assurance, c'est qu'il doit avoir entre les mains autre chose.

– Mais quoi?

– Est-ce que je sais? Dans l'état où était ton père ces derniers temps, et avec ce Fleurquin à ses côtés pour lui tournebouler les idées, il a pu signer n'importe quoi. La première chose à faire, c'est de vérifier. Écoute. Téléphone immédiatement à Matt. Dis-lui que, pour l'entretien de demain, tu es d'accord mais que tu as besoin de ma présence. Au titre d'ami de la famille. Parce que sinon... Et tu lui demandes d'apporter toutes les pièces. Allô, tu m'écoutes?

298

Depuis un moment, j'avais l'impression que, tout en me téléphonant, elle répondait à quelqu'un près d'elle.

– Oui, oui, dit-elle. Excuse-moi. C'est Marianca. Elle a une autre idée.

– Tiens! Laquelle?

– Je n'ai pas encore bien compris. Quand on me parle de deux côtés à la fois...

– Dans l'immédiat, il n'y a pas d'autre idée. Je vous attends demain. Dix heures, ça te va?

– C'est ça, dit-elle.

Puis, après un bredouillis de voix :

– Non. Attends. Il y a Marianca qui me dit quelque chose.

Encore Marianca! Je commençais à m'énerver. Si tout le monde s'en mêlait...

– Quoi, Marianca?

– Elle pense que ce serait mieux chez moi.

– Bon. Chez toi, si tu veux.

En arrivant le lendemain, introduit par Eugène dans le petit salon, je trouvai Marianca toute seule.

– Emmeline vous prie de l'excuser. Elle est partie.

– Partie? Partie pour où?

– Pour Saint-Cloud. Avec Matt.

– Avec Matt!

– C'est Isabelle que cela regarde d'abord, dit Marianca. Il fallait la consulter.

– Isabelle est une enfant.

– Elle est aussi la mère.

La platitude de ce propos et, plus encore, le ton confit sur lequel Marianca l'avait articulé auraient dû me faire rire. Je n'avais aucune envie de rire. La veille déjà, Emmeline m'avait énervé. Maintenant, j'étais furieux.

– J'ai déjà entendu dans ma vie beaucoup d'idées imbéciles. Plus imbéciles que celle-là, jamais.

– Elle est de moi, dit Marianca sur le ton le plus paisible.

– Elle n'en vaut pas mieux. Qu'est-ce qui a pu vous prendre, je me le demande. Enfin, tant pis. Je n'ai plus qu'à rentrer chez moi. Franchement, ajoutai-je avec aigreur, vous auriez pu me prévenir. Je ne me serais pas dérangé.

– Mais non, dit-elle. Restez. Pour une fois que nous avons l'occasion de nous parler tranquillement.

Qu'est-ce que cela voulait dire? Cent fois, mille fois, depuis le temps, nous avions eu l'occasion de nous parler, et même plus tranquillement que ce jour-là. Un moment – tant, sur ce chapitre, les hommes peuvent être sots – j'imaginai qu'elle voulait profiter de l'absence d'Emmeline pour accéder au vœu qu'un jour, à la Mahourgue, je lui avais si bêtement exprimé. Mais non. C'était idiot. Pour couronner ma flamme, comme on dit (métaphore, lorsqu'on y pense, singulièrement imagée), Marianca n'avait besoin ni de la permission d'Emmeline, ni de son absence. Je la regardais. Elle avait son expression de toujours. Un peu plus câline peut-être. Une fois de plus, comme si souvent avec Marianca, je me trouvais devant « cette mer inconnue pour laquelle nous n'avons ni barque ni voile », expression que j'ai lue je ne sais plus où. Elle me parlait de choses et d'autres, de Guillaume qui couvait une nouvelle invention, de Muriel dont le second bébé était attendu pour dans deux mois, informations dont aucune ne se recommandait par son urgence. Comme pour combler le vide entre nous, elle sonna Eugène, lui enjoignit de nous apporter du café. L'intermède du café terminé, elle le rappela encore, cette fois pour remettre des bûches dans le feu, effort musculaire dont elle aurait aussi bien pu s'acquitter elle-même, les bûches étant déjà disposées à côté de l'âtre. Me passa par l'esprit une anecdote que m'avait racontée un de mes confrères à propos d'un certain Roger dit le Stéphanois, truand notoire qui, un jour, dans son cabinet, l'avait tenu une heure entière à lui parler de babioles pour ensuite, quelques semaines plus tard, le faire convoquer comme témoin de son alibi pour un hold-up commis à Béziers, le même jour et à la même heure, par d'autres mais très vraisemblablement sur ses indications. Marianca avait-elle besoin d'un alibi ? Était-ce pour le renforcer qu'à deux reprises elle avait sonné Eugène ? Un alibi pour quoi, dans quel dessein, pour cacher quoi ? Dans un éclair argenté, comme ces petits poissons qu'on voit jaillir de la mer pour y replonger aussitôt, me passa par l'esprit une question, une double question : à quelle date était née Isabelle ? à quelle date remontait la liaison avec Matt ? Mais non ! Absurde ! C'était absurde. Lorsque Marianca était arrivée dans la famille, bien avant Matt, Isabelle était déjà née. J'en étais sûr. Je revoyais des scènes. A moins que... La mémoire est si bizarre parfois. Elle télescope, elle malaxe, elle triture, elle superpose, j'oserais même dire qu'elle invente. Mais mon tourment principal restait ce voyage. Ce voyage à Saint-Cloud, d'Emmeline avec Matt. Ce voyage dont Marianca prétendait que c'était une idée à elle. Non seulement il me paraissait imbécile mais ce qui, pour moi, était plus grave encore, il ne leur ressemblait pas. Il ne ressemblait ni à Emmeline, ni à Marianca. Il y avait là-dedans comme un début de conciliation. Emmeline conciliante ? Allons donc ! Marianca conciliante ? Tarare pompon et clarinette, comme aurait dit Aramon des Contours. J'ai là-dessus une doctrine : qu'à part les malheurs venus du dehors, morts, maladies, accidents, nous n'avons en général que des aventures qui nous ressemblent, issues moins des événements que de nos caractères. Aux compliqués, les aventures compliquées. Aux sordides, les péripéties sordides. Et quand les compliqués ont une idée simple ou les sordides une idée généreuse, c'est qu'il y a mensonge, ruse, manigance. Là, dans ce petit salon, pris entre les flammes de l'âtre et les propos sans intérêt de Marianca, je la pressentais, la manigance. Je le voyais venir, le coup fourré. Emmeline en était capable. Et, plus encore, Marianca. Depuis le décès de Vaqueiros, depuis la location de sa maison à ces étranges Espagnols, j'étais sûr maintenant de ses obscures accointances, de son obscur pouvoir.

J'étais arrivé chez Emmeline à dix heures. J'en suis reparti à onze heures dix. A dix heures vingt-cinq, l'agent de police de planton devant le commissariat avait pu assister à ce spectacle surprenant : Emmeline débarquant d'un camion de légumes. Au commissaire Lambertini, elle a raconté qu'étant partie ce matin-là pour Paris, avec Schmalzigaug, dans sa voiture, ils avaient été arrêtés, à quelques kilomètres, par un camion de légumes qui, ayant heurté une voiture vert tilleul (la précision de ce détail surprit le commissaire), s'était déporté et barrait la route. De la voiture vert tilleul, avaient surgi trois hommes. Le premier avait extirpé Schmalzigaug de sa voiture et l'avait aussitôt réenfourné sur la banquette arrière. Le deuxième avait pris le volant. Le troisième avait ouvert la portière droite et enjoint à Emmeline de descendre. Sur quoi, les deux voitures, la vert tilleul et celle de Schmalzigaug, étaient reparties à forte vitesse. Obligeamment, le chauffeur du camion avait proposé à Emmeline de la ramener en ville. Mais lorsque, sur ce détail, Lambertini ordonna à un de ses agents d'aller le retenir, il avait disparu, et son camion avec lui. Y avait-il une conclusion à en tirer? Il était peut-être de ces timides qui ne tiennent pas à avoir leur photo dans les journaux.

A l'émission de treize heures, la radio annonça l'événement avec force points d'exclamation, force commentaires et force conjectures. S'agissait-il de simples gangsters avec rançon à la clef? Interpellé au téléphone, Justin Boulloche avait déjà déclaré qu'il la tenait prête non sans souligner au passage que son dernier film était en tête des recettes. Ou alors un attentat politique? Mais de qui? Extrême droite? Extrême gauche? Antifranquistes décidés à se constituer un trésor de guerre? Séparatistes? Était-ce à mettre en liaison avec le fait qu'un des films de la Schmalbou avait été une production franco-espagnole et cet enlèvement était-il un coup de semonce pour décourager les producteurs français de traiter avec l'Espagne de Franco?

Je courus aussitôt chez Emmeline. Je la trouvai bien calme pour quelqu'un qui venait de vivre un enlèvement.

— Eh bien quoi? me dit-elle. Il va payer une rançon et tout sera dit. Un homme qui tire comme ça ses manchettes, ce n'est pas moi qui vais le plaindre.

L'explication me parut courte.

— Ces hommes, comment étaient-ils?

— Des hommes, tiens. Des hommes comme toi et moi.

— Comme toi, ça m'étonnerait. Pourrais-tu les reconnaître?

— Tu penses! J'étais affolée!

Affolée, Emmeline? A d'autres!

– Enfin, tu ne vas pas me dire qu'ils étaient là par hasard. Quelqu'un a bien dû les renseigner...

– Est-ce que je sais, moi?

Sur ces entrefaites, Marianca est entrée le visage nettement plus animé que d'habitude. A quelque chose qui est passé entre elles, comme un souffle, je compris que j'étais de trop et je suis parti.

Le lendemain, à la fin de l'après-midi, Matt reparut à son hôtel. Aux journalistes et aux photographes immédiatement accourus, il déclara que tout ça n'était qu'un malentendu, qu'il l'avait très vite compris, qu'il avait eu affaire à de pauvres types persuadés qu'un producteur de cinéma, c'était forcément cousu d'or.

– Alors que, Messieurs...

Et avec un geste qu'il avait vu faire par Michel Simon dans un de ses films, il sortit les doublures de ses deux poches de pantalon, ce qui fit rire.

– Oh, encore une fois! dit un photographe. Monsieur, voulez-vous recommencer?

– Volontiers, dit Matt en homme qui connaît les exigences du métier.

– Et il n'y a pas eu de rançon?

– J'ai négocié, dit Matt en clignant de l'œil. Messieurs, ne m'en demandez pas plus.

– Et l'endroit où vous avez été détenu?

– Je suis tout à fait incapable de l'indiquer. On m'avait mis un passe-montagne à l'envers sur la tête.

– Pardon, dit le commissaire Lambertini qui, lui aussi, était accouru. Vous a-t-on fait monter des escaliers?

– Des escaliers? dit Matt que cette question eut l'air de prendre au dépourvu. Oui, oui, reprit-il avec assurance. Beaucoup d'escaliers.

– Tiens! dit le commissaire.

Qui pourtant, à tout hasard, envoya un de ses inspecteurs rôder aux alentours de la maison basse avec jardinet, la maison louée aux Espagnols. Tout y était calme. Devant la grille, il y avait bien une voiture. Mais elle était jaune citron. Quant à la voiture de Matt, on ne devait la retrouver que tard dans la soirée, en pleine campagne.

Entre-temps, dans le hall de l'hôtel, la conférence de presse s'était poursuivie.

– Pourquoi étiez-vous dans la région?

– Pour des repérages.

– Pensez-vous faire un film qui se passe par ici?

– Hé, hé, dit Matt. Pourquoi pas? Attention, ce n'est encore qu'un projet.

Cette bonne nouvelle fit passer une rumeur. Elle commençait déjà à faire oublier l'enlèvement.

– Et la comtesse de Saint-Damien? Que faisait-elle dans votre voiture?

– Les Saint-Damien sont pour moi des amis de toujours, dit Matt en faisant encore une fois jaillir ses manchettes. La comtesse connaît parfaitement le pays. Elle m'a beaucoup aidé pour les repérages.

– Mais, d'après ses déclarations, elle se rendait à Paris.

– En effet, elle devait y aller. Pour voir sa fille. Et comme je devais rentrer, je lui avais offert de l'emmener en voiture.

– Vous portez plainte?

– Mais oui, dit Matt. Bien sûr. Contre X.

Voilà! De cette affaire, c'est tout ce que j'ai pu savoir. Ce que je peux dire encore, c'est que, depuis, il n'a plus jamais été question de Matt (qui, à Paris, en Schmalzigaug, poursuit la brillante carrière que l'on sait). D'autre part, réunis en conseil d'administration, il serait plus juste de dire en conseil de famille, Madame Ricou, Emmeline, Guillaume et, par procuration, Rodolphe et Isabelle, ont nommé Marianca Présidente-Directrice générale des usines Ricou. Bien qu'en effet elle y eût trouvé une situation assez compromise, il ne lui a fallu que quelques mois pour remettre l'affaire sur ses rails. Avec une autorité naturelle qui me fait de plus en plus penser qu'elle est bien une Saint-Damien. Avec une compétence qui me fait de plus en plus douter qu'elle le soit. A moins que, dans sa robuste simplicité, Cédric n'ait vu plus clair lorsque, comme on s'en souvient peut-être, il ramenait tout le mystère de Marianca à l'antique protection depuis toujours apportée aux gitans par la noblesse du Languedoc. Tel que j'ai connu le comte Anthéaume, bloc obscur tombé des autres âges, c'est encore peut-être le plus plausible.

XXIX

A neuf ans, Nicolas, le fils d'Isabelle, intimidait. Lorsqu'on le rencontrait dans une pièce ou dans un couloir, ses grands yeux d'un marron doré se posaient sur vous comme un filet de pêche et, machinalement, on éprouvait le besoin de se justifier, de dire pourquoi on était là et pas ailleurs.

Cette année-là, pour les vacances, il était venu à la Mahourgue, amené par la tante Jeanne-Athénaïs. Laquelle, dans la foulée, et sur l'invitation expresse d'Emmeline, avait aussi emmené sa vieille amie Gudrun de Bauern-Nassau. Isabelle, elle, était en voyage. Après avoir, pendant quelques années, consacré tout son temps à son petit garçon, et tout en continuant à habiter chez la tante Jeanne, elle a trouvé un emploi auprès d'un grand couturier. Comme on pouvait s'y attendre, il lui a confié les relations publiques. Elle a eu quelques amants dont aucun, si j'en crois Emmeline, n'était de conséquence. Depuis l'épisode de Marrakech, Isabelle a retrouvé son caractère posé et c'est avec une tranquille autorité qu'elle prend et congédie ses bonshommes. Elle dit : j'estime préférable, et c'est réglé. Avec l'actuel pourtant, cela me paraît plus sérieux. Il s'agit de Cottard-Labau, mais oui, le député, qu'elle a rencontré lors d'un dîner chez Rochecotte. J'ai plusieurs fois vu sa photo dans les journaux. Il m'a l'air bien, une grande figure, plate comme une planche, une expression ouverte qui aurait peut-être fait revenir Cédric sur sa fâcheuse opinion des députés.

Comme le savent les gens qui suivent ces choses-là, Cottard-Labau, depuis des années, est hanté par un problème : celui des abstentionnistes. Selon lui, étant donné leur nombre (qu'il a estimé une fois pour toutes à vingt pour cent de l'électorat), ces abstentionnistes faussent totalement le système démocratique. En effet, expose-t-il, lorsque le Président (ou un député, un sénateur) est élu, mettons, à cinquante et un ou cinquante-deux pour cent des votants, il ne l'est, en réalité, qu'à quarante ou quarante deux pour cent des électeurs. Dans ces conditions, s'il peut légitimement se considérer comme le vainqueur de la compétition, il ne peut en aucune façon prétendre représenter la majorité. Et autant pour les apparentes majorités de la Chambre ou du Sénat. « Messieurs! s'est un jour exclamé Cottard-Labau, à la tribune, dans un bel accès d'éloquence, Messieurs de la majorité, n'oubliez jamais que vous ne représentez que quarante pour cent de la nation! »

D'où, pour lui, l'évidente nécessité d'une réforme capitale : le vote obligatoire. C'est le sens d'un projet de loi qu'il a déjà soigneusement mitonné. De féroces orateurs ont aussitôt clamé que c'était là attenter à la liberté des Français. Non sans raison, me semble-t-il, Cottard-Labau a rétorqué que cette obligation de voter n'était pas plus attentatoire que l'obligation de payer ses impôts, que l'obligation de faire son service militaire ou, plus simplement encore, que l'interdiction d'afficher prévue par la loi du 29 juillet 1881. D'autres, plus pondérés, ont fait observer qu'en vertu de la loi des grands nombres, ces vingt pour cent de votes supplémentaires, s'ils étaient exprimés, se répartiraient très probablement dans les mêmes proportions que les quatre-vingts autres. Dans un article qui a été très remarqué, Cottard-Labau a répondu que, primo, rien n'était moins sûr et, secundo, que si la loi des grands nombres présentait une telle certitude, il se demandait pourquoi on prenait encore la peine de procéder à des élections, si coûteuses pour les candidats, si dérangeantes pour tout le monde, et s'il ne serait pas plus expédient de faire et de défaire les gouvernements selon les sondages. Dans ce même article, il prenait la précaution d'ajouter que, de toute manière, la rigueur de cette obligation de voter serait fort tempérée, d'un côté, par la modicité de l'amende prévue en cas de non-présentation aux urnes et, de l'autre, par un extrême libéralisme en matière d'excuse, un simple certificat médical suffisant ou même une carte postale expédiée de l'étranger. C'est pour compléter son argumentation sur ce point qu'il a décidé ce voyage en Belgique, pays où, comme on sait, le vote est obligatoire et où Cottard-Labau compte en étudier les effets. Malgré l'austérité du propos, Isabelle a accepté de l'accompagner. Elle en profitera certainement pour aller voir Rodolphe qui, après avoir été, pendant quelques années, curé dans un village du diocèse, a été envoyé à Rome, y a été employé à la Secrétairerie d'État et est maintenant en service auprès de la Nonciature de Bruxelles. Il a été nommé prélat. Cela lui donne droit à la ceinture violette. Emmeline le voit déjà cardinal. Ce n'est pas impossible.

A propos de Rodolphe, il me faut encore évoquer ceci qui remonte maintenant à assez loin. Un matin, Emmeline au téléphone :

– Alors, mon vieux, cette bouderie, ça dure toujours ?

C'était vrai. Depuis l'épisode de Matt, je la boudais. Que Marianca et elle se soient servies de moi et m'aient mené en gondole pour réussir leur entreprise, passe. J'étais même content de leur avoir été utile : le commissaire Lambertini avait été très intéressé en m'entendant confirmer qu'à l'heure de l'enlèvement Marianca était avec moi, dans le petit salon, à jaboter et à faire mettre des bûches dans la cheminée. Cela l'avait même renforcé, je crois, dans sa décision de ne plus trop chercher à éclaircir cette affaire. « Mon cher Maître, m'avait-il dit à cette occasion, il y a parfois des lièvres qu'il faut laisser courir. » Mais que, depuis, à toutes mes questions, elles m'aient toujours opposé des visages impassibles ou des sourires aussi affectueux que fermés, cela avait fini par me mettre en colère. Je m'étais, comme on dit, retiré sous ma tente.

– A nos âges, je t'assure, ça ne fait pas sérieux, poursuivait Emmeline. As-tu déjà pris ton petit déjeuner ?

– Oui, merci. Je te sais gré de cette sollicitude.

On aura remarqué la cinglante ironie de ma réponse. Emmeline ne dut pas y être sensible.

– Alors fais-toi beau. Nous passons te prendre dans une heure.

– Qui, nous ?

– Marianca, Muriel et moi. Nous allons à Saint-Jean. Tu ne sais pas ? Rodolphe vient d'en être nommé curé. J'ai hâte d'aller voir comment on l'a installé, ce pauvre chaton.

Je n'ai pas pu m'empêcher de rire. Rodolphe et son presbytère ne se doutaient pas de la tornade qui les menaçait. En effet, à peine arrivée, Emmeline énonça hautement son intention de chambarder tout le mobilier. Lequel, à vrai dire, sans même avoir le charme du rustique, était fort quelconque.

– Non, mère, dit Rodolphe fermement. Vous ne changerez rien du tout.

– Rodolphe! Vous n'allez pas me dire...

– Si, je vous le dis.

– Vous n'allez pas me dire que Dieu peut aimer ces meubles-là.

– Je n'ai pas de lumières sur les goûts de Dieu en matière de mobilier mais cette cure m'a été confiée dans cet état-là. Je ne veux pas y toucher.

– Laissez-moi au moins vous en envoyer quelques autres.

– Il n'en est pas question.

– Le beau secrétaire Louis XV, en souvenir de votre père...

– Mère, je vous en prie. N'insistez pas.

– Bon, dit Emmeline en réussissant cependant, au passage, à déplacer une pendule.

Après le déjeuner, servi, vu le temps, dans le jardin, Marianca dit :

– Mon Père, je voudrais vous parler.

En traînant derrière lui deux chaises, Rodolphe emmena Marianca vers le fond du jardin, à l'ombre d'un gros tilleul, près d'un vieux mur à demi écroulé, si vieux qu'il avait l'air aussi naturel que le tilleul et fait de la même matière. Et nous vîmes alors ceci : Rodolphe qui regagnait le presbytère, qui en revenait en passant son étole et qui se rasseyait tandis que Marianca s'agenouillait. Malgré le soleil, l'ombre de l'arbre et le vieux mur qui apportaient là leur apparence bon enfant, cette scène était à la fois solennelle et étrange.

– Une confession en plein air, c'est légal, ça? dit Muriel qui, issue de l'école sans-Dieu, était peu au fait des rites et des ressources de l'Église

Emmeline, elle, souriait. Puis elle eut pour moi un regard de côté, qui voulait dire : eh bien, tu vois. Toi qui t'agitais...

De loin, on n'entendait qu'un murmure confus.

Puis Rodolphe a béni sa pénitente. Ils sont revenus vers nous. Un grand apaisement est descendu sur moi et, je crois, sur nous tous. Qu'avais-je encore à me préoccuper des secrets de Marianca? Qui étais-je pour m'en inquiéter? Ils étaient maintenant entre les mains de Dieu. J'ose risquer cette lapalissade : où pouvaient-ils être mieux?

Cet après-midi-là, Nicolas était venu s'asseoir, avec son livre, dans la chambre de la tante Jeanne. On pourrait s'étonner de ne pas le voir plutôt dans le parc, à partager les jeux de ses deux cousins, les enfants de Guillaume et de Muriel, Albert et Wendy (une idée de Muriel, ce prénom-là). Il n'y a pas de quoi s'étonner : à part le fait que Nicolas, en général, préfère la compagnie des grandes personnes, ses deux cousins ne sont pas là. Ils sont aux États-Unis, avec leurs parents bien entendu. Il faut dire que, dernièrement, Guillaume a enfin pu faire breveter une de ses inventions, un appareil à dénoyauter les olives. Mis dans le commerce, cet appareil se vend très bien. Fort de ce succès, Guillaume était revenu à sa préoccupation initiale : l'automobile. L'an dernier, lors d'un séjour à Paris, étant allé voir une pièce intitulée *La Preuve par quatre* (c'était la coloration mathématique de ce titre qui l'avait attiré), il avait été très frappé par cette réplique d'un des personnages qui, évoquant les difficultés de rangement des voitures, s'exclamait : « La voiture qu'on jette en arrivant, il n'y a pas d'autre solution. » Or, par une de ces coïncidences presque miraculeuses comme on en trouve souvent au départ des grandes inventions, quelques semaines plus tard, en lisant un livre de Georges Dumézil sur de très anciennes légendes islandaises, Guillaume y avait trouvé la mention d'un navire dont disposaient les dieux, qui se pliait comme un linge et qu'on pouvait mettre dans sa poche. La

312

rencontre de ce mythe si ancien et de ce vœu si contemporain lui avait paru le signe même qu'il s'agissait là d'un de ces rêves ancrés au cœur des hommes et que la science moderne, c'est son honneur, a su parfois réaliser. Faute d'en arriver proprement à « la voiture qu'on jette en arrivant » (il y avait, sur ce point, une question de prix de revient qu'il n'avait pas pu résoudre), il avait abouti à une autre solution : la voiture gonflable, qu'on pourrait dégonfler en arrivant, qu'on rangerait dans un coin de son bureau et qu'on regonflerait pour repartir, le dispositif étant complété par un moteur miniaturisé qui, lui, pourrait carrément se mettre dans la poche. Avantage annexe : en cas de collision, ces voitures gonflables provoqueraient beaucoup moins de dégâts. Et il était parti pour les États-Unis, persuadé que, dans ce pays aux si riches possibilités, il trouverait certainement un chercheur déjà penché sur la question.

Mais j'en reviens à Nicolas. Assis dans le fond de la chambre, sur une chaise basse, il a l'air très absorbé par son livre (dont malheureusement, d'ici, je ne puis pas déchiffrer le titre). En réalité, il écoute avec un intérêt passionné la tante Jeanne et la princesse de Bauern-Nassau. Assises devant la porte-fenêtre grande ouverte sur l'esplanade, elles prennent un plaisir évident à égrener des souvenirs. Nicolas, qui a souvent des idées au-dessus de son âge, en est amoureux, de la princesse. Ses yeux si bleus, d'un bleu qui mange toute la pupille, ce visage blanc et resté si lisse, sa rondeur, son vocabulaire qui brave l'honnêteté, le haut collier de chien en diamants qu'elle porte parfois et jusqu'à l'allègre clic-clac de sa canne sur le carrelage, tout en elle l'enchante et le trouble. Elle le sait, la princesse. Lorsqu'elle se penche sur lui pour l'embrasser, c'est le coin de ses lèvres qu'elle effleure. Nicolas connaît son histoire. La tante Jeanne lui a souvent raconté le vent de folie qui s'était abattu sur Vienne, au lendemain de la guerre, lors de l'arrivée de cette troupe de danseuses allemandes, les Twenty-Two Girls. Leur spectacle avait immédiatement eu un succès inouï.

– Tu aurais dû voir ! Sur la scène, toutes ces jambes, ces longues jambes, des kilomètres de jambes. Et dans la salle, tous nos hommes comme fous, déchaînés, tous debout, criant, applaudissant, lançant des fleurs. Des fleurs par centaines. Mais des filles sérieuses, tu sais. Des filles de familles ruinées par la guerre. Menées par une vieille baronne qui ne leur en passait pas une. N'acceptant pas un rendez-vous, pas un souper. Une, un soir, dans le bouquet qu'on lui avait lancé, a trouvé un bracelet. Elle a levé le bras, elle a balancé le bracelet devant elle puis elle l'a rejeté vers la salle. On n'a jamais su ce qu'il était devenu, ce bracelet.

Si sérieuses qu'à l'issue de la série de représentations, trois de ces danseuses avaient trouvé à se marier. Et pas avec n'importe qui. L'une avec le premier bijoutier de Vienne, l'autre avec un conseiller à la Cour de cassation et la troisième, triomphe suprême, la plus belle, il est vrai, avec Gottfried-Meinrad de Bauern-Nassau, allié aux Wittelsbach et que plusieurs rois appelaient mon cousin.

Et Nicolas se disait qu'il était né trop tard. Cent ans plus tôt, c'est lui qui aurait été l'attendre à la sortie des artistes. Avec des fleurs, des fleurs toutes simples, cueillies dans les champs ou dans un jardin. Mais c'est avec lui qu'elle serait partie, sous les regards enragés des autres avec leurs orchidées et leurs bracelets. Ou il l'aurait rencontrée encore plus tôt, petite fille, dans un village du Tyrol (c'était le seul pays étranger qu'il connaissait). Il l'aurait emmenée dans une de ces pâtisseries si nombreuses par là et où il y a de si bons gâteaux. Puis, ensemble, ils auraient gravi une de ces collines si douces et d'un vert si frais. Ils se seraient assis tout en haut. Il aurait caressé ses jambes qui n'auraient pas encore été si longues.

Au milieu de ses rêveries, il continuait à suivre la conversation des deux vieilles dames qui avaient probablement oublié sa présence et, avec un sentiment où l'intérêt le disputait à l'horreur, il découvrait qu'un jour, sa bonne tante Jeanne-Athénaïs le lui avait très bien piqué, à la princesse, son Bauern-Nassau. Nicolas savait que ces choses-là existaient, même si elles lui paraissaient incompréhensibles. Lorsqu'on avait déjà une femme ou un mari, à quoi cela pouvait-il rimer d'aller s'embarrasser d'un ou d'une autre? A son idée, cela ne pouvait se passer que dans un entresol. Avec le prince et la tante Jeanne, s'il comprenait bien, ce n'était pas du tout dans un entresol. C'était dans un grand hôtel, un hôtel de cure, tout blanc, avec des colonnes, à Baden-Baden (nom double qui lui parut curieux. Était-ce un pays de bègues?). La princesse l'a su. Elle a fait irruption dans la chambre en brandissant un coupe-papier emprunté au salon de lecture de l'hôtel. Pas gauche, la tante Jeanne, d'un croc-en-jambe, l'a fait tomber et c'est sur le tapis qu'elles se sont empoignées tandis qu'à demi drapé dans une serviette-éponge orange, le prince répétait : « Mesdames, voyons, Mesdames. » Et maintenant, elles en rient. Elles en rient, les malheureuses! Elles en rient à hoqueter. « Merde! Mon rimmel! » dit la princesse. Puis :

– Et l'orchestre, dans le parc, tu te rappelles, qui jouait *Sur un marché persan.*

– *Sur un marché persan?* dit la tante Jeanne. Es-tu sûre? J'aurais juré que c'était...

– *Sur un marché persan,* tranche la princesse. De Ketelbey, ajoute-t-elle comme pour renforcer son dire. Depuis, quand Gottfried-Meinrad se risquait à me reprocher quelque chose, il me suffisait de fredonner l'air et, je te jure, il rabattait son caquet. Au fond, tu m'as rendu service.

Et Nicolas se pose de grandes questions. Est-ce donc ça, la vie? Ça, l'amour? Est-ce là cet univers des grandes personnes dans lequel il lui faudra un jour pénétrer? N'y aurait-il pas moyen de rester pour toujours un petit garçon? Il sent bien que, lentement mais inexorablement, son amour pour la princesse commence à décroître et que bientôt il n'en restera rien. Puis, comme si ce funèbre constat l'incitait à plus d'indulgence, il se demande si tout le secret n'est pas là, dans ces deux rires qui abolissent les drames, dans ces deux rires restés intacts, inchangés à travers les vagues du temps et les assauts de l'âge, ces deux rires d'écolières, de jeunes filles à leur premier bal, le rire pointu de la tante Jeanne-Athénaïs, le rire plus sonore et un peu gras de Gudrun de Bauern-Nassau, duchesse en Bavière.

Sur quoi, Emmeline est rentrée de sa promenade à cheval, de l'air encore autour d'elle, et m'a trouvé sur l'esplanade, dans ma balancelle, où le nettement moins jeune Eugène venait de m'apporter mon scotch.

– Alors? me dit-elle. Ce livre, où en est-il?

– Il est fini. Je n'ai plus qu'à trouver ma dernière phrase.

– Tant mieux, m'a-t-elle dit. Je serai ravie de vous voir désormais moins distrait.

C'est curieux. Depuis que nous sommes mariés, mon Dieu, que le temps passe, cela fait cinq ans maintenant, depuis que je vis non plus près d'elle mais avec elle, depuis que mon amour de toujours a enfin trouvé son aboutissement et ma vie son sens, Emmeline me vouvoie. Il est bien étrange, parfois, le cœur des femmes.

ŒUVRES DE FÉLICIEN MARCEAU

LE BABOUR.

L'OUVRE-BOÎTE.

L'HOMME EN QUESTION.

À NOUS DE JOUER.

Essais

CASANOVA OU L'ANTI-DON JUAN. *(Nouvelle édition en 1985.)*

BALZAC ET SON MONDE.

LE ROMAN EN LIBERTÉ.

UNE INSOLENTE LIBERTÉ. LES AVENTURES DE CASANOVA.

DISCOURS DE RÉCEPTION DE FÉLICIEN MARCEAU À L'ACADÉMIE FRANÇAISE ET RÉPONSE D'ANDRÉ ROUSSIN.

DISCOURS DE RÉCEPTION DE MICHEL DÉON À L'ACADÉMIE FRANÇAISE ET RÉPONSE DE FÉLICIEN MARCEAU.

Chez d'autres éditeurs

EN DE SECRÈTES NOCES. *(Éditions Calmann-Lévy.)*

LA CARRIOLE DU PÈRE JUNIET *(Éditions La Différence).*

LA TRILOGIE DE LA VILLÉGIATURE, de Carlo Goldoni. (Adaptation de Giorgio Strehler.) *(Éditions de la Comédie-Française.)*

DIANA ET LA TUDA, de Luigi Pirandello. *(Éditions Denoël.)*

LES SECRETS DE LA COMÉDIE HUMAINE, *(Édition de l'Avant-Scène.)*

Composé par la Société Nouvelle Firmin-Didot
à Mesnil-sur-l'Estrée, et achevé d'imprimer par
l'imprimerie Brodard et Taupin
à La Flèche (Sarthe),
le 16 mai 1989.
Dépôt légal : mai 1989.
Numéro d'imprimeur : 1161B-5.

ISBN 2-07-038151-X / Imprimé en France.